오피스
와이프

오피스 와이프

초판 1쇄 찍은 날 | 2014년 8월 25일
초판 2쇄 펴낸 날 | 2014년 9월 12일

지은이 | 정이연
펴낸이 | 예경원

편집 | 유경화

펴낸곳 | 예원북스
등록번호 | 제396-2012-000132호
등록일자 | 2012. 7. 25
YRN | 제1-0078호

주소 | 경기도 고양시 일산동구 무궁화로 8-28 삼성메르헨하우스 712호 (우) 410-837
전화 | 031-819-9431 팩스 | 031-817-9432
http://cafe.naver.com/yewonromance
E-mail | yewonbooks@naver.com

ⓒ 정이연, 2014

ISBN 979-11-5630-115-8 03810

YEWONBOOKS ROMANCE STORY

정이연 장편 소설

오피스 와이프

프 롤 로 그

두 사람이 한 덩어리로 얽혀 모텔 방 안으로 들어왔다. 싸구려 가구가 놓여 있는 곳과는 달리 여성이 벗기고 있는 남자의 옷은 고급스러웠다. 그것은 눈앞에 있는 여자가 입고 있는 옷 또한 마찬가지였다. 오래 입은 티가 났으나 누구나 알 법한 브랜드의 옷을 온몸에 철갑처럼 두르고 있던 여인의 작은 와이셔츠 단추를 풀다가 짜증이 났는지 입술을 비틀었다. 입에서 짜증스러운 한숨이 터져 나왔다. 여자의 모습을 보던 남자가 여자의 손을 쉬었다.

"내가 할게."

끄덕끄덕.

알코올에 뇌가 푹 절어버린 여인은 부끄러운 줄 모르고 힘껏 고개를 끄덕였다. 늘씬한 여자가 기대감에 찬 눈으로 자신을 올려다보는 것을 두 눈에 담던 남자가 손을 들어 셔츠 단추를 하나씩 풀기 시작했다.

툭, 투두둑.

적막으로 가득했던 공간은 어느 순간 단추 푸는 소리로 가득하다. 셔츠 안으로 드러난 탄탄한 가슴에 여자의 얼굴에 긴장감이 스며들었다. 하지만 곧이어 자신의 입술을 뜨겁게 머금고 빨아들이는 입술에 숨을 허덕인다. 긴장감이 가득했던 눈동자는 어느 순간 열락으로 물들었다.

여자를 뒤로 조금씩 밀어붙이며 블라우스 안으로 손을 찔러 넣은 남자가 브래지어를 들치고 가슴을 움켜쥐었다. 힘껏 움켜쥐는 손길에 여자의 입에서 신음이 터져 나왔다.

"음!"

작게 소리를 낸 여자가 몸을 비틀었다. 젖꼭지를 아프게 꼬집는 손길에 미간이 찌푸려졌으나 그의 손을 쳐내지 않았다. 한 손으론 가슴을 움켜쥐고 연신 정점을 괴롭히던 남자는 다른 손으론 여자의 치마를 들쳐 속옷 겉면을 문질렀다. 속옷이 축축하게 젖었고, 달라붙은 실크 속옷 때문에 여성의 굴곡을 고스란히 보여준다.

"흐음, 으응……!"

연신 터져 나오는 신음과 함께 여인의 다리가 무너져 내렸다. 힘없이 고개를 떨군 여자의 눈빛이 사정없이 흔들린다. 살짝 벌어진 입에선 달큰하게 취한 숨이 터져 나왔다.

남자에게 취한 것인지 혹은 앞서 들이켠 술 때문인지 알 수가 없을 만큼 어지러웠다. 세상이 빙글빙글 도는 느낌에 여자가 한숨을 내뱉었다.

"후우."

그 숨소리에 남자가 여인의 앞에 무릎을 꿇고 앉아 시선을 맞춘다.

"침대로 가자."

그의 말에 이번에도 여자는 말 대신 고개를 끄덕이는 것으로 답을 대신했다.

오금 밑으로 팔을 찔러 넣은 남자가 여자를 가볍게 들어 올렸다. 성큼성큼 옮기는 걸음은 망설임 없이 침대맡으로 향했고, 침대 위에 여자를 조심스럽게 내려놓은 후 깊은 입맞춤을 해주었다. 여인의 눈이 감기자 남자의 손이 여자의 몸을 피아노 건반을 두드리듯 조심스럽고 경쾌하게 두드렸다.

백색에 가까운 살결과 구릿빛에 가까운 살결이 춤을 춘다. 커다랗고 핏줄이 돋아난 남자의 손에 닿는 여인의 피부 위로 닭살이 오소소 돋아나자 가느다란 여인의 몸이 비틀렸다. 입에서 뜨거운 신음이 터져 나왔다.

"아아!"

자신의 옷을 모조리 벗고, 여인의 옷까지 모두 벗겨낸 남자가 손으로 여성의 중심을 조심스럽게 문질렀다. 검은 숲을 손으로 부드럽게 매만지던 남자가 손가락을 세워 여성 안으로 밀어 넣었다. 매끄러운 윤활유와 함께 남자가 손가락 끝까지 밀어 넣자 여자가 연신 몸을 떨어댔다. 방 안이 순간 후끈 달아올랐다. 정사의 깊은 향에 머리가 어지러울 지경이었다.

"아아, 아아아……!"

연신 뜨거운 신음을 내뱉던 여인이 몸을 옆으로 돌리자 남성은 뒤에서 그녀를 껴안은 포즈로 바꾼 후 새하얀 가슴을 찰흙 주무르듯 매만졌다. 손가락 사이에 젖꼭지를 끼운 남자가 힘주어 비틀었다. 짜릿한 쾌감과 동시에 척추를 타고 아픔이 전해지자 여자의 고개가 위로 들렸다. 살짝 벌려진 입술로 혀를 넣은 남자가 고른 치열을 혀로 핥았다. 농염하고 뜨거운 입맞춤이었다.

퍽퍽!

허리를 튕겨 연신 남성을 꽂아 박던 남자가 힘껏 골반을 움켜쥐었다. 좀 더 안으로 파고들기 위해 꼭 쥔 손길에 맞춰 여성의 살결이 깊숙이 파였다. 땀으로 젖은 얼굴을 손등으로 닦아내지도 않은 채 땀방울을 뚝뚝 떨어뜨리던 남자가 입술을 짓이기며 말했다.

"이혜영."

자신의 이름에 여자가 눈을 게슴츠레 떴다. 여자와 눈이 마주치자 남자가 이를 악물었다. 갈색의 눈동자가 그에게 묘한 흥분을 일으켰다.

"넌 내 거야."

푸른색의 반질거리는 싸구려 벽지를 보던 혜영의 몸이 얼음장처럼 차갑게 굳어졌다. 자신의 집 천장은 저런 감각적이지 못하고 촌스러운 벽지가 발려 있지 않았다. 요즘 극도의 스트레스를 풀고자 집 안을 리모델링하며 바른 것은 마음을 가라앉혀 준다는 녹색 벽지였다. 그럼 도대체 지금 내 시야를 가득 채운 저 물결무늬는 뭐란 말인가.

한참 눈을 깜빡이던 혜영은 당황함에 듣지 못했던 숨소리가 옆에서 들리자 화들짝 놀라 몸을 움찔 떨었다. 새액, 새액. 낮고 고요한 숨소리는 평화로웠다. 미친 듯이 뛰는 자신의 심장과는 달리.

끼기긱.

기계적으로 옆으로 고개를 돌린 혜영은 순간 그곳에 잠들어 있는 남자의 모습에 숨을 허덕거렸다.

오 마이 갓.

"사, 사장님?"

늘 고정되어 있던 머리를 흐트러뜨린 채 잠들어 있는 것은 자신의 상사인 윤민환이었다.

1화 불장난

딱, 딱, 딱.

작은 소파에 앉아 연신 손톱을 물어뜯는 혜영의 얼굴엔 불안감이 가득했다. 오늘 아침, 도망치듯이 모텔 룸을 도망 나온 그녀는 혹여 그에게 연락이 오는 것은 아닐까, 두려운 마음으로 테이블 위의 휴대전화를 노려보고 있었다.

주말 아침이었지만 혜영은 늦잠을 자기는커녕 잠시도 눈을 붙일 수가 없었다. 출상을 다녀와 오늘 아침에야 겨우 집에 도착했음에도, 피곤한 몸은 어서 침대로 들어가라 종용하고 있음에도 말이다. 눈을 감고, 속으로 양을 헤아려 보아도 떠오르는 것은 어제 있었던 절망적인 상황뿐이니 어찌 잠을 이룰 수가 있겠는가!

혜영은 휴대전화를 보던 시선을 팩 돌렸다. 붉어진 눈에 눈물이 차올랐다.

울리지 마라, 울리지 마라.

연신 속으로 주문을 읊던 혜영이 무릎에 얼굴을 묻었다.

"후."

한숨은 땅이 꺼져라 크고 깊었다.

윤민환, 그를 모신 지도 7년이었다. 어제도 으레 자주 있곤 하던 정기적인 출장 중 하나였다. 포항에 있는 공장을 시찰하고, 곧바로 올라오는 일정이었으나 때마침 그곳에 있는 공장장과 술자리를 가지게 된 것이 원흉이라면 원흉이었다. 일의 연장선이었기에 입에 술을 대지 않았던 그녀는 끝끝내 양주 두 잔 정도 받아 마셨다. 그리고 회식이 끝이 난 후, 웬일인지 그녀를 붙잡은 민환이 말했다.

"2차 갈까?"

원래의 그라면 그러한 말을 하지 않았을 것이다. 그는 일이 끝난 후 술자리에서 붙잡는 상사는 아니었으니까. 하지만 적어도 어젠 아니었다. 둘은 근처에 있던 사케집으로 이동해 한 병에 몇십만 원이나 하는 사케를 마셨다. 그것이 고난의 시작이었다. 앞서 들어간 도수 높은 양주와 후에 마신 사케는 평소 속은 겁쟁이이면서 이성적인 모습으로 칠갑하며 살아가는 혜영을 용기 있는 사람으로 만들었다.

먼저 그를 끌어안은 것은 자신이었다. 지금 와서 생각해 보아도 미치지 않고서야 할 수 없는 행동이었다. 그의 진득한 눈에 미쳐 버린 것인지, 아니면 그가 알 수 없는 주문이라도 외운 것인지 몸이 자동으로 움직였다. 그의 벨트를 풀고, 바지 지퍼를 내리고, 남성을 꺼낸 후 입에 머금고 그에게 흥분을 이끌어낸 것도 자신이었다. 그날의 기억에 혜영의 얼굴에 화르륵 불길이 치솟았다.

"미쳤지, 정말. 이혜영 너 진짜 미쳤어."

그리고 새벽녘, 그를 홀로 내버려 두고 가장 빠른 고속버스를 잡고 서울로 올라왔다. 홀로. 아침에 그와 얼굴을 마주한다는 생각만으로도 끔찍해서. 집으로 들어오자마자 깨끗이 씻고 침대에 누웠지만 결국 한숨도 자지 못한 채 이 상태였다.

주먹을 쥐고 머리를 퉁퉁 내려치던 혜영은 휴대전화가 소리 내어 울리자 움찔, 행동을 멈췄다. 겁에 잔뜩 질린 얼굴로 고개를 든 혜영은 휴대전화가 철천지원수라도 되는 듯 노려보았다. 울리지 말았으면 한 휴대전화가 시끄럽게 소리를 질러대며 빨리 전화를 받으라 종용하고 있었다.

한참이 지나도 끊기지 않던 것을 보던 혜영은 결국 두 손 두 발 다 든 것인지 엉덩이를 떼고 자리에서 일어났다. 그리고 휴대전화로 다가가 액정을 확인한 순간 서둘러 전화를 받았다.

아차!

그녀의 얼굴이 일그러졌다.

[이혜영! 네가 감히 날 바람맞혀?!]

벼락같은 음성에 휴대전화를 귀에서 멀리 떼놓은 혜영은 몇 분이고 가연이 왁왁 소리를 질러대는 통에 미간을 찌푸렸다.

기차 화통을 삶아 먹었나.

삐쭉한 마음이 솟았지만 어찌 되었든 잘못한 것은 자신이기에 그녀가 잠잠해진 틈을 타 서둘러 사과의 말부터 꺼냈다.

"아, 미안 미안."

[미안하다면 다야? 너 진짜 죽는다! 아직 집은 아니지? 설마 진짜로 날 잊은 건 아니겠지?]

"금방 갈게."

[10분이다! 10분 만에 텨 와!]

10분 만에 약속 장소로 갈 수는 없었지만 혜영은 서둘러 알았다고 말한 뒤 전화를 끊었다. 그녀의 걸음이 바삐 욕실로 향했다.

결국 약속 시간에 30분이나 늦게 도착해 오늘 점심과 찻값을 내기로 했지만 가연의 마음은 여전히 풀리지 않았다. 지난주 목요일에 잡은 약속이었지만 어제 그런 일이 있던 탓에 친구와의 약속을 까마득 잊고 있었던 혜영은 한숨을 내뱉었다.

시간은 금이다.

그건 일종의 직업병과 같은 것으로 평소 어떤 약속에도 늦는 법이 없었던 그녀였다. 바쁠 땐 분 단위로 쪼개가며 스케줄을 관리했던 혜영이었던지라, 시간에 대해서만큼은 그 누구보다 철저했다. 가연은 신경질적으로 잡지를 넘기면서도 혜영의 표정을 힐끗힐끗 살피고 있었다. 어두운 표정이 분명 무슨 일이 있는 것이 분명했지만, 오랜 친구는 쉽게 털어놓지 않을 것이 분명했다.

어떻게 저 입을 열게 만들지?

가연이 속으로 꿍꿍이를 꾸밀 때였다. 무심한 얼굴로 잡지를 넘기던 손길이 멈췄다.

"너희 사장 진짜, 페이스는 끝내준다니까."

움찔.

잡지엔 윤민환 사장의 인터뷰 기사가 실려 있었다. 실질적으론 그에게 들은 이야기는 채 10분도 되지 않는 듯 주요 핵심 이야기는 짧았고, 신변잡기와 그가 요즘 미혼 남성 중 최고의 신랑감으로 뽑힌다는 이야기 등 흥미 위주의 이야기가 많았다. 평소라면 기사를 꼼꼼하게 체크할 혜영이었지만, 웬일인지 몸을 한번 움찔떨기만 할 뿐 잡지엔 시선도 주지 않았다.

오호라? 이 잘난 사장이랑 무슨 일이 있었나 보네?

눈치론 따를 자가 없는 가연이었다.

"약혼녀 있다고 그랬지?"

움찔움찔.

"아, 전에 뉴욕 갔다 그랬나? 아닌가, 프랑슨가? 아니다, 들어 왔다 그랬나? 근데 그 여자도 대단하다. 어떻게 이런 남자를 두고 혼자 해외로 뜰 수 있냐? 바람이라도 피면 어떻게 하려고?"

횡설수설 이야기가 이어질수록 혜영의 얼굴은 창백하게 질려만 갔다.

바람이라도 피면 어떻게 하려고.

그 말이 가슴에 못처럼 박혀 따끔거린다.

이런 친구의 변화를 찬찬히 살피던 가연은 과연 저 철벽녀의 입에서 어떠한 말이 나올지 궁금하다는 얼굴로 빤한 시선을 보냈다. 좀 재미있고 획기적인 변명이 나와줬으면 하는데, 제 친구는 이성문제에 있어선 늘 그랬듯 실망스러운 반응을 보여주었다.

"바람이라니? 그러실 분 아니야."

얼씨구? 가연이 미간을 찌푸렸다.

"엘리트 코스만 밟아오다가 27살에 도원전자 사장으로 발령나고, 곧 본사로 갈 거라며? 황태자야, 황태자. 통장에 돈이 얼마나 쌓여 있는지도 모를 거고, 평생 그런 거엔 관심도 없겠지. 왜냐? 돈이 마를 새가 없을 거거든."

가연의 말에 혜영의 얼굴이 저도 모르게 끄덕였다. 맞았다, 친구의 말엔 틀린 점이 하나 없었다.

"어디 그뿐이야? 얼굴은 좀 잘생겼니? 키 184cm, 몸무게 75kg, 몸은 보기만 해도 침이 질질 흐를 정도로 완벽해! 얼음결정이 뚝뚝 떨어지는 얼굴이지만 한 카리스마 해!"

"너…… 신체 사이즈는 어떻게 알았어?"

혜영이 무섭다는 듯 가연을 보자, 그녀는 잡지 한 귀퉁이에 실려 있는 글귀를 손가락으로 탁탁 내려쳤다.

"여기 다 적혀 있잖아!"

"……사장님이 아시면 고소할 거야."

친구의 말대로 신체사이즈가 적혀 있는 잡지를 보며 혜영이 망연자실하게 말했다. 이런 정보는 어떻게 알 수 있는 것인지, 신기할 따름이었다.

"하여튼! 그런 남자는 여자가 꼬이기 마련이지. 아마 몰라도 그 남자와 만나고 싶은 여자 줄 세우면 지구 한 바퀴는 돌고도 남을 걸?"

"정가연!"

"어머, 애 좀 봐? 왜 그런 말에 발끈하고 그러니?"

오호라, 하며 모두 알겠다는 표정이었으나 가연은 짐짓 모른 척 말을 이었다. 혜영은 벌써부터 곤란하다는 얼굴이었다.

"뭐, 그래도 그런 대단한 남자와 연애, 얼마나 좋니? 꿈같을 것 같은데."

"약혼녀가 있어."

혜영 또한 가연의 생각과 그리 다르지는 않았다. 돈 많고 잘생기고 성격도 부하직원을 함부로 대하는 것이 아니니 꽤 좋을 것이다. 7년간 그와 개인적으로든 공적으로든 부딪힌 적이 없을 정도로 그는 좋은 상사였으니까. 하지만 너무 과분한 남자였다.

"그게 무슨 상관이야? 잠시의 일탈. 그것만이라도 좋을 거야."

마치 악마처럼 속삭인 가연이 깔깔 웃었다. 제 말에 시시각각 변하는 친구의 얼굴을 보자 더 놀려주고 싶은 마음이 들었지만, 더 했다간 순진한 혜영이 뒷목 잡고 쓰러질 것이 뻔하기에 그만뒀다. 흠흠, 목소리를 가다듬은 가연이 검지를 척 세웠다. 순식간에 표정을 바꾼 가연이 진심을 담아 충고했다.

"물론 여자가 사랑에 빠지면 곤란하긴 하겠지만."

윤민환은 〈도원그룹〉 첫째 아들로 가장 먼저 후계자 수업을 시작했다. 도원그룹 회장에겐 총 세 명의 아들이 있었는데, 셋 모두 한자리씩 차지하며 금수저를 물고 태어난 것을 당연시 여기며 재벌 3세의 생활이 얼마나 방탕할 수 있는지 제대로 보여주고 있었다.

하지만 그중 민환은 가장 양호한 축에 속했다. 소문에 의하면 어릴 적에 정해진 약혼녀의 성격이 워낙 무지갯빛이어서 그렇다는 말은 있었지만 여자 문제는 아주 깔끔한 축에 속했다.

그런 남자랑 자버린 것이다, 내가.

"미쳤지."

짧게 읊조린 혜영은 지난주 금요일에 있었던 일을 떠올리며 속으로 신음을 삼켰다. 다행히 주말이 껴 있어 출근할 용기가 생겼지만, 만약 평일에 그랬다면 지금쯤 사직서를 작성하고 있을지도 모를 일이었다.

혜영은 오늘도 아침 여섯 시에 일어나 정성스럽게 화장을 하고 출근을 했다. 그가 출근하기 전 먼지 하나 없이 사장실을 쓸고 닦은 후, 창문을 열고 에어컨을 틀어 적정한 온도를 맞춘 그녀는 벽에 걸린 시계를 보았다. 일곱 시 오십 분. 곧 그가 올 시간이 되자 그녀는 서둘러 원두를 내리고 그를 맞이할 준비를 서두른다. 여덟 시 정각에 출근하는 민환에게 허리 숙여 인사를 건넨 후 투박한 컵에 커피를 따라 사장실에 들어왔다. 들어오는 순간부터 자신에게 따라붙는 진득한 시선을 느끼며 긴장감에 온몸을 굳힌 그녀가 커피잔을 책상 위에 조심스럽게 내려놓았다.

달그락, 그 소리에 심장이 얼어붙는 것 같았다. 아니, 갑작스럽게 들려온 진중한 목소리에 사지가 얼어붙었다.

"이제 어떻게 할 거야?"

갑작스런 그의 질문에 온몸이 뻣뻣하게 굳고 등 뒤에서 식은땀이 흘러내렸다. 하지만 혜영은 굳건하게 표정을 지켰고 아무렇지도 않은 척 입가에 잔잔한 미소를 내걸며 말했다.

"무엇을 말씀하시는 겁니까?"

"……굳이 말을 해줘야 아나?"

그가 눈살을 찌푸리며 말했다. 평소 냉철한 사업가의 모습만을 보여줬던 그가 인상을 찌푸리자 애써 뒤집어쓰고 있던 가면이 와장창 무너져 내렸다.

"……."

"좋아, 입을 다무는 것을 보니 일일이 설명을 해줘야겠어. 지난주 금요일, 이 비서와 난 술에 취했어. 그리고 격렬한 섹스를 나눴지. 얼마나 오랜 시간 서로를 가졌는지 다음날 아침 일어나니 온몸이 얼얼하더군."

"……."

"싸구려 모텔에서 몸을 섞을 정도면 우리 둘 다 몸이 꽤 달아 있었다는 거겠지."

얼굴이 파르랗게 질리고 손가락 끝이 떨렸다. 혜영은 쟁반을 더욱 힘주어 잡았다.

"……더 설명해 줄까?"

"아닙…… 니다."

혜영의 입에서 힘겨운 한마디가 터져 나왔다. 어떤 말을 할 수가 있겠는가. 그 또한 자신처럼 잊고 싶은 기억이라 생각해, 이 문제에 대해선 서로 묵인할 줄 알았으나 아니었나 보다.

"표정을 보니 당신은 단순한 불장난이었나 보지?"

그의 물음에 아래로 향해 있던 그녀의 시선이 위로 올라가 두 사람의 눈빛이 맞부딪쳤다.

그럼 당신은 아닌가 보죠?

혜영은 그렇게 묻고 싶었다. 하지만 그의 입에서 어떠한 이야기가 나올지 몰라 차마 꺼낼 수가 없었다.

창백한 얼굴로 쟁반을 끌어안고서 고개를 숙이고 있는 그녀의 모습에 민환의 입술이 비틀렸다. 그녀의 반응을 보자 더욱 놀려주고 싶은 마음이 무럭무럭 솟았다. 하지만 그는 지금이 끝내야 할 시점이라는 것을 잘 알고 있었다. 철옹성을 두르고 있는 여인이기는 했으나, 속을 들여다보면 사실 겁이 많은 사람이었으니까.

"좋아. 이 이야기는 그만하지."

혜영은 그 말에 좋아해야 할지, 기분 나빠해야 할지 감이 서질 않았다. 하지만 자신이 생각하기도 전에 입에서 얕은 안도의 한숨이 새어 나오는 것을 보면 제 기분은 전자에 가까운 듯했다. 혜영이 내리깔고 있던 시선을 들어 민환의 얼굴을 찬찬히 살펴보았다.

어쩌다가 이런 남자와…….

객관적으로 본다면 민환은 참으로 완벽한 남자였다. 가진 재산의 수준과 그가 앞으로 벌어들일 재산은 그를 속속들이 알고 있는 자신조차 감을 잡지 못할 정도로 어마어마한 것은 둘째 문제. 보통 사람이라면 몇 번을 다시 태어나고 평생을 일해도 다 벌지 못할 그것들이 그의 매력에 있어선 둘째 문제라니, 말 다하지 않았는가. 완벽한 외모와 키, 군침이 도는 몸매와 함께 가슴을 울릴 만큼 듣기 좋은 목소리는 뭇 여성들을 설레게 하다못해 알아서 치마를 들칠 정도로 대단한 위력을 가진 것이었다. 아마 혜영 그녀도 그에게 완벽한 약혼녀가 있다는 것과 그의 밑에서 일하며 그를 속속들이 알지 않았다면 아마 그런 여자들 중 한 사람이 되었을 것이다.

이상한 방향으로 상상이 튀자 혜영은 재빨리 고개를 내저었다.

쓸데없는 생각!

어찌 되었든 그녀는 그를 모시는 비서였고, 그의 밑에서 자그마치 7년이란 시간을 보내며 사적인 관계는 생각할 수 없을 만큼 견고한 세월을 쌓았다. 특히 그의 성격이 썩 좋지 못하단 사실을 알게 된 뒤부턴 그에 대한 관심은 모두 끊은 뒤였다. 평범한 자신이라면 아마 그의 옆에 서는 순간부터 심장이 남아나질 않을 것이다.

서둘러 사념에서 벗어난 그녀는 그와 눈이 마주치자마자 몸을 흠칫 떨었다.

움찔!

눈에 띌 정도로 놀란 혜영이 서둘러 시선을 회피해 버렸다.

"왜 그렇게 놀라지?"

그가 장난스럽게 말했지만, 그런 것은 생각할 수 없을 정도로 여전히 놀란 혜영은 아무런 말도 할 수가 없었다. 짙은 눈빛은 그의 마음을 적나라하게 보여주고 있었다.

"아닙니다."

"그래, 그럼 언제까지 그렇게 서 있을 생각인가?"

"아!"

서둘러 고개를 돌린 혜영이 그와 눈을 마주쳤다. 위험하게 빛나던 민환의 눈빛이 조금 누그러졌음에도 혜영은 뒤로 한 발자국 물러섰다. 이젠 그의 눈빛만 봐도 그가 어떠한 생각을 하는지 다 알 수 있을 정도로 오랫동안 그의 곁을 지킨 그녀였다. 누그러졌긴 했으나 그가 원하는 것이 있을 때 내뿜는 눈빛이었다.

아마도 그건…….

생각을 끝맺기도 전에 혜영이 서둘러 허리를 숙였다.

"이만 나가보겠습니다."

혜영이 겨우 한마디 내뱉자 그의 입에서 작은 웃음이 터져 나왔다. 쿡, 신경을 건드리는 소리에 혜영의 미간이 찌푸려졌다. 그러다 이내 프로답지 못한 행동이란 것을 깨달았는지 곧 인상을 폈다. 하지만 느슨한 얼굴로 턱을 괴고 있는 그가 이러한 사실을 모를 리 없었다. 그의 입술 끝이 더욱 비틀렸다.

"스케줄도 말 안 해주고?"

"아차!"

아침마다 으레 하던 행사까지 잊다니. 그녀의 얼굴이 낭패감으로 물든다. 그러다 이내 스케줄을 적어놓은 손바닥만 한 작은 수첩까지 잊고 왔다 생각하자 뺨이 붉어졌다.

"잠시 자리에 다녀오겠습니다."

"이 비서."

"⋯⋯죄송합니다."

살짝 허리까지 숙이며 사과를 건네는 모습에 그가 소리 없이 웃었다.

"사과할 것까지야."

"그럼⋯⋯ 다녀오겠습니다."

하얗게 질린 손가락 마디를 보던 민환은 혜영이 휙 돌아서 사장실을 벗어나는 뒷모습을 보며 고개를 숙였다.

"큭큭."

늘 그의 앞에서 딱딱하게 굳어 있던 사적인 얼굴이 지워지고, 감정을 고스란히 드러낸 얼굴을 보자 웃음이 멈추질 않는다.

어둠을 잔뜩 머금은 그가 괴고 있던 턱을 풀며 의자에 등을 편히 기댔다. 그리고 손톱으로 테이블을 툭툭 내려친다.

"앞으로 어떻게 나오는지 볼까?"

그 재미를 보는 것도 제법 쏠쏠할 것이다.

"자, 솔직히 말해봐."

가연은 며칠째 죽상인 얼굴의 혜영을 보았다. 속에 무언가를 담아두고서 똥 마려운 강아지처럼 구는 친구를 보니, 그렇게 묻지 않을 수가 없었다. 하지만 평소라면 속마음을 숨기고서라도 무언가 답을 주었을 혜영이 오늘은 입술만 달싹일 뿐 아무런 말도 하지 않았다.

그 사장이랑 무슨 일이 있는 것 같긴 했지.

만약 그 잘난 남자와의 일 때문에 고민을 하는 것이라면 쉽게 털어놓지 못할 것이다. 그는 잘난 남자였고, 친구의 상사이기도 했으니까.

입을 꾹 다물며 눈알만 도르륵, 도르륵 굴리고 있던 혜영이 한숨과 함께 말을 툭 내뱉었다.

"사표 써야 할까 봐."

"왜?"

"나 사실……."

힘겹게 이야기를 꺼낸 혜영이 다시 입을 꾹 다물었다. 일그러진 미간과 찡긋 주름을 잡힌 콧잔등을 보던 가연이 물었다.

"왜? 멋진 사장이 계속 작업이라도 거니?"

"야!"

너 그거 어떻게 알았어? 라는 물음보다 비명 같은 울화가 먼저 터져 나왔다. 혼란스러운 눈빛으로 자신을 바라보는 혜영의 모습에 가연이 입가에 웃음을 머금으며 말했다.

"뻔하지. 지난주에 너 상태가 영 이상했거든."

"……."

"무슨 일인데? 솔직히 털어놓지 않는다면 뼈가 발릴 정도로 물을 거야."

어서 썩 말하지 못할까! 가연이 협박했다. 그러자 혜영이 힘겹게 말을 꺼냈다.

"지난주에…… 잤어."

"흐응."

작게 콧소리를 내는 모습에 혜영이 뺨을 화르륵 붉혔다. 뭐 그런 것 가지고, 하는 표정이었다.

"표정이 왜 그래?"

"그게 뭐 별거야?"

인스턴트 연애가 만연하는 시대. 처음 보는 사람과도 섹스를 할수 있는 그런 시대다, 2014년은. 진심을 나누기보단 몸을 나누는 것을 선호하는 여자들도 많았다. 그런데 한 번 잤다고 해서 그게 무슨 큰 대수겠는가. 물론 상대가 윤민환인 것이 아주 놀랍긴 했지만.

"그게 어떻게 별게 아니야?"

"섹스는 당연한 욕구 중 하나거든. 그러니 별일이 아니지."

"엄청난 일이지! 상사와 잤다고! 그게 말이 돼?"

"말은 안 될지 몰라도, 잤잖아. 그래서, 그 후에 그 남자 반응은 어떤데?"

"……."

"표정을 보니, 이제부터 할 이야기가 진짜네. 왜? 또 자재?"

"……."

친구의 입에서 흘러나오는 말들에 새하얗게 질린 얼굴로 고개를 푹 숙인 혜영이 손가락을 꼼지락거렸다. 한 번의 관계는 실수라 칠 수도 있었다. 알코올은 아주 강력한 힘을 가지고 있어서 평소 생각하고 억눌러 왔던 일들을 실행시킬 수도 있었고, 자제력을 없애 버리기도 했으니까. 하지만 그 후의 민환을 보면, 단순히 그 관계가 실수만은 아닌 것처럼 행동하고 있었다. 그리고 나도 꽤…….

미처 생각의 끝을 맺지 못한 혜영이 한숨을 푹 내뱉었다.

너무 부담스러운 남자는 싫었다. 자신과 잘 맞는 적당한 남자를 만나 결혼하는 것이 그녀의 바람이라면 바람이었다. 그런데 윤민환은 너무나 대단한 사람이다. 그에게 관심이 없는 여자라 하더라도 홀딱 빠져 버릴 정도로 매력이 철철 넘치는 멋진 남자.

그런 남자와 내가?

그렇게 생각하던 혜영은 문득 앞에서 들려오는 거친 소리에 고개를 번뜩 들었다.

쾅!

가연이 주먹으로 테이블을 내려쳤다. 덕분에 거의 입도 대지 않은 커피가 찰찰 넘쳤지만, 두 사람 중 그 어느 누구도 그에 대해 신경 쓰는 이는 없었다.

가연이 거칠게 소리쳤다.

"야, 이혜영. 너 서른둘이야, 서른둘. 자그마치 계란 한 판에서 두 개나 더해야 하는 나이라고! 이제껏 제대로 된 연애도 못해보고 변변찮은 남자들만 만나다가 폭삭 늙었다고. 이제 와 제대로 된 사람과 관계가 생겼다면, 난 친구로서 너에게 축하하고 싶은데?"

"……그래도."

"그래도 뭐?"

"나 조금 무서워."

"무서워? 그 남자가? 왜? SM이니? 막 할 때 목 졸라달라거나 때리거나 그래?"

"야! 정가연, 거기까지만 하자?"

난 엄청 심각한데!

혜영이 빽 소리를 지르자 주위 테이블에 앉아 있던 사람들의 시선이 한꺼번에 몰려들었다. 가연이 손을 들어 진정하라는 듯 허공에서 허우적거린 후 심드렁한 얼굴로 말했다.

"알았어, 알았어. 그럼 뭐가 무서운데?"

"……"

"너 처음엔 네 사장 좋아했었잖아. 얼마 못 가 접긴 했지만."

"……그건 동경 비슷한 거야. 연애 상대론 전혀……."

혜영의 목소리가 기어들어 가자, 가연이 콧소리를 내며 친구의 얼굴을 살폈다.

"물론 거기가 얼마나 진심인진 모르겠지만."

"……진심이 아니야."

아아, 이게 문제였구만? 가연이 속으로 한숨을 내뱉었다. 친구는 겁이 너무 많았다. 하지만 사람과의 관계가 그렇지 않은가. 용기가 꽤나 필요한 것들뿐이었다.

"에? 뭐, 얼굴값은 하겠다만. 7년 동안 함께한 널 건드린 걸 보면 꽤 진심인 것 같긴 한데? 아무래도 직장이란 곳이 그렇잖아? 사내 연애가 왜 어려운데? 연애가 끝나면 모든 게 끝장이니까 어려운 법이라고."

일리 있는 말에도 혜영은 고개를 저었다. 그녀의 말에 쉽게 동의를 할 수 없는 이유는 지난 7년 동안 민환이 자신을 대했던 태도 때문이었다. 사적인 관심을 한 번도 보여준 적이 없었던 시간은 결코 짧지 않았으니까.

그녀의 표정에 가연은 턱을 괴며 심드렁한 얼굴로 말했다. 설득은 집요했고, 또 꽤 혹할 만한 것들이었다.

"뭐, 어찌 되었든 간에! 그럼 좀 어때? 너도 진심이 아니면 되잖아. 그냥 편하게 만나보라고, 편하게. 멋진 남자니까. 잠시 꿈에 젖어보는 것도 괜찮잖아."

그 후로 가연은 몇 번이고 민환과의 관계를 지속하라고 말을 했다. 그리고 그 말에 혜영은 일부 동의를 했다. 하지만 계속 거부감이 드는 것은 아마 단 하나의 걱정 때문일 것이다.

꿈이 깬 후엔……?

그 후엔 어떻게 하지?

그렇게 생각하면 벌써부터 가슴이 시큰했다. 그와의 잠자리 이후, 그녀의 머릿속엔 온통 민환뿐이었으니까.

오래전 묻었던 감정이 모락모락 피어오르고 있었다.

사장실 문을 바라보던 혜영은 고민에 찌든 얼굴을 옆으로 돌렸다. 마치 현실을 도피하는 사람처럼.

"아, 정말."

이젠 어쩌지?

며칠 전, 그와 그런 일이 있고 나서부터 5일이란 시간이 흘렀지만 바뀐 거라곤 없었다. 여전히 그의 집요한 시선이 따라붙었고, 간간이 자신을 긴장시키는 말을 던지곤 했다.

"여전히 생각이 정리되지 않은 모습이군."

가볍게 던진 말속에 담긴 것은 그 일에 대한 답을 언젠간 꼭 듣고 말겠단 뜻처럼 들렸다. 아니, 그렇게 말하고 있었다. 그뿐이라면 그녀 또한 포커페이스로 넘길 수 있었으나 은밀한 표정으로 웃으며 하는 말들은 도저히 멀쩡한 정신으로 억눌러 넘길 수가 없었다.

"그때 그 모습을 보아서 그런지 평소의 당신도 상당히 매력적으로 보이네. 당신 속이 빤히 보이는 기분이야."

입고 있는 슈트 속을 들여다보는 눈빛과 숨이 막힐 듯한 공기. 그가 말한 것은 어쩜 자신의 생각이 보인다 말하는 것일지도 몰랐으나, 혜영의 귀엔 다르게 들려, 마치 그의 앞에서 발가벗겨진 기분이 들었다.

그렇게 하루에도 몇 번씩 단둘만 있을 시간이 있었기에 은밀한 농담은 계속되고 있었다. 그리고 혜영은 그러한 그의 말에 돌부처가 된 듯 아무런 말도 할 수가 없었다. 어찌 윤민환 그의 말에 답을 할 수가 있겠는가. 그는 남들을 찍이 누르는 기묘한 분위기를 내뿜으며 상대를 옴짝달싹못하게 만드는 데엔 도사였다. 그랬기에 약혼녀 외에 가볍게 만났던 여자들 또한 쉽게 떼어내지 않았던가.

"바람둥이."

입술을 짓이긴 혜영이 자신도 모르게 읊조렸다.

"후."

생각이 고스란히 입으로 나오다니. 혜영은 자신을 이런 상태로 만든 그가 원망스러운 것인지 사장실 문을 노려보며 째깍째깍 흘러가는 시간만 덧없이 보내고 있었다. 이럴 때가 아닌데도 말이다.

금요일, 퇴근시간이 점점 다가오고 있었다. 지난 일을 경험했을 때 주말이 다가오기 전 이야기를 하는 것이 좋다는 것을 그 일로 절실히 깨달은 혜영은 시간이 흐를수록 긴장되는 마음을 감추지 못했다.

이야기해야 해. 확실히. 더 이상 그런 사적인 말은 하지 말아달라고 말이야. 계속 그러면 더 이상 일할 수 없겠다고도 확실히 말하자.

속으로 몇 번이고 되뇌던 혜영이 막 걸음을 옮기려고 할 때였다.

삐리릭―

인터폰이 울리자 그녀는 자신도 모르게 먼저 수화기부터 집어들었다.

"네."

[잠시 이야기 좀 하지.]

드디어 때가 온 것인가. 자신도 모르게 고개를 끄덕인 혜영이 말했다.

"네, 알겠습니다."

달칵.

소리 내어 수화기를 내려놓은 혜영이 숨을 크게 들이마셨다가 내뱉은 후 천천히 걸음을 옮겼다. 표정은 전투장에 나가는 투사와 같았다. 하지만 단단히 결심한 얼굴로 사장실 문을 열고 안으로 들어가자마자 들려오는 말에 그녀의 몸이 멈칫 떨렸다.

"내일 시간 어때?"

"네?"

"저녁에 모임이 있어. 당신과 함께 갔으면 하는데."

내일은 토요일이었다. 업무적인 일엔 옆을 지켰지만 지금 그가 말하는 것은 사적인 모임이었다. 전혀 의외의 말에 혜영의 눈이 동그랗게 변했다. 그런 그녀의 모습이 귀엽게 느껴졌던 것인지 민환이 입술 끝을 늘여 웃는다.

움찔 몸을 떤 혜영은 멀어져 가는 정신줄을 붙잡기 위해 손바닥에 손톱을 박아 넣었다. 굳어진 얼굴로 그녀가 읊조리듯 말했다.

"약혼녀분께 부탁하시면 되지 않습니까."

잔뜩 경계심을 드러낸 눈빛에 민환이 고저 없는 목소리로 답했다.

"유라는 현재 런던에 있지."

말에 담긴 감정만큼이나 목소리는 무심하다.

약혼녀 대용이라.

이제껏 그의 앞에서 들었던 감정과는 또 다른 감정이 가슴에 자리 잡힌다.

"그렇…… 군요."

실망감.

알 수 없는 실망감이다.

누굴 향하는 것인지 알 수 없는.

아래로 뚝 떨어뜨렸던 시선을 겨우 수습한 혜영은 평소의 사무적인 얼굴로 돌아와 말했다.

"몇 시까지 준비하면 될까요?"

"다섯 시. 사람을 보내지."

"네."

짧게 답한 그녀가 한 발자국 물러서 허리를 숙여 인사했다.

"하실 말씀 끝나셨으면 먼저 나가보겠습니다."

또각또각, 미처 카펫이 흡수하지 못한 걸음걸이 소리가 그에게서 점차 멀어져 간다. 문을 닫고 그녀가 사라지고 난 뒤에도 민환은 문에서 시선을 떼지 못했다. 비스듬히 괴고 있던 고개를 든 그가 입술 끝을 말아 웃었다.

"언제까지 도망가는지 볼까?"

참 궁금했다.

그녀가 사력을 다해 도망간 뒤 붙잡혔을 때 어떤 표정을 지을 것인지.

❖

"이혜영 님이신가요?"

"네, 그런데요?"

혜영은 점심시간이 조금 지나서 자신의 집 초인종을 누른 사람을 보았다. 손에 들린 커다란 박스와 남자가 입고 있는 옷을 볼 때 지나치게 고급스러운 것이 단순한 택배기사처럼은 보이지 않았다. 남자의 모습을 살피던 혜영은 곧 그의 입에서 흘러나온 말에 미간을 찌푸렸다.

"윤민환 사장님께서 보내셨습니다."

사장님이요? 그렇게 묻기도 전에 남자는 그녀의 품에 상자를 안기고선 쌩하고 사라졌다. 남자가 사라진 곳을 허망하게 쳐다보던 혜영이 시선을 내려 상자를 보았다. 벨벳 소재의 상자는 생각보다 가벼웠고, 컸다.

달칵, 문을 닫고 집 안으로 들어선 혜영은 방금 전 말끔히 닦아 놓은 테이블 위에 상자를 내려다 놓았다. 그리고 한동안 커다란 리본이 묶여져 있는 상자를 노려보기만 했다. 상자만 보아도 저

속에 무엇이 들어가 있는지 눈치챌 수 있을 정도다. 더욱이 오늘 밤 그의 파트너로 알지도 못하는 모임에 참석하기로 되어 있지 않았던가.

끙, 앓는 소리를 낸 혜영이 벽에 걸린 시계를 확인한 후 자리에서 일어났다. 차마 상자를 열어볼 용기가 생기지 않으니 우선 깨끗하게 샤워부터 한 후 준비를 마치고 마지막으로 상자를 열어보는 게 좋을 것이다.

"후."

먹기 싫은 반찬을 마지막에 먹는 어린아이 같은 행동을 하지 않는 그녀였지만, 이번엔 예외였다.

순식간에 걸치고 있던 옷과 속옷까지 말끔하게 벗은 혜영이 샤워기 앞에 섰다. 제일 차갑게 물을 튼 혜영은 전신에 오소소 소름이 돋는 것도 알지 못한 채 멍하니 읊조렸다.

"정신 차려야 해."

마음속 주문을.

축축하게 젖은 머리를 툭툭 털며 샤워실 밖으로 나온 혜영은 나오자마자 있는 화장대 앞에 서서 얼굴에 스킨로션을 바른 후 한숨을 쉬었다. 옆으로 약간 비껴 나간 시선 끝엔 상자가 닿아 있었다. 하지만 그녀는 섣불리 움직이지 못한 채 다시 고개를 돌려 거울 속 자신의 모습을 보았다.

나이가 들수록 감추고 싶은 것이 많아진다. 자신의 내면에 있는 것은 물론이요, 외면 또한 마찬가지였다. 수십 가지의 화장품이 즐비해 있는 화장대 위에서 용케도 필요한 것들만 쏙쏙 골라내어 화장을 하는 그녀의 솜씨는 제법 프로에 가까웠다. 서른둘. 내면에 가득한 겁은 물론이요, 외면의 주름 또한 감추기 바쁘다. 나이가 들수록 사람은 참 겁이 많아진다. 아는 것이 많아지는 덕에.

무심한 얼굴로 색조화장까지 깔끔하게 마친 혜영이 자리에서 일어났다. 드디어 그가 보낸 선물과 마주할 순간이었다. 떨리는 손끝으로 리본을 풀고 상자 뚜껑을 연 혜영의 눈빛이 텅 비어 멍해졌다.

"무슨 생각이에요?"

그를 모신 후 이러한 일이 있은 적은 처음이었다. 화려한 드레스만큼이나 그는 화려한 세계에서 살아가는 사람이었고, 그녀는 그런 사람을 보필하는 사람이었다. 그녀에게 손끝 하나 대지 않던 그였다. 그런데 갑자기 왜? 혼란스러운 마음에 그녀의 눈빛이 어두워졌다.

입고 있던 가운을 벗고 드레스로 갈아입은 그녀는 드레스 옆에 놓여 있던 작은 상자에서 목걸이와 귀걸이까지 꺼낸 후 착용했다. 검은색의 시폰 드레스와 잘 어울리는 진주목걸이와 귀걸이였다. 진주 사이사이에 박혀 있는 작은 반짝이는 돌을 보던 그녀의 입술이 비틀렸다. 그녀의 생활을 보았을 땐, 이 돌들이 큐빅이었겠지만 그의 재력을 보았을 땐 분명 다이아몬드겠지.

거울 속 자신의 모습을 무심하게 보던 혜영이 이번엔 상자 귀퉁이에 있던 손바닥만 한 상자를 꺼냈다. 다른 것들은 상자를 보자마자 무엇인지 알 수 있었지만, 이 상자만은 정체를 몰라 여는 순간까지도 궁금증이 들었다. 하지만 상자를 개봉한 후 그 속에 들어 있는 향수를 보자 그녀의 눈빛이 눈에 띄게 굳었다.

디올 옴므 오드 뚜왈렛.

그가 평소에 뿌리는 향수였다. 그 향수를 보자 혜영의 콧잔등이 찡그려졌다.

"당신 진짜 뭐 하자는 거야?"

완벽히 자신의 취향의 것들만 보내고 마지막엔 자신이 사용하는 향수를 보내는 남자라니. 여자에게 남자 향수를 선물 보내는 저의를 모르지 않는 혜영이었지만, 그럼에도 그녀는 여전히 혼란스러운 얼굴이었다. 그 의미가 맞는지, 아닌지, 확신이 들지 않았다.

심플한 용기를 보던 혜영이 뚜껑을 열고 허공에 향수를 뿌렸다. 순간 좁은 집 안이 그의 향으로 가득했다. 허공에 빛처럼 흩뿌려진 향수 입자들이 그녀의 몸으로 내려앉자, 곧 그녀에게도 그의 향이 진하게 묻어났다. 순간 그가 그녀의 곁에, 그리고 아주 가까운 곳에 있다 생각하자 잊고 싶었던 그날의 기억이 떠올라 눈을 질끈 감았다.

"날 봐, 당신은 지금 날 보아야 해."

그의 목소리와 함께 느껴지던 뜨거운 살결. 그리고 그의 손이
제 몸 위를 노닐 때마다 자신의 몸은 그의 향으로 가득 찼었다.
"윽."
얼굴을 붉히며 자리에 털썩 주저앉은 혜영은 세팅해 놓은 머리
를 거칠게 쓸어 올렸다.
"미쳤나 봐."
미친 것이 분명하다.
그날의 기억만으로도 축축하게 젖은 자신의 몸은.
"미친 게 분명해."
불안한 마음에 호흡이 거칠어졌다.

차 문에 비스듬하게 기대고 선 민환이 주머니에 손을 찔러 넣었
다. 손가락 끝에 담뱃갑과 플라스틱 물체가 닿았다. 하지만 처음
엔 당장이고 담배를 꺼내 피울 생각이었던 그는 이내 생각을 바꾼
것인지 손가락만 꼼지락거리고 있을 뿐이었다.

"후."

입에서 깊은 한숨을 내뱉은 그는 라이터와 담뱃갑을 꺼내 차 뒷좌석으로 던져 버렸다. 무언가를 중독될 만큼 해본 적은 없었다. 그건 담배나 술은 물론이고 사람 또한 마찬가지였다.

사람의 관계는 허무하다. 언제 깨질지 모르는 관계에 기대를 해본 적은 없다. 그런 관계 또한 세상에 없다는 것을 그는 잘 알고 있었다. 그런 관계를 만들기 위해선 어떻게 해야 하는지도.

굳어진 얼굴로 곧 혜영이 나올 로비를 보고 있던 그는 자동문이 열리고 화려한 드레스 차림의 여자가 나오는 것을 보았다. 낡은 건물과는 달리 여인은 화려하고 사랑스러운 모습을 하고 있었다.

또각또각, 망설임 없는 걸음으로 제 앞으로 걸어오는 혜영의 모습에 그의 입가에 희미한 웃음이 머금어졌다.

"아주 예쁘군."

민환은 늘 철갑처럼 두르고 있던 딱딱한 슈트를 벗고 완연한 여자의 모습으로 서 있는 혜영을 보았다. 차 문에 비스듬히 기대어 그녀의 모습을 관찰하듯 바라볼수록 좁은 어깨가 오그라드는 것을 알았으나, 그는 시선을 떼지 않았다. 그리고 생각했다.

역시나 가지고 싶어.

이러한 마음이 언제부터 든 것일까?

그렇게 스스로에게 되물으면 답은 아주 간단했다.

처음부터. 처음부터 그녀가 가지고 싶었다. 하지만 지난 시간 진득하게 그녀에게 손끝 하나 대지 않고 기다린 것은 때가 아니었기 때문이다. 그녀를 손에 넣을. 하지만 드디어 때가 왔다. 흔들리는 혜영의 눈빛만 봐도 알 수 있었다.

곧 손에 넣을 수 있어.

쾌감에 온몸이 떨릴 지경이었다.

"어떤…… 파틴니까?"

하고 있는 모습은 나긋나긋한 천생 여자이면서 입에서 흘러나오는 말은 딱딱하기 그지없었다. 신경에 거슬리는 어투에 그가 굳어진 얼굴로 말했다.

"고교 동창 모임."

"아……?"

그렇게까지 사적인 모임일 줄은 몰랐던 모양인지 어중간하게 비껴 나가 있던 시선은 곧게 그를 향했다. 잔잔한 호수 위에 돌멩이가 내던져져 파동을 일으키듯 그녀의 눈빛 또한 울렁였다.

"왜 그런 반응이지?"

"그런 모임일 줄 알았으면 거절을 했을 겁니다."

"아아, 걱정 말라고. 시간 외 수당은 두둑이 챙겨줄 테니까."

"……"

그녀의 눈빛이 어두워지자 그가 손을 뻗어 그녀의 팔목을 움켜쥐었다. 그리고 왈칵 자신의 코 가까이 잡아당긴 민환은 그녀의 팔목에서 나는 향수 냄새에 입술 끝이 비틀렸다.

"아주 말을 잘 듣는 부하직원이군."

"이, 이거 놓아주십시오."

아아, 이런. 끝까지.

당황하는 순간까지도 멀찍이 거리감을 느끼는 말투에 그의 비틀린 마음이 지독한 장난 하나를 떠올린다. 혀를 길게 빼낸 그는 향수 냄새가 가장 잘 맡아지는 팔목을 혀로 핥았다. 순간 그녀의 팔목 위로 소름이 오소소 돋아나는 것을 본 그가 작게 웃음을 내뱉자 잔뜩 얼어 있던 그녀가 순간 정신을 차리고 팔을 비틀었다.

"이거 놓아주세요!"

정적을 깨뜨리는 목소리에 그들의 주위를 지나가던 사람들의 시선이 힐끗 닿는 것을 느꼈다. 하지만 지금 두 사람은 그런 시선을 느낄 수 없을 정도로 둘만의 세계에 빠져 허우적댔다.

"계속 이런 식으로 하실 거면 사장님을 더 이상 모실 수가 없습니다."

"흐음."

그가 작게 한숨을 내뱉는다. 눈빛은 '그래?' 라고 묻는 것 같다.

"전 사장님을 모시는 부하직원입니다. 사적인 관계가 아닌 공적인 관계입니다. 예의는 지켜주셔야……."

불안한 마음에 목소리가 계속 흔들렸다. 하지만 그녀는 없는 용기까지 죄다 끌어내어 말했다. 하지만 그 말이 이어질수록 그는 듣고 있기 따분하다는 표정을 지었다. 그녀의 얼굴이 순식간에 굳어지며 말을 미처 끝내지도 못한 채 말끝을 흐린다.

예쁜 핑크빛 립스틱을 발라놓은 입술이 굳게 닫히자 그가 천천히 운을 뗐다.

"할 말 다 했어?"

"……."

그녀의 입술이 새하얗게 변한다. 그 모습을 긍정이라 받아들인 그가 묘한 웃음을 내보였다.

"좋아, 그럼 지금부터 내가 하고 싶은 말을 하지."

"……."

이타적일 만큼 아름다운 웃음에 그녀의 고개가 아래로 뚝 떨어졌다. 긴 시간을 함께 했지만 저런 웃음을 본 적은 얼마 되지 않았다. 그와 실수처럼 가졌던 관계 이후, 그 이후로 보게 된 웃음. 그의 입에서 어떠한 말이 나올지 두려워야 할 지금, 그의 웃음에 홀려 허우적거리는 꼴이라니.

혜영은 자신의 모습을 비웃어주면서도 한편으로는 점점 알 수 없는 감정에 부풀어 오르는 제 심장에 당황하고 있을 때였다. 그녀의 잡생각이 일순 멈춘 것은.

"공적인 관계인 사람들이 섹스를 하나?"

"으……."

"당신 얼굴을 보니 기억이 나나 보네."

지난번, 그와 이 문제에 대해 이야기를 나누었을 때도 분명 기억은 하고 있었다. 하지만 서른 살이 훌쩍 넘은 그녀가 사회생활을 하며 만들어낸 제법 단단한 가면으로 숨길 수 있었을 뿐. 하지만 더 이상 그 가면은 효력이 없는 것인지 그의 목소리에 재미가 스며들었다.

혜영이 자신도 모르게 겁을 집어먹고 한 발자국 뒤로 물러서자, 그는 두 걸음 다가왔다. 성큼성큼 기다란 다리를 움직여 순식간에 두 사람 사이의 간격을 좁힌 그가 허리를 숙여 혜영과 눈을 마주했다.

"그리고 부하직원은 지금 당신처럼 그런 표정 짓지 못해."

손으로 턱 끝을 들어 올린 그가 고개를 내려 거침없이 입을 맞췄다. 타액이 섞이고, 뻣뻣하게 굳어 있는 그녀의 혀를 노크하는 올가미. 숨을 쉬는 것조차 잊은 것인지 호흡을 멈춘 그녀의 입속으로 숨을 불어넣은 그가 천천히 입술을 뗀 후 그녀의 입가에 흘러내린 타액을 닦아주었다.

얼이 빠진 얼굴로 자신을 올려다보는 그녀의 모습에 그가 짙은 웃음을 머금으며 말했다.

"그 표정 귀엽네."

마치 사랑에 푹 빠진 소녀 같아.

그 말에 혜영의 눈이 질끈 감겼다.

저마다 화려한 옷을 입고, 감정을 숨긴 웃음을 짓고 있는 파티장은 고교 동창 모임이라기보단 사업의 연장 같았다. 그들 중 대부분이 그녀가 알고 있는 그룹 오너의 자식이라던가 혹은 슬쩍 들려오는 커다란 인사말 속에 법조계인들이란 사실을 알 수 있었으니 어찌 그런 생각이 들지 않을 수가 있겠는가. 하나하나 얼굴을 살피며 혜영은 끼리끼리 논다는 말이 맞다는 생각을 다시 한 번 하며 고개를 숙였다. 민환의 곁에 다가오는 수많은 사람들, 그리고 그 사람들이 힐끗 자신을 바라보며 '누구야?' 라고 묻는 말. 그리고 거기에 대한 그의 대답에 그녀는 줄곧 고개를 들지 못하고 있었다.

그녀의 가슴이 덜컥 내려앉았을 때다. 커다란 소리와 함께 문이 열리더니 여기저기서 인사를 나누는 소리가 들렸다. 또다시 어떤 왕자님이 왔나 궁금증이 들어 힐끗 문 쪽을 바라보자 우리나라 최고의 로펌 C&B의 아들인 최건우가 들어오는 모습이 보였다. 그는 그곳에서 일을 하고 있진 않았으나 제법 큰 벤처 회사를 운영하고 있는 CEO였다.

사람들과 인사를 나누던 건우가 성큼성큼 걸음을 옮겨 민환에게로 다가오자 혜영의 시선이 다시 한 번 뚝 떨어졌다.

"얼굴 보기가 왜 이렇게 힘드냐."

"아아, 요즘 좀 정신없이 보내긴 하지."

"최대 흑자 소식은 뉴스로 봤다."

연일 〈도원전자〉의 실적에 대해 떠들어대던 뉴스를 떠올린 건우가 부럽다는 듯 자신의 친구를 눈으로 흘겼다. 마치 시멘트를 발라놓은 것처럼 오랜 친구의 표정은 작은 변화조차 없었다. 재미없는 낯짝에 혀를 끌끌 차던 건우의 시선이 혜영에게 닿았다. 그의 눈이 동그랗게 변했다.

"누구셔?"

그의 물음에 혜영의 몸이 뻣뻣하게 굳었다. 오늘 몇십 번이고 들은 말이었으나, 두려움부터 들었다.

"아, 새 여자."

"그래?"

혜영은 약혼녀가 있다는 사실을 모두들 알고 있는데, 새 여자라고 하자 비참한 마음이 들었다. 마치 부도덕한 여자가 된 것 같았고, 이 자리에 있으면 안 될 것만 같았다. 여기에 있는 사람들 중 민환의 약혼녀와 친하게 지내는 사람들도 있을 것이었다. 그녀 역시 별세계와 같은 이곳의 사람이었으니까.

아니라고 말하고 싶으나 그럼 지금 그의 입장이 이상해질 것을 생각하자 그렇게 말을 하지도 못하고 있었다. 민환이 건우에게 말한 그 마지막 말에 이제 더 이상 견딜 수 없어진 혜영이 고개를 들었다. 체온이 창백하게 식었다. 속이 미식거리고, 눈앞이 핑글핑글 돌자, 더 이상 두 발로 지탱하고 서 있을 수가 없었다.

"저 잠시 실례할게요."

그들의 답도 듣지 않은 채 성큼성큼 걸음을 옮긴 그녀가 도망치듯 파티장을 벗어나자 그 모습을 끝까지 보고 있던 건우가 민환의 어깨를 팔꿈치로 툭 쳤다. 혜영의 뒷모습에서 시선을 떼지 못하던 그가 짜증스레 고개를 돌렸다.

"진짜야?"

"뭐?"

"새 여자라는 말."

그 말에 방금 전까지만 해도 무료하던 얼굴이 조금 빛난다. 감정 한 터럭 보이지 않던 얼굴이 제법 밝아지자 건우가 몸을 움찔 떨었다.

뭐야, 이 녀석, 진심이야?

"아아."

짧게 소리를 낸 민환이 작게 웃음을 내뱉는다. 건우의 몸이 다시 한 번 움찔움찔 떨렸다.

"진짜 여지리고 해야 하니?"

"뭐?"

눈이 함지박만 하게 커진 건우가 얼떨떨한 표정을 지었다. 초등학교 시절부터 그를 알아왔다. 각자 다른 곳으로 유학을 떠나고 한국으로 입국을 한 뒤에도 일이 바빠 자주 보진 못했어도 윤민환이 어떠한 인물인지는 잘 알고 있었다. 끊임없이 여자가 따라붙는 타입이었으나, 이성엔 관심이 없는 놈이었다. 그런 그의 입에서 '진짜 여자'라는 말이 나오다니.

"이젠 못 참을 것 같아서. 가져야겠어."

"그럼 이 자식아, 새 여자가 아닌, 내 여자라고 했어야지. 상처받잖아."

혜영이 뛰쳐나간 곳을 눈으로 쫓던 건우가 혀를 끌끌 찼다. 예전부터 느껴왔지만 사업상 엮인 관계가 아니고서는 그는 관계를 어떻게 설정해야 할지 잘 모르는 것 같았다. 무슨 일이든 완벽하게 해내는 놈이 헤매는 꼴을 보자 재미있다는 듯 건우가 킥킥 작게 웃음을 내뱉었다. 그러자 민환이 그의 얼굴을 흘겨보며 차갑게 일갈했다.

"네가 참견할 일이 아니야."

툭 내뱉는 말에 건우의 표정이 원래대로 돌아왔다. 그럼 그렇지. 집요할 만큼 독점욕을 보이는 눈빛을 보자 건우의 입에서 한숨이 터져 나왔다. 관심이 회사에서 여자로 옮겨졌을 뿐이다. 서른넷이나 먹은 성인 남자에겐 이상하지 않을 일이나, 그 관심이 오롯이 파티장을 도망치듯 벗어난 여자에게만 향하면 곤란할 일이었다.

"명복을 빌어줘야 하나?"

건우의 말에 민환이 눈살을 찌푸렸다. 그 말을 하는 저의가 뭐냐는 표정이었다. 그러자 건우가 킬킬 웃음을 내뱉더니 어깨를 으쓱인다.

"너 말고 그 여자 말이야."

민환의 표정이 또다시 심드렁해지자 건우가 한숨처럼 말을 내뱉었다.

"너무 집요하겐 굴지 마라. 부서질 거야."

충고의 말에 민환은 '어째서'란 표정을 지어 보인다. 그럴 줄 알았다는 듯 혀를 끌끌 찬 건우가 까마득한 기억 중 하나를 꺼냈다.

"초등학교 때 기억 안 나나 보네. 남이 만진 장난감, 네 손으로 집어 던져 부쉈잖아."

이젠 잊을 법할 정도로 아주 오래된 일이었으나, 어린 건우에게 꽤나 충격적인 일이었던지 아직도 어제 일처럼 생생했다. 친구가 만진 자신의 장난감을 가차 없이 부숴 버린 윤민환은 지금과 제법 비슷한 표정을 지으며 웃었었다.

"다음엔 네 팔이 부러질지두 몰라."

초등학교 5학년 때의 일인가?

그 일로 친구는 울음을 터뜨렸지만 민환은 사과의 말 하나 꺼내지 않았다. 진심이었으니까.

후, 짧은 한숨을 내뱉은 건우는 심드렁한 얼굴로 손목시계를 보는 민환을 보았다. 혜영이 나간 지 시간이 꽤 흘렀으나 여전히 돌아오지 않자 신경이 쓰이는 모양이었다. 작게 미간을 찌푸린 그의 모습을 보자 건우는 마지막까지 충고를 아끼지 않았다.

"이번엔 그러지 말라고."

제법 진지하니 실수하지 말라고.

"걱정 마."

그 말에 건우가 안도의 한숨을 내뱉었다. 한번 삐뚤어지면 걷잡을 수 없는 사람이라는 것을 알기 때문에. 하지만 곧 흘러나온 말에 건우의 얼굴은 종잇장처럼 굳어진다.

"남들 손 탈 일 없으니까."

그럼 부러뜨릴 일도 없겠지.

뒤이어 흘러나온 말에 건우가 '삐뚤어진 자식!' 이라고 외쳤지만, 민환은 대꾸도 없이 걸음을 옮겼다. 슬슬 지금쯤 바닥을 파고 들어 가고 있을 혜영을 뒤흔들어야 할 시간이었다.

견딜 수가 없었다.

자신들을 향하는 눈빛들이.

그래서였을까.

신경성 때문인지 칵테일을 한 잔밖에 마시지 않았는데도 머리가 어지러웠다.

바람에 휘날리는 머리카락을 정리할 생각도 하지 못한 채 멍하니 쪼그리고 앉아 있던 혜영의 입에서 한숨처럼 말이 흘러나왔다.

"무슨 생각이신 거야."

도저히 감을 잡을 수가 없었다. 머리는 차가운 밤바람에 얼어버린 것인지 그 어떤 생각도 나지 않는다. 아마 그녀는 모르겠지. 그가 혜영이 정신을 차리기도 전에 휘몰아치고 있다는 것을. 그 사실을 알아차리기 전에 혜영, 자신을 함락할 것이라는 계획을 하고 있다는 것도.

오들오들 몸을 떨고 있던 혜영이 무릎 사이에 얼굴을 묻을 때였다. 어깨에 옷이 툭 떨어졌다. 놀란 마음에 위를 올려다보자 어느새 나온 민환이 입에 담배를 문 채 눈을 내리깔며 혜영을 보고 있었다. 자신의 어깨에 걸쳐진 외투를 손으로 꼭 쥔 혜영이 멍하니 물었다.

"담배 태우셨어요?"

어투가 조금 누그러진 것은 아마도 처음 받아 마신 칵테일 한 잔 때문일 것이다. 스스로가 술이 제법 세다는 것은 알고 있었지만, 혜영은 지금 이 순간 술 때문이라 말하고 싶었다. 그렇지 않다면 자신이 세워둔 단단한 벽을 그가 허물었다는 것이니까.

그와 내가? 말도 안 돼.

과거 몇 번이고 떠올렸던 그 생각을 그녀는 또다시 되짚고 또 되짚었다.

"음, 뭐."

"몰랐어요."

각오가 서기도 전에 또다시 혜영의 입에서 편한 어투가 흘러나왔다. 그러자 민환의 입술이 부드럽게 호를 그렸다.

"이것 말고도 당신이 나에 대해서 모르는 것은 많아."

혜영의 팔을 잡아당겨 일으켜 세운 그가 거침없이 입을 맞췄다. 그의 입술 끝에 위태하게 서 있던 담배가 아래로 툭 떨어졌다. 불을 붙이기도 전에 혜영의 구둣발에 짓이겨진 신세가 참으로 불쌍했다. 하지만 그의 혀에 완전히 얼을 빼버린 그녀만 할까.

그녀의 고른 치열을 훑고, 타액까지 꿀꺽 삼킨 민환이 천천히 눈을 뜨며 입술을 떼었다. 로비 조명을 받아 어두운 빛깔의 눈동자가 빛을 뿜어냈다.

"아……."

"지금은 알겠어?"

혜영의 고개가 자신도 모르게 천천히 끄덕여졌다. 알 것 같았다. 윤민환의 새로운 모습들. 요즘 그가 보여주는 것들은 온통 새로운 것이었으니까. 마치 자신이 알던 그 같지가 않을 정도로.

아마 그래서 그랬을 것이다.

"올라갈까?"

그가 매혹적으로 웃으며 하는 그의 제안을 받아들인 것은.

차마 벗어날 수 없는 웃음에 그녀의 정신이 멀어져 갔다.

쿵!

거칠게 떠밀려져 벽에 등을 부딪친 혜영은 그 충격으로 머리가 띵해졌지만, 정신을 차리기도 전에 몰아닥친 그의 입술에 눈을 질끈 감아버렸다. 두근두근, 가슴이 사정없이 뛰고 내달렸다.

"으음!"

조금의 틈도 없이 부딪혔던 입술이 조금 떨어지고, 약간의 틈이 생기자 그가 혀를 길게 빼내어 그녀의 아랫입술을 부드럽게 핥았다. 찌르르, 입술에서 전해진 전율이 온몸으로 퍼져 나가자 감고 있던 눈을 게슴츠레 떴다. 혜영의 눈빛은 젖어 있었다.

"당신 지금 표정, 걸작이야."

삐뚤게 올라간 입술과 알 수 없는 음흉한 감정을 남고 있는 눈빛은 그가 지금 비꼬고 있다는 것을 단적으로 보여주었지만 혜영은 아무런 반항도 할 수가 없었다. 커다란 그의 손이 자신의 옷 속을 파고들고 브래지어째 가슴을 움켜쥐었기 때문이다.

척추가 비틀리고, 호흡이 거칠어졌다. 벌써부터 기대감에 팬티가 축축이 젖어간다. 이러한 그녀의 상태를 잘 알기라도 하는 것처럼 브래지어 속으로 파고들었던 손은 젖꼭지를 꼬집고 비틀었고, 다른 손은 어느새 그녀의 치마를 들치고 팬티 위를 더듬고 있었다. 갈라진 여성의 사이를 비집고 파고들었다.

움찔.

실크 재질의 팬티가 여성의 모습을 고스란히 나타내고 있다고 느낄 정도였다. 그의 눈에 자신이 어떤 식으로 보일지 알 수 있어, 혜영은 얼굴을 붉혔다.

분명히 밝히는 여자 같겠지. 그의 손짓에 얼굴을 붉히고 있는 모습은 분명 야한 여자 같을 것이다.

이러한 생각에 그녀의 몸이 빳빳하게 굳었다. 하지만 곧 팬티를 걷은 후 여성 안으로 부드럽게 빨려 들어가는 손가락 때문에 머릿속이 새하얗게 변했다. 부끄러운 마음도, 그의 집요한 눈빛이 유난히 따갑다는 생각도, 모두 신음과 함께 토해진다.

"아아, 사, 사장님……."

입술을 통해 터져 나온 짧은 신음 소리. 그 소리가 만족스러웠던 것인지 천천히 그녀의 속을 휘젓던 그의 손가락이 빨라졌다.

"당신, 예뻐."

"아아!"

"내 품 안에서 노는 모습이, 참 좋군."

그가 좋다고 했던가?

그러한 의문은 곧 소리 소문 없이 사라졌다. 빨라진 그의 손가락을 타고 자신이 쉼 없이 내뿜는 달콤한 윤활유로 젖어가는 생각도, 곧 엉덩이를 강렬하게 내려치는 그의 손에 몸을 움찔 떤 것도, 제발 당신을 받아들이게 해달라 애원했던 목소리도. 함께 사라져 갔다.

"사, 사장님, 제발요. 제발……."

애원의 목소리는 점차 커져 갔다.

돌아버릴 것 같았다.

계속 그의 몸에 자신의 흔적을 남기기 위해, 그의 목을 물고, 그의 머리카락 사이에 손가락을 찔러 넣어 잡아당겼으며, 키스해 달라 애원하며 그의 숨결까지 앗아갔다.

그의 손에 뒤돌려져 엉덩이를 내주기 전까진.

거친 섹스는 모든 것을 앗아갔다.

돌이 얹어진 깃처럼 무거운 눈꺼풀을 힘겹게 들이 올린 혜영은 멍한 표정으로 눈을 깜빡였다. 새하얀 침대 시트, 누가 보아도 호텔 방이란 것을 알 수 있을 정도로 잘 정돈되어 있는 방 안. 그것들을 하나씩 눈에 담던 혜영이 눈을 감았다. 지난밤의 일이 떠오른다.

민환은 뭐가 그리도 급한 것인지 현관문 앞에서 그녀를 거칠게 가졌다. 엉덩이를 붙잡고 있던 단단한 손길이 마치 불에 덴 것처럼 선명하게 떠올라 아직도 가슴이 두근거렸다. 다리에 힘이 풀려 털썩 주저앉은 그녀를 번쩍 안아 든 그는 침대에서 한 번, 소파에서 한 번, 그리고 욕실에서 한 번 더 가졌다. 여성 안으로 들어오던 물 때문에 마지막엔 얼얼할 지경이었다. 어디 그뿐인가, 연신 거칠게 그의 치골이 닿던 사타구니는 무언가에 맞은 것처럼 아팠다.

깜빡깜빡, 눈을 감았다 뜨던 혜영은 오늘 새벽녘까지 이어지던 관계가 모두 꿈처럼 느껴진다 생각했다. 그와의 관계라니. 그런 거친 관계라니. 현실에선 있을 수 없다 생각했다. 하지만 지금 자신의 앞에서 비스듬히 누워 있는 그의 얼굴을 보자니 현실감이 확 들기 시작했다.

꿈이 아니다. 눈앞의 그는 분명 환상이 아니었으니까.

후우, 기나긴 한숨을 내뱉은 혜영이 다시 눈을 감자 입가를 비틀어 웃고 있던 그가 천천히 운을 뗐다.

"한 번은 실수라고 하는데, 두 번은 실수라고 할 수 있을까?"

"……."

그의 말이 맞다.

한 번은 그렇다 쳐도 두 번은 뭐라 변명할 거리도 없다.

더욱이 첫 번째의 관계는 술에 찌든 뇌 덕에 필름이 끊겨 제대로 기억이 나지 않았으나, 방금 전의 일은 아직도 뼛속 깊이 그 느낌과 감각이 박혀 온몸을 들뜨게 만들었다.

잠시 그의 입술이 떨어질 때마다 손가락을 그의 머리카락 안에 찔러 넣어 뽑힐 듯 잡아당겼고, 이로 그의 목을 깨물었다. 그것이 꿈이 아니라는 듯 멍하니 향한 시선 끝에 그의 목에 남겨져 있는 선명한 이빨 자국이 닿는다.

그렇게 한 것은 그의 입술이, 손길이 고파서.

처음 약 올리던 그의 입맞춤이 너무나 애달파…….

얼굴이 붉게 타오르다 못해 터질 것만 같았다.

혜영의 얼굴을 살피던 민환은 확신에 젖은 얼굴로 물었다.

"내 말이 틀렸어?"

"……아니요."

혜영은 순순히 답했다. 그가 원하는 답이 '아니'라는 것을 알고 있었기에. 제 마음이 하는 소리 또한 그와 같다는 것을 알고이었기 때문에.

천천히 몸을 일으킨 혜영은 침대 시트가 내려가고 볼륨감 있는 상체가 고스란히 드러나는 것을 깨닫고 나서야 이불을 끌어 올렸다. 그러자 그의 하체를 아슬아슬하게 가리고 있던 이불이 끌려와 아침부터 제 존재감을 뽐내고 있는 남성이 드러났다. 그 모습을 얼이 빠진 듯 보고 있던 혜영이 고개를 돌렸다. 얼굴이 화르륵 타

올랐다.

큭, 그때 그의 입에서 작은 웃음이 터져 나왔다. 지난밤, 서로의 몸에 점 하나까지 입을 맞추며 속속들이 탐색을 했던 그들이었다. 그런데 이제 와 저런 반응이라니. 어찌 웃지 않을 수가 있겠는가. 그의 웃음소리에 혜영의 어깨가 눈에 띄게 굳어졌다. 그리고 현실을 회피하듯 고개는 반대쪽으로 더욱 돌아갔다.

무거운 침묵, 그 침묵이 깨진 것은 오랜 시간이 지나지 않아서의 일. 민환은 눈에 띄게 긴장하는 혜영의 모습을 보며 웃음 섞인 목소리로 말했다.

"좋아, 어떻게 할래?"

천천히 고개를 돌려 민환과 눈을 마주한 혜영이 입술을 꾹 다물었다. 하지만 눈빛은 이리 말하고 있었다.

뭐가요? 무슨 말을 하는지 저는 모르겠어요.

요즘 그가 무슨 생각을 하고 있는지 전혀 알 수가 없었던 그녀는 그리 물었다. 그러자 민환은 더욱 진한 웃음을 입가에 매달며 말한다.

"나랑 불장난해 보지 않겠어?"

두근두근, 심장이 뛰었다.

이 심장의 박동은 그 때문에 그런 것.

자신의 감정이 확연하게 가슴께를 통해 전신으로 퍼져 나갔다.

그녀는 고개를 끄덕이지도 내젓지도 못했다. 자신의 의견을 피력할 수 없었던 것은 아마도 그의 눈빛이 이미 모든 답을 내놓고 있었기 때문일 것이다.

아니, 이미 그녀의 마음속에도 답은 내려져 있었다.

"좋아요."

그 불장난.

2화 먼 곳만 보네요

실수가 아니었다, 그와의 관계는. 실수를 두 번이나 하는 사람은 바보라 생각하니까. 아니, 어쩌면 자신도, 그도 두 번이나 실수를 하는 바보라 할지라도, 이 관계를 실수라 표현하고 싶지는 않았다. 그렇다면 애써 용기를 끌어내어 관계를 맺은 자신이 너무 바보 같을 것 같았다.

잔뜩 겁을 집어먹은 모습이 허무하게 느껴질 정도로 그는 아무렇지도 않게 굴었다. 아침 8시 30분에 출근을 한 그에게 커피를 내오고, 스케줄을 보고한 뒤 일정에 따라 그를 약속 장소로 데려다 주고 있었다. 최근 스마트폰 신제품 출시가 있었기에 정신이 없이 바빴던 그 덕에 그녀 또한 바빴다. 단둘이서 이야기를 나눌 시간조차 없었고, 퇴근은 항상 늦었다. 그렇다고 퇴근한 뒤에도 그에게선 따로 연락이 오질 않았다. 그러자 그녀는 불안해지기 시작했다.

내가 혹시 잘못 들은 것은 아닐까, 모두 꿈은 아닐까. 그러한 생각이 들었지만, 아직도 허리에 남아 있는 키스마크가 모든 것은 허상이 아닌 현실이란 것을 알려주고 있었다.

그렇다면 혹시…… 내가 벌써 질렸나?

흔히들 남자들은 '처음 보는 여자'를 제일 좋아한다며 장난스럽게 말하곤 하지 않던가. 그 말처럼 이미 두 번의 관계를 가진 자신에게 더 이상 흥미를 가지지 않는 것일지도 모른다.

따끔!

가슴 한 켠이 아파오기 시작한다.

"표정이 왜 그래? 어디 아파?"

"아, 아닙니다."

혜영은 서둘러 표정을 수습하며 답했다. 방금 전까지 차마 그를 보지 못한 채 아래로 향해 있던 시선을 들어 전방을 주시했다. 어제부터 일주일간, 차를 운전을 하던 차석 비서가 여름휴가를 떠났다. 원래라면 혜영이 운선내를 잡아아겠지만, 민환은 웬일인지 본인이 직접 운전을 하겠다 말했다. 이에 그녀가 작은 반항을 해보았지만, 스케줄이 많지 않으니 별 무리가 되지 않는다며 진득한 시선을 보내는 그에게 아무런 말도 하지 못한 채 고개를 끄덕일 수밖에 없었다.

가로등 불빛을 바라보던 혜영이 한숨을 속으로 삭였다. 인간이 만들어낸 아름다운 불빛들이었지만 야경을 보는 그녀의 생각은 다른 곳으로 향해 있었다.

빨리 집에 들어갔으면 좋겠다. 욕조에 뜨거운 물을 가득 받아두고 몸을 녹였으면 좋겠어.

세상은 30도가 넘는 무더운 여름이었지만 그녀는 한기를 느끼고 있었다. 아마 마음의 한기일 것이다.

손을 들어 자신도 모르게 어깨를 쓰다듬는 그녀를 보던 민환은 전방을 주시하며 말했다.

"집으로 데려다 주면 되나?"

"아니요, 편하신 곳에서 세워주세요."

혜영이 고개까지 저어가며 거절했다. 그에게 운전대를 잡게 한 것도 모자라 집에까지 데려다 달라는 말은 차마 할 수가 없었다. 그러자 그는 미간을 찌푸리며 손을 내밀어 무릎 위에 있던 혜영의 손을 붙잡았다.

움찔.

혜영의 몸이 떨렸다. 가슴은 백 미터 달리기를 하기 시작한다. 그는 작은 손짓 하나만으로도 그녀를 불안하게 만든다. 그리고 감정을 깨닫게 만든다.

"왜? 불편해서 그런 거라면 신경 쓸 것 없어."

"불편해서 그런 게 아니라……."

"약속이라도 있는 거야?"

그의 물음에 혜영이 고개를 저었다.

"아닙니다."

"그럼 집까지 데려다 줄게. 삼성동이지?"

혜영이 놀라움에 눈을 크게 뜨며 물었다.

"그걸 어떻게……?"

아셨어요? 물음은 미처 끝맺지 못한다. 하지만 민환은 입가에 매력적인 웃음을 머금은 채 확신에 물든 눈빛을 빛냈다.

"난 당신에 대해 모르는 것이 없어."

짧게 말을 내뱉는 모습에 혜영이 천천히 고개를 끄덕였다. 이력서에 기재된 주소는 예전 집이었다. 그가 그녀를 데려다 준 적도 없었고, 회사 사람들 중 그녀가 지금의 집에 살고 있다는 것을 알고 있는 사람도 없었다.

그는 정말 어떻게 알았지……?

물어보고 싶었지만 여유로운 얼굴로 전방을 주시하고 있는 그를 보니 차마 묻지 못했다. 그는 大도원그룹의 후계자가 아닌가. 마음만 먹는다면 모든 것을 알아낼 수 있을 것이리라. 그리고…… 원하는 것이라면 모두 손에 넣을 수 있을 수도 있겠지.

혜영의 눈빛이 짙은 빛으로 물들었다.

"감사합니다."

차에서 내린 혜영은 덩달아 내린 민환에게 허리를 숙여 인사를 건넸다. 그리고 고개를 들어 민환을 바라본다. 아무 말 없이 짙은 시선으로 자신을 내려다보고 있는 그를 보자 순간 몸이 굳었다. 마치 고양이 앞의 쥐처럼 몸을 굳힌 채 아무런 말도 없이 눈만 깜빡이는 혜영을 보던 민환이 고개를 옆으로 기울였다. 입술을 길게 늘어뜨려 매력적으로 웃은 그가 말했다.

"차 한잔 안 내줄 거야?"

"아……."

혜영의 얼굴이 곤란한 빛으로 물들었다. 축 늘어진 눈꼬리와 살짝 찌푸리고 있는 콧잔등을 보자 그가 다시 한 번 힘주어 말했다.

"매정하게 보낼 생각이야?"

자신도 모르게 고개를 저은 혜영은 그의 웃음이 진해지자 아차 싶은지 고개를 숙였다. 자신의 개인적인 공간으로 그를 초대하다니, 한 번도 생각해 본 적이 없었던 상황이었다.

"가자."

어느새 가까이 다가온 민환이 혜영의 팔을 잡아끌었다. 그의 손에 이끌려 엘리베이터에 오르는 순간까지도 혜영은 쓸데없는 고민으로 어두운 낯빛을 하고 있었다.

집은 제대로 치웠던가?

아침에 어떻게 집을 해놓고 나왔는지 고민하는 그녀의 얼굴이 종잇장처럼 일그러져 있었다.

집 앞까지 아무 말 없이 걸어온 혜영은 긴장한 얼굴로 비밀번호를 눌렀다. 여덟 자리를 누르고 집 안으로 들어서자 다행히도 자신이 생각했던 것보다 멀끔한 방 안이 한눈에 들어왔다.

"좁죠? 잠시만 앉아 계세요. 차는 뭐로 드릴까요?"

"커피."

"이 시간에요?"

"어."

여덟 시가 넘은 시각이었지만, 민환은 커피를 주문했고 혜영은 곧장 커피부터 내렸다. 뒤에서 따끔따끔한 시선이 느껴졌지만, 혜영은 단 한 번도 돌아보지 않았고 접시가 부딪히며 달그락거리는 소리만 들릴 뿐 집 안은 침묵뿐이었다.

쪼로록, 볼품없는 머그잔에 커피를 가득 따른 혜영이 소파에 앉아 있는 그에게 잔을 내밀었다. 잔을 받은 민환은 곧장 잔에 입술을 댔다. 한 모금, 커피를 마신 그가 입가에 잔잔한 웃음을 머금으며 말했다.

"좋네."

"네?"

그의 곁에 조심스럽게 엉덩이를 붙이고 앉은 혜영의 고개가 옆으로 돌아갔다. 커피는 사무실에 있는 것보다 훨씬 싸구려였다. 취향이 까다로워 늘 잔에 커피가 남아 있으면 다른 것으로 바꿔야 하는 것은 아닐까, 혹여 커피를 잘못 내린 것은 아닐까, 걱정했던 것이 순간 허무해질 지경이었다. 아무 말 없이 입을 꾹 다물고 있던 혜영은 자신의 뺨에서 여전히 따끔따끔 느껴지는 시선에 고개가 땅속으로 처박힐 것처럼 숙여졌다.

소심한 모습에 민환의 고개가 옆으로 살짝 기울여졌다. 그녀의 머릿속을 훤히 꿰뚫고 있을 그였지만 입에서 나오는 말은 전혀 다른 것이었다.

"왜 말이 없어?"

"네?"

"요즘 늘 그렇잖아."

뭐가요? 혜영은 그렇게 물으려다 말고 입을 꾹 다물었다.

그는 날 가지고 노는 것일까? 이유를 알고 있으면서도 그리 묻는 그에게 삐죽 화가 솟았다.

"자기 의견이 없는 사람처럼 굴잖아. 예전이랑 변한 게 없어."

"그거야 당연하죠."

혜영의 표정이 굳어졌다. 그의 앞에선 감정 동요 없이 굳어져 있던 얼굴이 오늘만은 분노로 가득 차 있었다. 지난 시간, 그 덕에 맘고생을 했던지라 마음에 던져진 파장은 컸다.

"사장님이 예전과 같이 절 대해주시니, 저도 그럴 수밖에요."

"흐음."

처음으로 제 목소리를 내어 말하는 혜영을 보자 그의 입가에 장난스러운 웃음이 내걸렸다. 늘 무딘 돌처럼 묵묵하게 자신의 일만 하는 그녀였다. 하지만 지금 제 마음을 고스란히 내보이며 화를 내는 모습을 보자 저절로 웃음이 머금어진다.

귀엽다.

그는 속으로 그렇게 생각하며 손을 뻗어 혜영의 머리카락을 쓰다듬었다. 자신의 손길이 닿을 때마다 반응하는 그녀의 모습은 재미있고 새롭다. 철의 여인처럼 늘 자신의 뒤를 단단히 받쳐 주던 혜영이 자신의 밑에서 꽃처럼 여인으로 피어나는 모습은 어떠한 일에도 흥분하는 법이 없는 그에게도 꽤나 뇌가 절절 끓는 일이었다.

하지만 일부러 억누르고 삼킨다. 제 감정을 모두 풀어놓는다면 그녀가 어떻게 반응할지 눈에 선했기 때문이다.

아마 놀라겠지. 그리고 두려움에 도망칠 것이다. 자신의 앞에서, 감쪽같이 사라지기 위해 노력을 할 수도 있다. 그의 눈빛이 어둠으로 빛났다.

"그건 미안하네. 앞으로는 예전과는 다르게 대해주지."

"……."

지뢰를 밟았다는 생각에 순간 아치 싶었지만 혜영은 아무런 말도 내뱉지 못했다. 커다랗고 따뜻한 손이 제 뺨에 닿았기 때문이다. 오만한 표정과 속을 알 수 없는 눈빛과는 달리 손은 따사롭고 자상하다. 그래서 당연히 해야 할 것들은 잊고 속절없이 빠져 버린다.

천천히 고개를 숙인 민환이 혜영의 입술에 깊은 입맞춤을 했다. 깊숙이 찌르고 들어오는 혀에 숨이 턱 막혔다.

그에게 속절없이 흔들리는 자신의 모습에 온통 뿌옇게 변해 있던 정신이 서서히 돌아오기 시작했다. 더 이상 휘둘리기만 한다면 그와 함께 지른 불은 빠르게 진화하는 것이 좋을 것이다. 그렇지 않다면 후에, 이 모든 일들을 정말 꿈에서만 할 수 있을 때 상처받는 것은 자신이 될 테니까. 벌써부터 빠르게 뛰는 심장이 뻐근하게 아파왔다.

팔을 뻗어 단단하고 넓은 가슴을 밀어낸 혜영이 미간을 찌푸리는 민환의 얼굴을 올려다보며 읊조렸다.

"사장님은 저랑 뭘 하고 싶으신 거예요?"

절 어떻게 생각하시는 거죠? 섹스 파트너? 그 이상도 그 이하도 아닌가요? 연이어 그렇게 묻고 싶었지만 혜영은 입술을 굳게 다물었다. 그 질문을 꺼내보았자 스스로만 비참해질 뿐이었다. 그의 입에서 나오는 답을 기다리는 것이 현명하다.

"지금은 우선 키스."

그의 키스에 혜영의 눈이 게슴츠레 감겼다.

묘하게 꼬여 버린 이 관계를 어떻게 해야 할지, 그녀는 알 수가 없었다.

❖

모던한 사무실은 완벽한 그의 취향이었다. 처음 왕좌를 차지하듯 7년 전 이곳으로 왔을 때 그가 가장 먼저 이 사무실에 들여놓은 것은 커다란 소파였다. 그때 당시엔 아무리 손님 접대를 위해서라지만 이렇게 큰 소파가 필요 있을까, 하는 의문을 가졌었다. 그리고 시간이 흐른 지금, 그녀는 이 넓은 소파의 필요성을 깨달았다.

소파에 누워 가쁜 숨을 내뱉던 혜영은 날렵한 눈매가 부드럽게 휘어지는 것을 보았다. 새하얀 허벅지를 벌려 고스란히 드러난 여성을 보던 그의 웃음이 진해질수록 혜영의 숨소리는 거칠어져만 갔다. 가장 은밀한 곳을 오롯이 그에게 모두 보인다 생각하자 부끄러움에 몸이 바들바들 떨린다.

"예쁘네."

"으응!"

커다란 손이 여성을 쓰다듬고 가른다. 활짝 벌어진 여성이 꼭 물었다 벌어지는 것을 보던 민환이 고개를 내려 쪽 소리 내 입을 맞췄다. 허벅지가 파르르 떨리며 오므라들었지만 곧 단단한 손길에 의해 밀힌다.

할짝!

춥, 츄르릅—

핥아다가 뿜어져 나오는 윤활유를 힘껏 빨아 당기는 느낌. 하지만 그의 느낌보다 소리가 더 자극적이어서 아랫배가 부글부글 끓기 시작했다. 혜영의 얼굴이 종잇장처럼 일그러졌다.

"아, 아아, 사장님!"

"왜?"

다 알면서 모르는 척하지 말아요.

동그랗게 뜬 눈을 보며 혜영은 그렇게 말하고 싶었지만, 곧 혀로 여성을 핥고 자극하는 순간에 손가락을 집어넣자 입 밖으로 터져 나오는 것은 연신 질척한 신음뿐이었다.

사타구니가 젖어들 정도로 혜영이 흥분을 해서야 그는 몸을 떼어냈다. 이미 그의 혀에 몇 번이고 절정을 맛봐 소파에 축 늘어져 있는 그녀의 모습을 보자 만족감에 가슴속 깊은 곳이 지글지글 끓는다. 제 혀를 조이던 여성을 이미 맛본 후라 그의 속에 있던 포악한 괴물이 포효했다. 어서 그녀를 가져! 라며.

손을 뻗어 혜영의 몸을 일으켜 세운 그가 곧장 유리창으로 향했다. 벽면에 그녀를 밀어붙인 그는 가슴이 찌그러져 짧게 신음을 내뱉는 그녀의 반응에도 아랑곳 않았다.

"이 자세에서요?"

그녀의 물음에도 터질 듯이 부풀어 오르는 남성을 추스르는 것이 먼저였던 민환은 답 없이 팬티와 바지를 한꺼번에 내린 후 두꺼운 남성을 꺼냈다. 그리고 엉덩이를 벌려 여성으로 힘껏 파고든 그는 만족스러움에 낮은 신음이 터져 나온다.

"으으."

그의 신음에 혜영도 덩달아 신음을 내뱉었다.

찰박, 찰박……!

이곳이 사무실이라는 것도 깨닫지 못한 민환은 그녀를 끊임없이 몰아붙였다. 혜영이 허리를 흔들고 연신 남성을 꼭 물었다 내뱉자 더욱 격렬한 감정이 몰려와 힘껏 파고들었다 밖으로 나오길 반복했다.

"그, 그만요. 저 한계인 것 같아요."

혜영이 결국 백기를 들었다. 하지만 그는 아직 멀었다는 듯 힘껏 여성 안을 휘저었다. 파르르 떨리는 허벅지를 붙잡으며 그녀의 몸을 곧추세우고 있던 그가 혜영의 팔을 잡아끌어 책상 위에 눕혔다.

"헉, 허억……!"

커다란 가슴이 들썩였다. 거친 호흡을 내뱉는 모습을 내려다보던 그가 새하얀 뺨을 양손으로 움켜쥐었다. 그리고 진한 키스를 하며 그녀의 몸에 자신을 묻는다.

마음이 버석버석 갈리는 느낌은 왜 그런 것일까. 멍하니 천상을 올려다보던 혜영은 손을 올려 가슴께를 쓰다듬었다. 누군가가 바늘로 콕콕 찌르는 것 같았다.

만족스러운 관계 이후 몸이 노곤노곤해질 만큼 피곤한데 왜 이런 마음이 드는 것일까. 그 이유를 혜영은 알고 있으면서도 일부러 회피했다. 인정하고 받아들이는 순간 지금보다 가슴이 배는 아플 테니까. 아니, 어쩌면 그 이상일지도 모른다.

깜빡깜빡, 천천히 눈을 감았다 떴다. 그러자 곁에서 커다란 손이 불쑥 뻗어지더니 연두부처럼 새하얗고 촉감이 좋은 가슴을 움켜쥐었다. 찌릿, 아픔이 느껴질 만큼 힘껏 붙잡은 그는 곧 살살 달래듯 손바닥으로 가슴 위를 비볐다. 아픔은 곧 흥분으로 바뀌었다.

"이번에 본사로 발령이 날 거야."

"아……."

멍하던 눈빛이 순간 돌아왔다. 퍼뜩 차려진 정신에 차오른 것은 실망감과 감정의 끝에 대한 허무함뿐이었다. 이런 그녀의 마음을 제 속처럼 들여다본 민환은 손을 들어 혜영의 가느다란 목선을 손가락으로 쓸어내렸다. 그의 손길이 닿은 곳에 기대감이 피어올라 오소소 소름이 돋아났다.

"같이 갈 거지?"

그는 마치 다른 답은 없을 것처럼 말했다.

그리고 혜영은 이에 원하던 답을 해주었다.

"물론입니다, 사장님."

❖

프린트를 끌어안은 채 걸음을 옮기는 혜영은 혹여 종이가 흘러내릴까 싶어 힘주어 잡았다. 하지만 걸음만큼은 빨랐다. 서둘러 제 자리로 돌아가 민환에게 보고하고, 이 많은 내용을 엑셀로 정리를 해야 할 터다. 그리고 지방에 있는 공장 직원들의 성과급을 정리해 그에게 보고하고, 결재를 받아야 하는 것도 그녀가 할 일이었다.

대부분 대기업의 사장들의 비서진은 적게는 세 명, 많게는 수십 명이었다. 하지만 민환은 웬일인지 자신과 차석 비서인 공호원 씨만 대동한 채 일을 하고 있었다. 호원은 비서라기보다는 그의 운전기사와 같은 포지션이었기에, 실질적으로 보면 비서는 그녀 단 한 명이었다. 덕분에 일은 남들의 세 배 이상으로 많았지만 그가 자신만으로도 충분하다고 생각하고 있다 생각해 기뻤다.

빠르게 걸음을 옮기던 혜영은 순간 붉어진 뺨을 손으로 더듬었다.

"나도 참, 무슨 생각이 이래."

일을 많이 하는 게 뭐 그리 즐겁다고.

그녀가 속으로 끙 앓는 소리를 내며 엘리베이터가 있는 방향으로 향할 때였다. 꺾어진 길로 막 들어섰을 때 누군가가 자신의 팔을 힘껏 잡아당겨 몸이 휘청거렸다.

촤르륵―

품에 안고 있던 종이가 하늘로 솟구쳤다가 비처럼 내렸지만, 정작 그 서류를 들고 있던 혜영은 비상구 안으로 쏙 들어가 버린 뒤였다.

쾅!

커다란 철문이 닫히는 소리에 심장이 쿵 내려앉고 어느새 자신을 팔 사이에 가두고 있는 민환의 모습에 두 번 내려앉았다.

"사, 사장님……?"

그의 갑작스러운 행동에 혜영이 깜짝 놀라 눈을 깜빡였다. 다행히 비상구 안에는 인기척 하나 들리지 않았다.

"내가 따라오는 것도 모르고 말이지."

그가 장난스럽게 웃었다. 그의 웃음에 그녀의 심장에 긴장감이 번져 나갔다.

"네…… 에?"

"난 당신이 어디에 있는지 다 알고 있는데 말이야. 이혜영 씨는 너무 몰라줘서 탈이야."

"……."

그의 입꼬리가 장난스럽게 비틀어지는 것이 보였다. 그가 자신을 놀리기 위해 이러한 말을 한다는 것을 알면서도 왜 가슴 한 켠은 기쁨으로 차오르는 것일까. 혜영은 시큰거리는 가슴에 눈을 질끈 감았다.

"키스해 달라는 얼굴이네."

"……아시면 해주세요."

평소엔 미치지 않고서야 하지 못할 말.

하지만 그녀는 그렇게 말했고, 그는 망설이는 기색도 없이 입을 맞췄다. 숨이 넘어갈 만큼 강렬하고, 머리가 어지러울 만큼 달콤한 키스를.

벌려진 입 사이로 매끄럽게 흘러들어 온 혀에 숨이 멎어갔다. 고른 치열을 훑은 혀가 곧 딱딱하게 굳어 있던 혜영의 혀를 옭아맸다.

"으음!"

강렬한 쾌감이 하체부터 시작해 위로 올라오자 혜영의 입술에서 신음이 터져 나왔다.

그녀의 몸이 녹아내리자 민환은 치마 안으로 정리되어 있던 셔츠 자락을 들어 올려 안으로 손을 찔러 넣었다. 손가락 끝에 닿는 와이어를 위로 올려 풍만한 가슴을 손으로 움켜쥔 민환이 무지막지한 손길로 젖꼭지를 꼬집었다.

"으윽!"

폭력에 가까운 애무였지만 혜영의 다리가 흐물흐물 녹아내리기 시작한다. 그와 몇 번의 관계를 가지지 않았음에도 그는 그녀의 성감대를 기가 막히게 찾아내어 공략했다.

가슴을 꾹 눌러 그녀의 몸이 파들파들 떨려오자 그가 허리를 힘껏 움켜쥔 뒤 고개를 비틀어 조금 더 깊이 키스를 했다. 눈가에 뜨거운 눈물이 고였다.

"하, 하아, 하아……."

비틀거리는 그녀의 몸을 받쳐 든 민환은 입술을 뗀 뒤 그녀의 머리카락을 쓸어주었다. 다정한 손길에 혜영의 고개가 위로 들렸다.

"그런 눈으로 보지 마. 여기서 당신을 가지고 싶지만, 아무래도 남들에게 당신의 벗은 모습을 보여주고 싶진 않거든."

그의 말에 혜영은 퍼뜩 정신이 돌아온 것인지 다리에 힘을 주어 섰다. 흐트러진 옷차림을 가다듬는 혜영의 손길이 파르르 떨린다.

이혜영, 미쳤어!

여기가 어디인지도 모르고 그의 손에 녹아내리는 꼴이라니.

정말 미치지 않고서야 이럴 수 없다.

셔츠까지 완벽하게 정리한 혜영이 민환을 올려다보았다. 그러자 그가 쿡, 짧게 웃음을 내뱉더니 번진 입술을 엄지손가락으로 닦아주었다.

"표정만 그러고 있으면 뭐 해. 립스틱이 다 번졌는데."

그 말에 혜영이 따라 웃으며 손을 들었다.

"사장님도요."

얼마나 격렬한 입맞춤을 한 것인지 그의 턱까지 립스틱이 번져 있었다. 그 모습이 재미있었던 것인지 엄지손가락으로 정성껏 닦아주던 혜영은 자신의 이마에 닿는 입술에 행동을 멈췄다.

쪽.

소리 내 맞춘 입술은 방금 전 나눴던 격렬한 키스만큼이나 커다란 힘을 가지고 있었다. 멍하니 자신을 올려다보는 혜영의 눈빛에 민환이 아쉽다는 듯 혀를 찼다.

"먼저 나가는 것이 좋겠지?"

그의 물음에 혜영이 멍하니 그를 올려다보았다. 그러자 그가 계속 말을 이었다.

"당신은 회사에 우리 관계가 알려지길 원하지 않는 것 같으니까."

당신도 그렇잖아요.

혜영은 그렇게 말하려다 말고 입을 꾹 다물었다.

먼저 문을 열고 나간 민환의 뒷모습을 보던 혜영이 자리에 털썩 주저앉았다. 엉덩이를 통해 차가운 기운이 올라왔지만 아무래도 좋았다. 온몸이 불에 덴 듯이 뜨거워져서 서 있을 수가 없었다.

"후우."

입에서 깊은 한숨이 터져 나왔다.

일이 바빠 지금 당장 나가지 않으면 오늘은 정시 퇴근을 하지 못하리란 것을 알면서도 혜영은 한동안 그곳에서 몸을 웅크리고 있었다. 그러다 얼마의 시간이 흘리시야 몸을 빌떡 일으키며 말했다.

"이제 가야지."

커다란 철문을 열고 밖으로 나온 혜영은 순간 놀란 듯 눈을 크게 뜨며 복도 한 켠을 보았다. 분명 엉망으로 흩어져 있어야 할 서류들이 가지런히 모여 놓여 있었다.

"하아, 나참, 정말."

그녀의 입에서 웃음이 피식 터져 나왔다. 서류 제일 위엔 그의 필체가 분명한 글자가 적혀 있었다.

—기다릴게.

자리에 쪼그리고 앉아 서류를 정리했을 그의 모습을 떠올리자 혜영의 입에서 연신 웃음이 터져 나왔다.

달그락.

소리 내어 커피잔을 테이블 위에 내려놓은 혜영은 곧장 그가 건네는 옷을 받아 옷걸이에 걸어두었다. 그리곤 곧장 셔츠를 팔꿈치까지 걷어 올리며 의자에 앉았다. 바퀴가 드르륵 끌리고 그가 책상에 바짝 앉아 모니터를 켜는 것을 보던 혜영이 손바닥만 한 노트를 꺼내 하루의 스케줄을 줄줄 읊기 시작했다. 눈빛은 감정 없이 빛나고 있었다.

요즘 두 사람의 관계엔 많은 변화가 있었다. 잠시 방심을 할 때면 어디에서든 진한 키스를 받아야 했고, 가끔은 치마 안으로 손이 들어와 팬티를 내리기도 했다. 다른 사람이 언제 찾아올지도 모르는 곳에서의 관계는 짜릿했고, 혜영의 몸도 마음도 뒤흔들었다. 덕분에 그녀는 겉으론 무심한 척 굴고 있어도 그와 손이 닿을 정도의 거리에 있을 땐 지금처럼 다리가 파르르 떨릴 것처럼 긴장하곤 했다.

눈을 내리깐 채 다이어리에 적힌 내용을 읊은 혜영이 다음 페이지로 넘겼다. 오늘은 유난히 스케줄이 빡빡한 날이었다. 혜영의 목소리가 끝나지 않은 채 계속 이어지자 민환의 얼굴이 종잇장처럼 구겨졌다. 곧 있으면 본사 80주년 행사가 있었다. 그때가 되면 본사로 돌아가기로 되어 있었기에 마지막으로 전체적인 일을 정리하느라 하루 24시간이 부족할 정도로 움직이고 있었다. 덕분에 그녀 또한 바쁜 나날을 보내고 있었다.

마지막 글자까지 읽어 내린 혜영이 탁, 소리 내어 수첩을 접었다.

"이상입니다."

고저 없는 목소리로 말을 마친 혜영의 모습을 빤히 보고 있던 민환이 턱을 괸 뒤 남자치곤 고운 손을 뻗어 따뜻한 잔을 쥐었다. 흰 연기가 모락모락 올라올 만큼 뜨거운 커피는 그의 취향이었다. 오랫동안 천천히 느긋하게 커피를 즐겼기에 잔도 뜨거웠다. 하지만 지금 그의 눈빛보단 뜨겁지 않았다.

입가에 느긋한 미소를 머금은 그가 천천히 달싹이며 말했다.

"가끔 말이야."

"네?"

소리 내지도 않은 채 뜨거운 커피를 마신 그가 향긋하게 올라오는 향이 좋은 것인지 좀 더 진한 미소를 지어 보였다. 위험하리만치 피상적인 매력을 내뿜으며 음습하게 웃은 그가 조금 구기고 있던 허리를 곧게 폈다.

"당신이 없으면 난 아무것도 못하는 바보가 되지 않을까, 생각이 들 때가 있거든. 예전에도 그랬는데 지금은 더해."

"아……."

예전이면 이러한 말을 하지 않았을 것이다. 스케줄 보고를 하는 것은 으레 그녀가 7년 동안 해왔던 것이고, 두 사람의 사적인 관계만 변했을 뿐, 공적인 부분은 전혀 변한 것은 없었으니까. 하지만 지금의 그는 회사생활 전반적인 부분을 책임져 주는 그녀에게 칭찬을 건넨다. 그리고 고맙다 말한다.

갑작스런 말에 혜영의 뺨이 붉어졌다. 온몸에 벌레가 기어다니는 것처럼 간지러웠다.

"별말씀을요."

"아니야."

사생활을 포기하면서까지 회사에 모든 것을 올인했다고 말할 수 있을 정도로 바쁘게 보낸 7년이었다. 그 시간을 그의 칭찬 한마디에 모두 보상받은 것 같은 기분이 드는 것은 그에게 처음 듣는 칭찬 때문일 것이다. 핑크색 립글로스를 발라놓은 입술이 부드럽게 호를 그렸다.

그녀의 미소에 그가 말했다.

"그래서 난 당신이 늘 내 곁에 있어줬으면 좋겠어."

"네, 사장님."

"무슨 일이 있어도 말이야."

그 말에 그제야 하고자 하는 말이 무엇인지 알아차린 것인지 그녀의 얼굴에서 웃음이 사라졌다. 무슨 일이 있어도? 그 말이 지금 두렵게 느껴지는 것은 그 무슨 일이 곧 생길 것이라는 것을 알기 때문이다.

이번엔 방금처럼 즉각 대답을 하지 못한 채 굳은 눈빛으로 자신을 바라보는 그의 눈빛이 어둠으로 물들었다. 눈빛이 말했다.

당신은 그렇게 할 수밖에 없을 거야, 라고.

마주한 두 눈빛이 서로를 향해 있었다. 평소라면 시선을 피했을 그녀도 오늘은 웬일인지 피하지 않고 그의 눈빛 속에 담겨 있는 본심을 알아내기 위해 고군분투했다.

한참 무거운 침묵이 흘렀을 때였나. 먼저 침묵을 깬 것은 민환이었다.

"내일 구미 출장 있지?"

이미 스케줄을 완벽하게 꿰고 있으면서도 자신이 필요하다는 말에 기뻐해야 할지, 아니면 자신을 놀리는 것이라 의심을 해야 할지 모르겠다. 혜영이 한숨을 쉬며 한 발자국 뒤로 물러서자 민환은 속을 알 수 없는 미소를 짓는다.

"오늘 저녁 어때?"

유혹은 시도 때도 없이 그녀의 심장을 두드렸다.

"이번에 본사로 들어간다는 이야기 들었습니다. 축하드립니다, 사장님. 하하하!"

작업복을 입고 있는 육십대의 노인은 연신 민환이 대견스러운 것인지 크게 웃음을 터뜨렸다. 정국현 이사는 도원전자의 초창기 멤버로 현재는 전국 공장에 대한 관리를 맡고 있고 있었다. 현역으로 뛰기엔 많은 나이였으나 가족은 뒷전으로 할 만큼 회사에 젊음과 열정 모두를 쏟았던 그는 현재도 필드에서 뛰고 있었다. 그리고 그런 정 이사는 민환의 가장 큰 조력자이기도 했다.

순식간에 도원전자를 대한민국은 물론이고 전 세계 스마트폰 시장의 점유율 대부분을 가지고 갈 정도의 큰 회사로 키워낸 그가 미래의 도원그룹의 주인이 될 것이라며 공공연하게 떠들고 다니는 그는 후계자를 결정하는 주주총회에서도 민환의 손을 들어주었다. 그의 지지 덕에 민환은 힘들이지 않고 도원의 후계자로 승

승장구하며 현재의 자리까지 올라 있었다.

그런 그를 보던 민환은 넓은 공장 부지 위에 쌓여 있는 컨테이너 박스들을 보았다. 도원전자의 주력사업이 스마트폰으로 좁아지면서 우려의 말들이 나오기 시작하자, 그는 곧바로 전자제품 전반적인 부분으로 시선을 돌렸다. 이미 많은 업체들이 선두 다툼을 하고 있었기에, 차라리 전자를 팔아버리고 다른 사업에 투자를 하자는 말이 나오기도 하였지만 민환은 결코 도원전자를 포기하지 않았다. 아니, 새로운 날개를 달기 위해 더 많은 투자와 관심을 기울이고 있었다.

"본사로 가더라도 전자 쪽은 계속 지켜볼 겁니다."

그 말은 허튼소리가 아니었다. 그의 눈빛은 진실만을 담고 있었다.

든든한 그의 말에 정 이사의 입가에 잔잔한 웃음이 내걸렸다.

"그렇다면 저희들도 지금처럼 열심히 일만 하면 되겠습니다. 저희야 사장님께서 신경 써주시면 좋지요."

두 사람의 눈빛이 부딪혔다. 믿음이 가득한 눈빛과 무심한 눈초리는 하나부터 열까지 모든 것이 달랐지만 두 사람의 걸음걸이 보폭은 같았다. 20㎝는 족히 큰 민환이었지만 최근 부쩍 무릎이 아프다고 했던 정 이사의 걸음걸이에 맞춰주고 있었기 때문이다.

그 모습을 뒤에서 바라보고 있던 혜영의 입가에 작은 미소가 걸렸다. 저러한 모습에 7년간 그녀가 민환에게 가져왔던 감정은 존경심이었다. 가끔 모든 것을 가지고 태어난 그에게 질투 비슷한 감정이 들긴 하였으나 기본적인 감정은 그처럼 되고 싶은 것이었다. 남을 뒤에서 배려할 줄 알며, 완벽하게 일 처리를 하고 밤늦게까지 야근을 해도 다음날 아침 한 치도 흐트러지지 않는 사람.

예전의 마음은 그것이었다. 하지만 지금은……?

혜영의 입가에 머금어져 있던 미소가 흔적도 없이 사라졌다. 지금의 감정을 분명하게 알고 있었으니까. 그리고 그 감정 덕분에 힘들어할 것이란 것도.

"술 한잔하셔야죠."

"오늘 말입니까?"

"아, 죄송합니다. 사장님 바쁘신데, 그것도 모르고."

정 이사의 표정이 어두워졌다. 이제 더 이상 처음 도원전자로 왔던 그가 아닌데, 가끔은 이렇게 착각하곤 한다며 정 이사가 웃으며 말했다. 얼굴에 진 나이테를 보던 민환의 입에서 한숨이 흘러나왔다. 아쉬움이 가득한 얼굴을 보자 피곤하더라도 한 잔의 술 정도는 기울여 주고 가야 할 것 같았다. 요즘은 정 이사의 가장 좋은 술친구이던 민환의 아버지, 윤 회장 또한 몸이 좋지 않아 같이 마시질 못했으니 아마 입이 근질근질할 것이다. 매끈한 동작으로 뒤돈 민환이 일정한 보폭으로 따르고 있던 혜영에게 말했다.

"아닙니다. 괜찮습니다. 이 비서, 괜찮지?"

후에 스케줄을 무사히 무마할 수 있지? 라고 묻는 말이었다. 속으로 한숨을 삼킨 혜영은 겉으론 웃었다.

"네, 괜찮습니다."

"하하하, 감사합니다, 사장님. 이대로 헤어지면 아쉬울 것 같아서. 노인네가 주책 맞더라도 이해해 주세요."

웃으며 멀어져 가는 두 사람의 뒷모습을 보던 혜영의 걸음이 우뚝 멈췄다.

도원전자 정국현 이사는 불도저 같은 성격으로 아래 직원들에게 두려움의 대상이었다. 가끔 정 이사의 비서와 전화통화를 할 때면 오늘도 된통 깨졌다며 이야기를 들었으니까. 그를 상대할 수 있는 사람은 대한민국에서도 다섯 손가락 안에 꼽힌다는 이야기도 언뜻 들었었다. 그런 정 이사와 나란히 걸음을 옮기며 걷는 민환의 뒷모습을 보자 혜영의 입가가 삐뚜룸해졌다.

"참 멀다."

저들이 함께 사는 세상은. 있는 힘껏 전력 질주를 해도 따라잡을 수 없을 정도로 멀리 있었다.

"노인네가 정정도 하시지."

지친 기색으로 멀어져 가는 검은 승용차를 보던 민환이 한숨처럼 말을 내뱉었다. 손목시계를 본 그는 2시를 가리키는 시곗바늘에 질렸다는 듯 고개를 내저었다. 정정하다 못해 요즘 젊은것들보다 체력이 좋다고 말하는 것이 옳을 정도였다.

"현역으로 뛰시는 분들 중에선 제일 연장자시죠."

"그래? 김 이사님은?"

그가 알기론 정 이사보다 김 이사가 두 살 더 많았기에 그리 물었다. 그러자 혜영이 답했다.

"주식의 대부분을 회장님께 양도한 것으로 알고 있습니다."

"으음……."

"퇴직의 수순이시지요."

노장은 죽지 않는다. 다만 사라질 뿐이다. 자신이 본사로 들어가게 되면서부터 불기 시작한 변화의 바람에 지금쯤 떨고 있을 몇몇 사람들의 얼굴을 떠올린 민환이 입술을 비틀어 웃었다. 그제야 정 이사가 술자리에서 '윤 사장이 이렇게 번듯한 오너가 된 것을 보면 이젠 여한이 없어.' 라고 말했던 것이 이해가 갔다. 어쩜 그 또한 수순을 밟고 있는 것이지도 모른다. 세상에서, 도원에서 사라질 마음의 준비부터.

민환의 입가에 짙은 미소가 내걸렸다. 하지만 눈은 웃고 있지 않았다.

"윤 회장이 마음이 아프겠어."

"그게 무슨 말씀이세요?"

자신의 아버지를 일컬어 '윤 회장' 이라 말한 민환은 몸을 틀어 혜영과 마주 보고 섰다. 커다란 키에 압도된 것인지, 아니면 그가 내뿜는 위험한 분위기 때문에 그런 것인지 혜영이 침을 꼴딱 삼켰다. 그의 입에선 주체 없이 말이 흘러나왔다.

"나에겐 아주 큰 계획이 있어. 그 계획 중 하나는 당신이고. 그 계획으로 가는 도중에 당신에게 내려진 미션들을 훌륭히 풀어낼 수 있을 것이라 생각해."

"무슨 말씀을 하시는 것인지 모르겠습니다, 사장님."

스무고개를 하는 것처럼 약간의 힌트만 던지는 그의 모습에 혜영이 표정을 갈무리했다. 그녀가 그의 일거수일투족을 관리하고 있다고는 하나, 회사 일에 지나친 관심을 보이는 것은 좋지 않았다. '그들'이 하는 일엔.

"곧 알게 될 거야. 첫 번째 미션."

"……"

민환은 살랑살랑 불어오는 바람에 흔들리는 머리카락을 거칠게 쓸어 올렸다. 내일 아침부터 있을 미팅을 떠올리면 지금 당장 서울로 올라가야 했으나, 몸은 천근만근처럼 무거웠다. 자신이 핸들을 잡을 수도 없고, 그렇다고 혜영에게 맡길 수도 없는 노릇이니 답은 하나였다.

민환은 저 멀리 보이는 호텔을 보며 여전히 알 수 없다는 듯 고개를 기울이고 있는 혜영을 보았다.

"우리 쉬고 갈까?"

❖

그는 요즘 들어 알 수 없는 소릴 하곤 했다. 그 이야기는 주로 외모에 대한 것이 많았다.

"치마가 많이 짧아졌네?"
"그 옷은 못 보던 건데?"
"머리를 조금 잘랐나?"

모두 자세히 보지 못하면 알지 못하는 것들이라 그것들이 자신에 대한 관심이라 생각했다. 그러자 그가 자신의 몸에만 관심이 있어 단순히 '불장난'을 하는 것이 아닌 이혜영이란 사람을 조금 진지하게 생각해 주는 것은 아닌가, 생각했다. 더욱이 지나칠 만큼 다정한 그의 행동들에서도……. 괜한 기대감이 피어올랐다.

"말할까……?"

자신도 모르게 소리 내어 생각을 읊조린 혜영이 퍼뜩 정신을 차린 듯 놀란 눈을 데굴데굴 굴렸다. 하지만 이내 다짐한 듯 고개를 끄덕인다.

그래, 말하는 것이 좋을 것이다. 솔직한 자신의 마음을. 그저 겁먹고 뒤로 숨기만 한다면, 늘 겁쟁이처럼 숨어만 지냈다간 될 일도 되지 않을 것이다.

그래, 용기를 내야 해.

혜영은 자신의 현 상태를 그에게 솔직하게 고백하리라 마음먹으며 서랍에 넣어둔 파우치를 꺼냈다. 그리고 파우더를 꺼내 얼굴에 톡톡 두드리다 말고 거울 속 자신의 모습을 보았다. 눈만 겨우 들어갈 정도로 작은 거울이었으나, 눈가에 잡힌 주름은 충분히 보였다.

"후."

관리를 조금 해야 하나?

흘러가는 시간은 붙잡을 수 없지만 조금은 늦출 수 있지 않을까 고민하던 혜영이 피식 웃으며 파우더를 파우치에 다시 집어넣었다. 예전엔 신경도 쓰지 않은 채 오롯이 컴퓨터와 씨름을 하고, 그가 스케줄을 무리하지 않고 소화할 수 있도록 매일 전화통을 붙잡고 있던 그녀였다. 요즘 들어 부쩍 지나가는 길에 본 옷에 걸음이 멈추고, 거울을 보는 횟수가 느는 것을 보면 새삼 윤민환의 존재가 대단해 보였다.

이렇게 짧은 시간에 자신이 변할 수도 있었던가.

매일 편한 것만 선택을 하고, 일 외적인 부분은 거의 포기를 하고 살았던 자신이 문득 바보처럼 느껴졌다.

자리를 정리하고 오후 스케줄을 확인하던 혜영이 고개를 내려 모니터 화면 구석에 있는 시계를 확인했다.

11시 51분.

곧 점심시간이었다. 오늘은 점심 약속이 없었기에 혹여 개인적인 스케줄이 있는지 확인해 봐야 했다. 그녀가 데스크를 나와 사장실로 향할 때였다. 엘리베이터가 띵, 소리를 내며 멈춰 서는 소리가 들렸다. 올 손님이 없었기에 의아한 얼굴로 고개를 돌린 혜영은 화려한 차림의 여성이 들어오는 것을 보며 눈을 크게 떴다. 화려한 컬이 들어간 머리카락과 짧은 원피스를 입고 있는 여자는 혜영 또한 잘 알고 있는 인물이었다.

"안에 민환 씨 있어요?"

"……"

"이봐요?"

순간 자신이 지나치게 유라를 뚫어져라 보고 있다는 것도, 그녀의 말을 본의 아니게 무시해 버렸다는 사실도 깨달은 혜영이 뺨을 붉혔다.

고백……?

웃기지 마, 이혜영.

넌 진짜가 아니라고, 가짜지.

저 여자의 자리를 잠시 빼앗은 것뿐이야.

그래, 나는 저들의 관계에 있어선 악역…….

고개를 숙인 혜영은 자신의 표정을 숨기며 말했다.

"안에 계십니다."

지금은 자신이 비켜줘야 할 때란 걸.

그와의 관계 따윈 머릿속에 깡그리 잊어야 하는 순간이라는 것을.

뚜벅뚜벅 걸음을 옮긴 혜영이 사장실 문 앞으로 다가가 노크를 했다. 안에서 짧고 굵은 답이 흘러나오자 문을 연 혜영은 평소보다 더 표정에 감정을 지운 채 고저 없는 목소리로 말했다.

"차유라 씨 오셨습니다."

"유라가?"

런던에 있어야 할 사람이 자신의 사무실에 왔다고 하자 민환이 엉덩이를 들썩였다. 그 모습을 보자 또다시 심장이 따끔거린다. 두 사람의 시선이 의미 없이 부딪혔다. 공기가 갑자기 아주 짜게 느껴졌다. 이유는 모르겠지만.

그때 혜영의 등 뒤에서 똑똑 노크 소리가 들려왔다. 갑작스러운 소음에 깜짝 놀란 혜영이 고개를 돌리자 붉게 칠한 입술을 매혹적이게 휘며 웃고 있는 유라가 보였다.

"뭐야, 내가 나왔다는데도 나와보지도 않아?"

"어쩐 일이야?"

"당신이 보고 싶어서 견딜 수가 있어야 말이지."

그러면서 자신을 스쳐 민환에게 걸어가는 당당한 걸음을 보던 혜영이 고개를 돌려 시선을 회피해 버린다. 아니, 자신이 그와 호텔방에서 뒹굴며 사랑을 나눴던 모든 잔영들을 지워 버렸다. 그리고 허튼 자신의 마음 또한!

"차…… 준비해 드리겠습니다."

도망치듯 사장실을 벗어난 혜영이 곧장 탕비실로 향했다.

두근두근!

심장이 터질 것처럼 뛰어댔다. 손가락 끝이 저릿했다. 하지만 그녀는 기계적으로 차를 준비해 사장실 안으로 들어갔다. 일은 일이었다. 감정에 휘둘려 이 자리를 도망칠 수가 없었다.

들어가자 민환과 유라가 마주하고 앉아 있는 것이 보였다. 다리가 파르르 떨렸지만 애써 아무렇지도 않은 얼굴로 걸음을 옮긴 혜영이 두 사람의 앞에 잔을 놓아줄 때였다.

"저 여자야?"

달그락!

자신을 향한 웃음 섞인 목소리에 혜영이 잔을 놓쳤다. 다행히 쏟는 사태까진 없었으나 컵 받침대로 커피가 흘러넘쳤다. 평소라면 옆에 있는 티슈로 뒤처리를 했을 혜영이었지만 지금은 그럴 상황이 아니었다.

구겨져 있던 허리를 곧게 편 혜영이 당황스러운 얼굴로 유라와 민환을 번갈아 보았다. 민환의 입에서 가벼운 말이 흘러나왔다.

"그래."

"재미있네."

유라가 짧게 웃음을 내뱉은 뒤 말했다.

"뭐가?"

그의 물음에 유라가 어깨를 으쓱였다.

"네 덕에 내가 아주 곤란해졌다고. 고등학교 동창들은 죄다 연락이 왔지 뭐야? 너 바람핀다고."

입술을 뾰족하게 내밀어 투덜거리던 유라가 여전히 망부석처럼 서 있는 혜영을 올려다보더니 자리에서 일어났다. 약혼자가 바람을 피우고 있다는 소릴 들었으면서 그녀는 태연자약했다.

아니, 아니다.

"오랜만에 만났는데 밥도 안 사줄 거야?"

"뭐 먹고 싶은데?"

"너."

자신을 바라보며 하는 말엔 비웃음이 서려 있었다. 그녀는 자신을 깔보고 있었다.

혜영은 사무실 문을 열고 밖으로 나왔다. 그리고 다리에 힘이 풀려 털썩 주저앉고야 만다.

"이혜영, 너 헤픈 여자 아니잖아."

그를 향한 마음은 늘 동경이었다. 하지만 지금은?

"……."

마음의 본질을 들여다보는 일은 늘 두렵다.

❖

"장난이 너무 심해."

혜영이 상처받은 얼굴로 나가는 것을 본 민환이 얼굴을 굳혔다. 유라가 왜 이렇게 심술이 났는지는 충분히 이해가 갔으나 그래도 이건 자신에 대한 예의도 상대에 대한 예의도 아니었다. 잔뜩 구겨진 미간과 울렁이는 눈빛을 본 유라가 꼬아놓은 허벅지 위로 턱을 괴며 말했다.

"장난 같아? 나 너 먹고 싶어."

"웃기지 마."

"아아, 항복. 네가 진심으로 나오면 아무리 나라도 무서워."

양손을 든 유라가 헤헤 웃었다. 얼굴엔 미안한 기색이 없었으나 인생을 살며 진지했던 적이 몇 없었던 그녀였기에 민환은 고개를 끄덕였다. 하지만 눈빛은 여전히 조심하는 것이 좋을 것이란 경고를 담고 있었다.

두 사람은 회사 근처로 옮겨온 이후로 남들은 잘 알 수 없는 묘한 동질감을 가지고 이야기를 나누고 있었다. 예전부터 대한민국 국민이라면 누구나 아는 오너의 자식으로 태어나 같은 교육을 받고 같은 세상에서 살며 남들보단 훨씬 느리게 흘러가는 시간을 묵묵히 같이 견뎌온 두 사람이었으니까 동질감이 생기지 않으면 오히려 그것이 이상할 지경이었다. 그리고 두 사람은 상실감과 불안한 감정을 거의 비슷한 시기에 겪으면서 예전보다 더욱 가까워지기도 했다. 그것이 부모들이 엮어준 약혼 관계에서 오는 것이라 생각했지만 그건 틀렸다.

동그란 눈에 오른쪽 눈만 쌍꺼풀이 있는 유라는 잘못 보면 마치 상대를 비웃는 것처럼 보였다. 특히나 지금처럼 꽤 예민한 주제를 꺼내며 웃을 때.

"그 여자한테 진심이지?"

"그 여자 아니야. 이혜영이지."

"그래그래, 이혜영 씨."

호칭을 정정해 주자 민환을 노려보며 말을 정정한 유라가 서둘러 말해보라는 듯 재촉했다. 천하의 윤민환이 회사와 돈처럼 물질적인 것이 아닌 살아 있는 사람을 손에 넣고 싶어한다는 사실은 그녀에겐 꽤나 흥미로운 일이었다. 한창 어울려 놀았던 20대 초반만 해도 그는 사랑이란 감정을 철저하게 비웃어주던 인간이었으니까. 그런 인간이 바뀐 것이다.

"그럼 너는?"

"……."

답 대신 물음이 날아오자 유라가 당황한 듯 눈을 깜박였다. 예쁜 립스틱을 발라놓은 입술이 일그러졌다. 지금은 이 이야기 따윈 꺼내고 싶지 않은데. 하지만 민환은 앞서 유라가 혜영을 괴롭혔던 것에 대한 복수를 하듯 몰아붙였다.

"같이 떠난 그 남자는 어떻게 하고 혼자 들어왔어? 한동안은 들어올 생각 없다더니."

"아아, 시시했어."

유라가 어깨를 으쓱였다. 감정의 동요 따윈 보이지 않은 모습이었다.

"넌 안 시시한데 말이야."

"차유라."

"알았어, 그만하면 되잖아. 노려보고 그래? 쳇."

혀를 찬 유라가 거의 손도 대지 않은 음식을 보더니 한숨을 내뱉었다. 배가 고팠으나 요즘은 도통 먹을 수가 없었다. 예전부터 많은 식사를 하는 타입은 아니었지만 요즘은 한 끼 챙겨먹는 일도 드문 일이었다.

조금 마른 몸에 유라가 콧잔등을 찌푸렸다.

"이러니까 살이 쏙쏙 빠지지. 나의 나이스 바디가 망가지고 있어."

"한 번 만나러 가보는 건 어때?"

"나 싫다고 떠난 남자를 왜?"

"뭐, 그거야 그렇지만."

"싫다고 내가 지긋지긋하다고 떠난 사람, 더 이상 이야기하고 싶지 않아. 끝났어."

되돌릴 수 없어. 만약 되돌릴 수 있었다면 놓지도 않았어.

말은 끝이 났지만 유라는 눈빛으로 그렇게 말했다. 그 모습을 가만히 보던 민환이 고개를 끄덕였다. 그래, 여기까지만 하자. 유라의 얼굴을 보면 죗값은 충분히 치르게 해준 것 같으니까.

깔끔한 차림의 웨이터가 다가와 테이블에 있던 식기를 치우고 커피를 내왔다. 향긋한 커피 향을 맡으며 음미하는 유라와는 달리 자신의 입맛에 맞지 않은 것인지 민환은 입도 대지 않았다. 커피는 시간의 흐름에 따라 식어갔고, 곧 쓰디쓴 맛만 남았다.

두 사람의 식사가 끝나고 민환이 자리에서 일어나려고 할 때였다. 유라는 냅킨으로 입가를 조심스럽게 닦아내며 말했다.

"이혜영 씨, 어떻게 할 거야?"

"뭐?"

"회장님께서 전화 오셨어. 그 여자 때문에."

동창회에 혜영을 대동하고 참석했던 사실이 윤 회장의 귀에까지 들어갔나 보다. 물론 그러라고 데리고 간 것이긴 했으나 본격적으로 시작될 앞날을 떠올리면 그래도 긴장하지 않을 수가 없었다.

"……."

"지킬 자신이 없으면 애초에 시작도 안 하는 게 좋아."

"……."

"나 봐. 끔찍하게 망가졌잖아?"

심드렁한 얼굴로 자신을 망가졌다 표현하는 유라는 어딘가 결핍되어 있는 사람 같았다. 마치 한쪽 면에 물감을 짜 그림을 만드는 데칼코마니처럼 두 사람은 똑 닮아 있었다. 그랬기에 오래된 약혼 사이였지만 서로에게 친구 이상의 감정이 생기지 않았던 것이다. 닮은 유라는 사랑에 실패했다. 하지만 민환에겐 현재 진행형이었다. 그리고 그녀처럼 멍청하게 상대의 손을 놓을 생각도 그에겐 없었다.

그가 다 계획이 있다는 듯 짙은 웃음을 짓자 유라가 눈동자를 반짝이며 말했다.

"그 사람 귀엽더라."

순간 민환의 얼굴에 열기가 끼쳐 올랐다. 그러자 유라는 깔깔 웃음을 터뜨렸다.

"윤민환, 너 지금 표정 볼만하다!"

"……."

"너 설마 여자한테도 질투하니, 설마? 그것도 날? 하하하! 진짜 골 때려!"

"그만해."

"아아, 알았어. 하지만 혜영 씨가 귀엽다는 건 달라지지 않아."

"어디가 귀여운데?"

"일부러 감정을 보이지 않으려고 애쓰는 모습. 하지만 너무 티가 나서 재미있어. 계속 놀려주고 싶어."

장난스러운 눈빛엔 진심이 가득했다. 그 모습에 민환의 얼굴이 종잇장처럼 일그러졌다.

"장난은 그만해."

"알아."

고개를 끄덕인 유라의 얼굴에 순간 웃음이 가셨다. 그 대신 입가엔 부드러운 미소만이 감돈다.

"네가 진심이니까."

오랜 친구의 사랑을 그녀는 작은 웃음으로 응원했다.

째깍째깍, 초침이 흘러가는 소리를 듣던 혜영은 멍하니 의자에 앉아 있었다. 민환은 유라와 나간 뒤로 뒤의 스케줄을 조정해 달라고 말한 뒤부터 지금까지 사무실로 돌아오고 있지 않았다. 처음엔 간단한 식사만 할 생각으로 나갔던 거라 짐은 그대로 사무실에 남아 있었는데도 말이다.

"……"

가끔은 소음이 없는 침묵 또한 즐기곤 했던 혜영이었다. 지방에서 스무 살이 되자마자 서울로 홀로 상경해 지내면서부터 바뀐 부분 중 하나였다.

하지만 지금은 달랐다. 유독 초침이 움직이는 소리가 크게 들렸고, 작은 소리도 듣기 싫은 소음처럼 들렸다. 외로움 때문에 생긴 변화라기보다 누군가를 기다리는 시간이 괴롭기 때문에 생긴 것이었다.

고개를 들어 시계를 본 혜영의 눈빛이 어두워졌다. 금요일이었다, 오늘은. 오늘 그의 얼굴을 보지 못하고 퇴근한다면 다음 주 월요일이나 돼서야 그의 얼굴을 보게 될 것이다. 그와 주말을 함께한 적은 없으니까.

이틀이란 시간은 지금 그녀의 기준에선 아주 긴 시간으로 아마 그사이 그의 마음이 바뀔지도 모른다.

"약혼녀가 알게 됐으니, 난 정리하겠지."

그래, 잠시의 불장난이었으니까. 불은 누군가에게 발견이 되는 즉시 차가운 물에 꺼지게 될 터이니.

씁쓸한 얼굴로 자리에서 일어난 혜영이 가방을 쌌다. 가장 먼저 챙긴 것은 카드 지갑이었고, 그다음에 혹여 주말에 올지도 모를 업무전화를 메모해 두기 위해 작은 수첩과 볼펜을 챙겨 넣었다. 그리고 마지막으로 집어 든 것은 휴대전화다. 액정을 켜 보니 여전히 그에게선 연락이 없었다.

툭, 투둑.

눈에서 떨어져 내린 눈물이 손등 위에 사정없이 내리꽂혔다. 눈물은 슬픔을 가지고 있어 뜨거웠다.

"이게 뭐야."

가벼운 마음으로 시작한 관계는 아니었으나 이렇게 끔찍한 기분이 들지 몰랐다. 평소 혼자 똑똑한 척은 다 하고 살았으면서, 정작 중요한 순간에는 멍청하게 굴었다.

"다 알고 있었잖아."

그에게 잘 어울리는 약혼녀가 있다는 것쯤은.

그리고 자신이 하는 일이 얼마나 위험하고 추악한 일인지도!

자신의 몸을 원해 접근한 그를 받아준 것은 다름 아닌 그녀가 아닌가!

"그러니까 청승맞게 울지 마."

마치 아무것도 몰랐던 피해자처럼!

3 화 잽

그들이 사는 세상 속에 발을 담그는 순간은 늘 낯설다. 그녀는 동떨어진 외딴 섬처럼 혹은 낯선 이방인처럼 화려한 사람들 속에 섞여 있었다.

도원그룹 80주년 기념행사.

대한민국 최고의 그룹으로 꼽히는 도원의 나이도 벌써 여든이 되었다. 짧지도 그렇다고 길지도 않은 그 시간 동안 그들이 이룩해 낸 것은 눈이 부시고 찬란했다. 지난 60년간 '대한민국 최고'의 타이틀을 놓친 적이 없었고, 전교 1등의 자리를 놓치지 않는 것도 모자라 글로벌 기업으로서 세계 시장에서도 당당히 성공을 거두었다. 도원은 나날이 그 명성을 널리 알리는 중이었다.

검은 치마 정장을 입고서 민환과 멀찍이 서 있던 혜영은 이내 파티장 전체를 보았다. 2년 전 보너스 날, 큰마음 먹고 산 정장이 초라해 보일 정도로 사람들이 입고 있는 옷들은 화려하고 값비싼 것들이었다. 아무리 그런 것에 문외한인 그녀가 모두 알고 있을 정도로. 그것뿐만이 아니었다. 남자들은 넥타이핀과 커프스로 저마다 멋을 내고 있었고, 여성들은 목걸이와 귀걸이, 팔찌 등의 액세서리를 하고 있었는데, 조명이 비칠 때마다 영롱한 빛을 내뿜는 것을 보면 그것 또한 억 소리가 날 정도로 비싼 것이 분명했다.

무심한 눈으로 이곳저곳을 둘러보던 혜영의 눈이 정면을 향할 때였다. 멀리서 민환과 유라가 나이 지긋한 사람들과 이야기를 나누고 있는 것이 보였다. 민환의 곁에 서 있는 사람은 도원그룹의 윤충원 회장이었고, 유라의 곁에 서 있는 사람은 마루그룹의 차기언 회장이었다. 두 사람 모두 많은 분야가 겹치는 회사를 가지고 있었지만 자식들의 결혼으로 사이가 돈독했다.

그 모습을 보던 혜영이 뒤돌아 파티장을 빠져나왔다. 그 모습을 보고 있자 갑자기 숨이 턱 막혀왔다.

화장실로 가 괜스레 손을 씻고 거울을 본 혜영은 어설프게 웃었다. 자신의 마음만큼이나. 표정 관리는 생명이다. 사회인이라면 누구나 해야 하는 것이고. 그러니 이런 어설픈 표정 말고 제대로 된 것을 지어야 한다.

"후우."

몇 번이고 거울 속 자신의 모습을 보며 웃음 짓던 혜영은 손을 깨끗이 닦고 나서야 화장실을 빠져나왔다. 그의 곁을 너무 오랫동안 비워놨다. 급한 마음에 빠르게 걸음을 옮기던 혜영은 천장부터 연결된 커다란 문이 열리자 걸음을 멈췄다. 네 명의 사람들이 걸어나왔다.

긴장된 얼굴로 허리를 숙여 인사한 혜영이 고개를 들었다. 눈앞에 서 있는 사람은 민환의 아버지이자 이 도원의 주인 윤 회장이었다. 혜영은 자신의 앞에 멈춰 선 윤 회장이 무표정하게 내려다보자 긴장감에 찌든 얼굴로 꾸벅 허리를 숙였다.

"안녕하십니까, 윤 회장님. 이혜영이라고 합니다. 현재 윤민환 사장님을 모시고 있습니다."

윤 회장이 고개를 끄덕였다. 방금 전까지 감정이 없던 얼굴은 혜영의 정체를 알자 굳어졌다.

"윤 사장의 비서라고?"

"네, 회장님."

날카로운 눈빛으로 혜영을 분해해 버릴 듯 보던 그의 얼굴이 순간 무표정해졌다.

"네가 그 아이구나."

무슨 말인지 몰라 혜영이 눈을 동그랗게 뜨자 윤 회장의 입술이 달싹였다.

"7년 전부터 윤 사장을 모셨다지?"

"네, 그렇습니다."

"윤 사장에게 쓸데없는 마음을 품고 있기도 하고."

"……."

혜영의 고개가 아래로 떨어졌다. 놀라고 싶어도 놀랄 수가 없었다. 상대는 윤 회장이었다. 오히려 모르는 것이 이상한 일. 혜영은 허리를 숙이며 말했다.

"죄송합니다."

무엇이 죄송한 것일까. 혜영은 스스로에게 되물었다. 많은 것들이 떠올랐으나 입 밖으론 낼 수 없는 것들이었다. 하지만 그녀의 생각과는 다르게도 윤 회장은 고개를 저었다.

"아주 잠시의 여흥이라면 뭐라 하지 않겠네. 하지만 이건 알아 두게. 윤 사장이 어린아이도 아니고 잘 처리하겠지만, 외부에 알려지는 것은 곤란해."

"네……?"

시선을 마주하기도 두려울 정도로 엄청난 아우라를 내뿜는 그였지만 혜영은 놀라운 마음에 고개를 들어 윤 회장의 얼굴을 보았다. 날카로운 기에 혜영의 고개가 다시 아래로 뚝 떨어졌다. 무서운 미음에 몸이 오들오들 떨리기도 했나.

"버젓이 약혼녀가 있는 남자가 다른 여자와 관계를 맺는다는 것은 다른 사람들이 보기엔 흉을 볼 일이니까."

그는 진심이었다. 이 일이 외부로 알려질 때, 그녀에게 각오를 해야 할 것이라며 온몸으로 말하고 있었다.

"……."

울컥.

가슴 깊은 곳에서 감정이 휘몰아쳐 목 끝까지 치고 올라왔다. 눈물이 비어져 나올 것 같았지만 혜영은 꿀꺽 삼켰다.

표정 관리를 해야 해. 아무렇지도 않은 척해야 해. 그게 사회인의 미덕이야.

혜영은 속으로 계속 읊고 또 읊었다. 차고 넘쳐흐르려는 마음을 억누르며.

"자네도 처신을 잘해야 할 거네. 계속 도원에 머물고 싶다면."

"명심…… 하고 있겠습니다."

하지만 결국 마지막 말은 흔들리고 말았다. 감정을 숨기는 일은 아무리 나이가 먹어도 힘들다.

파티장 입구를 바라보는 민환이 고개를 돌렸다. 굳어진 얼굴을 바라보던 유라는 들고 있던 샴페인 잔에 입술을 댄다. 투명한 유리잔에 립스틱 자국이 남았지만 그녀는 망설임 없이 모든 잔을 비우고 나서야 입술을 뗀다.

"그렇게 걱정되면 가보지 그래? 옆에 사람까지 불안하게 하지 말고."

실제론 그리 안절부절못하는 모습은 아니었으나 민환을 오랫동안 알아왔던 유라는 알 수 있었다. 그의 심기가 지금 좋지 못하다는 것. 그리고 아주 불안하다는 것.

허리를 곧게 세우고서 연신 문 쪽을 바라보는 그를 보며 유라가 속으로 웃었다. 윤 회장과 혜영이 잠시 자리를 비운 것을 본 이후로 그는 계속 이 상태였다.

"아니야."

"아니긴 뭐가 아니야? 윤 회장님 성격 알지? 아마 혜영 씨 갈아먹어 버리려고 할걸? 어디 갈아먹다 뿐이니?"

무표정한 얼굴로 사람을 찍어 누르듯 바라보기만 할 때는 사지가 떨릴 정도였다. 평범한 사람들은 견디지 못할 정도였다. 이혜영 그 여자는 평범한 사람이고.

유라는 민환의 얼굴을 보다 말고, 그녀의 시선 끝을 따라 보았다. 굳게 닫힌 문은 열릴 기미를 보이지 않았다. 일자로 굳어 있던 민환의 입술이 달싹였다.

"시험 중이야."

"시험?"

그게 무슨 말이냐는 듯 유라가 콧잔등을 찌푸리며 되물었다. 그러자 민환은 피식, 작게 웃음을 내뱉었다.

"네가 그랬잖아. 너처럼 명청하게 굴지 말라며."

사랑에 실패하고, 유일한 사랑이라 생각했던 사람의 손을 놓아야 했던 유라는 넌 그러지 말라며 민환에게 진심으로 충고를 했었다. 이 세상에서 가장 소중한 사람이라면 모든 걸 다해 지키라고. 그녀는 온몸으로 그렇게 말했다.

그는 그럴 생각이 없었다. 그랬다면 애초부터 성격상 밀어붙였을 테니까. 가지기 위해서 없는 인내심까지 발휘해 기다렸다. 때가 오기를. 그리고 그 순간이 왔다.

"그 여잔, 아주 겁이 많아."

운을 떼는 민환의 목소리는 낮았다. 깊게 울리는 목소리와 그보다 더 큰 울림을 가지고 있는 눈빛에 유라가 그의 얼굴을 빤히 바라보았다. 혜영을 처음 본 순간 겁이 많다는 것을 유라 또한 한눈에 알아보았다. 그런데 그것과 앞선 이야기가 무슨 상관이란 말인가. 유라가 새치름한 얼굴을 지으며 콧잔등을 찌푸렸다. 어서 말하라는 표정이었다.

"그래, 언젠간 도망가려고 굴겠지……. 그리고 그 여자에게 난 아주 지독한 짓을 할 테고."

"너라면 가능하지."

그 지독한 짓이라는 게 무엇인지 감이 잡혀 유라는 콧소리를 내며 고개를 끄덕였다. 아마 세상 속에서 그녀의 존재를 지워 버릴 것이다. 그리고 자신의 곁에만 두고 인형처럼 웃는 그녀 따윈 상관하지 않은 채 가지려 들 것이다. 윤민환은 소유욕이 아주 강한 사람이었고, 자제력이 사라지는 순간엔 그렇게 할지도 모른다.

아니, 어쩌면 그가 만든 새장 속을 벗어나려는 그녀의 목을 비틀어 버릴지도 모른다.

"하지만 그러면 너도, 그 여자도 괴로울걸?"

유라가 웃음 띤 얼굴로 말했다. 분위기를 가볍게 하기 위해 한 행동이었지만 민환은 여전히 지독한 얼굴을 하고 있었다.

아아, 무서워라.

유라는 속으로 그렇게 생각하며 어깨를 으쓱였다. 그러자 열리지 않을 것 같았던 그의 입술이 달싹였다.

"그래서 기다린 거야. 그리고 때가 왔고. 내가 할 수 있는 건 그녀가 견디고 앞으로 나가길 바라는 걸 바랄 수밖에 없어."

"넌 인생을 너무 어렵게 살아, 윤민환."

유라가 비웃었다.

"혼자선 도통 모르는 게 있어. 혼자선 해결할 수 없는 일도 있고, 이겨낼 수 없는 일도 있어. 혼자 다 할 수 있는 일도 있겠지. 하지만 혼자 못하는 일이 세상엔 더 많아."

똑똑한 놈이라 생각했는데, 그도 사랑 앞에선 똑같은 사람일 뿐이었다. 더욱 이런 놈이 사랑에 빠지면 더 끼끽해진다. 주위엔 늘 자신을 떠받들어 주는 아부하는 사람들뿐인 곳에서 지내고, 원하는 일이라면 모두 이루며 살았다. 유라 또한 그랬다. 그래서 몰랐다. 함께 있어야 할 수 있다는 것도. 함께 나누어야 하는 것도 있다는 것을.

유라의 눈빛이 흐려졌다. 서글프게 웃는 눈은 금방이라도 눈물을 쏟아낼 것만 같았다.

"나도 배웠어, 그 사람한테."

아주 자상한 사람이었다. 이기적인 자신의 행동에 화 한번 내지 않았던 사람이었다. 그런 사람을 지쳐 나가떨어지게 만든 것은 자신이었다.

"넌 내가 가르쳐 준다, 특별히. 친구니까."

툭 건들기만 해도 눈물을 쏟을 것처럼 흐린 표정을 지은 유라가 입가를 휘며 웃었다. 애써 아무렇지도 않은 표정을 지으려 애쓰고 있었지만 그녀를 바라보는 민환의 얼굴엔 걱정이 스며들었다. 동류기에 알고 있었다. 소중한 것을 잃으면 어떠한 기분이 들지, 세상이 어떻게 보이는 것인지.

"뭐야, 그 표정은? 내가 충고까지 해줬는데."

"네 입에서 그런 말을 나오게 한 사람이라, 궁금하네."

"좋은 사람이야. 날 버린 몹쓸 놈이긴 한데, 진짜진짜 좋은 사람은 맞아."

그렇게 말하며 유라는 웃었다.

"넌 참 겁이 많아."

"사돈 남 말 하시네."

"그렇게 차려입고 말은 아주 걸쭉하네."

민환의 말에 유라가 깔깔 웃음을 터뜨렸다. 그녀의 웃음에 사람들의 시선이 모여들었다.

　　"이혜영도 겁이 많아. 언제든지 도망갈 준비를 하고 있는 사람이라고."

　　유라는 중간에 말을 꺼내 그의 말을 끊지 않았다. 계속 말하라는 듯 가볍게 고개만 끄덕일 뿐이었다.

　　"하지만 책임감은 많은 겁쟁이라서 자기가 선택한 일에 대해선 끝까지 어떻게 해보려고 하거든. 그러니 난 아무것도 모른 척 그 여자가 내가 만들어놓은 덫으로 걸어 들어가길 기다려야 해."

　　"너 변태 같아."

　　유라가 참지 못하고 끼어들어 한 소리 하자 민환이 손을 들어 턱을 쓰다듬었다.

　　"알고 있어."

　　"아주 치졸하고 비열해, 너."

　　피식 웃은 민환이 고개를 옆으로 돌리자 유라가 문을 열고 들어오는 혜영을 턱짓했다.

　　"그러다 도망간다 너? 저것 봐, 딱 도망치고 싶은 얼굴을 하고 있잖아."

　　파리한 얼굴로 빳빳하게 고개를 들고 들어오는 혜영은 끔찍한 표정이었다. 혜영은 민환을 바라보자마자 딱딱한 표정으로 허리를 숙였다. 애초엔 인사하기 위해 숙인 허리이긴 했으나 시간이 흘러도 곧게 펴질 생각을 하지 않았다. 그녀의 모습을 보던 민환이 천천히 걸음을 옮겼다.

"내가 도망가게 내버려 둘까?"

성큼성큼 걸음을 옮겨 혜영에게로 다가가는 민환의 뒷모습을 보던 유라가 입술을 비틀며 웃었다.

"얼쑤, 집요하기까지?"

"3일 쉬고 본사로 출근하면 돼."

다음 주부터 미래전략실로 출근하게 된 민환은 대대적인 인사 개편부터 감행하기로 되어 있었다. 벌써부터 피 냄새를 맡은 직원들은 동요하기 시작했고 언론 또한 들썩였다. 앞으로도 그의 곁을 지켜야 하는 혜영 또한 전쟁터의 중심에 서 있어야 했다.

빠르게 변하는 차창 밖을 보는 혜영의 눈빛이 어두워졌다. 차마 그를 바라보지 못한 채 한참이고 변해가는 창문 틀 사이 세상을 바라보던 혜영의 눈이 질끈 감겼다.

"버젓이 약혼녀가 있는 남자가 다른 여자와 관계를 맺는다는 것은 다른 사람들이 보기엔 흉을 볼 일이니까."

그 사람이 사는 세계와 내가 사는 세계는 너무나 다르다.

그에겐 미래를 약속한 사람이 있다.

평범한 난 차마 바라볼 수 없을 정도로 머나먼 사람이다.

알고 있었다, 난. 모르고 있는 게 아니었다. 난 서른둘이나 먹은 여자였고, 지겹게도 오랫동안 사회란 세상에 속해 일해온 사람이었고, 앞으로도 그럴 것이다. 주제라면 너무나 잘 알고 있었다. 하지만 가슴이 답답해 어쩔 수가 없었다. 계속 속으로만 끌어안고 살았더니 속은 계속 곪고 아팠다. 그러니 그만해야 한다. 이런 생각도, 이런 관계도. 확실히 물어봐야 한다.

"무슨 생각해?"

끝없이 달리던 생각을 잘라내는 목소리가 들렸다.

그렇다면 이젠,

"난 당신에게 어떤 의미를 가진 사람이죠?"

물어봐야 해.

집에 돌아오지마자 입고 있던 옷을 모두 벗은 뒤 샤워기 밑에 섰다. 곧 머리 위로 뜨거운 물이 쏟아져 내렸다. 살갗이 빨갛게 익을 정도의 온도였지만 혜영의 얼굴엔 표정 변화 하나 없었다. 이것보다 더 뜨거운 것도 집어삼킨 그녀이니, 별 대수롭지 않다는 얼굴이었다.

쏴아아―

물줄기 소리에 멍하니 눈을 깜빡이던 혜영이 아예 질끈 감아버렸다. 눈꺼풀 아래로 눈물인지, 물인지 모를 것들이 쏟아져 내리기 시작했다. 물과 눈물은 온도까지 꼭 닮아 있어 정체는 몰랐으나 손을 들어 얼굴을 쓸어내리는 그녀의 얼굴은 슬픔으로 물들어 있었다.

그녀는 물었었다.

"난 당신에게 어떤 의미를 가진 사람이죠?"

용기 내어 물은 것이었다. 이 물음으로 인해 깨질 관계를 수없이 생각한 끝에야 겨우 내뱉은 말. 그와의 관계가 틀어진다 해도 지금 그녀에겐 확신이 필요했다. 이혜영은 아주 겁이 많은 사람이니까. 확신이 없는 일에 제 인생을 송두리째 던질지도 모르는 도박은 하지 않는 사람이었다. 이에 대한 민환의 답은 물음이었다.

"당신은 우리가 무슨 사이라고 생각하지?"

그 물음에 혜영은 마치 뒤통수를 얻어맞은 것처럼 크나큰 충격을 받았다. 정작 자신은 그와의 관계를 뭐라고 설정해 놓았던가.

친구인 가연과 이야기를 하였을 때도 그렇고, 후에 고민에 고민을 거듭할 때도 답은 항상 정해져 있었다. 놀란 눈으로 그를 보자, 그는 희미한 웃음을 지으며 말했다.

"아마 당신이 생각하는 그대로일 거야."

손에 넣을 수 없는 사람이라 생각했다. 그래서 그녀 또한 가벼운 마음으로 그와의 관계를 지속해야 한다 생각했었다. 그렇지 않으면 온몸이 갈가리 찢기는 슬픔을 맛볼 테니까.

혜영이 아무런 말도 하지 못한 채 그의 얼굴만을 바라보았다. 차 속엔 무거운 침묵이 감돌았다. 숨마저 빼앗아갈 만큼 묵직한 침묵이.

차는 집 앞에 선 지 오래였으나 두 사람 모두 다른 행동은 취하고 있지 않았다. 그리고 그 기나긴 침묵을 먼저 깬 것은 민환이었다.

"지금은."

이 말에 그녀는 어떠한 말을 했던가?

그래, 아무런 말도 하지 못했다.

입을 꾹 다물고만 있을 뿐.

"하지만 당신이 하기에 따라 달려 있어."

관계란 한 사람의 노력만으로 바뀌는 것이 아니다. 유지되는 것
도 아니며, 앞으로 나아갈 수도 없다. 두 사람이 서로 이끌어주고,
밀어주어야 앞으로 향할 수 있는 것이 사람 간의 관계였다. 혜영
은 자신이 하기에 달려 있다는 그의 말에 자신도 모르고 손을 올
려 눈을 가려 버렸다. 흉한 눈물 따윈 보여주고 싶지 않았다. 그리
고 그때 다가온 것은 그의 따스한 손길, 그리고 넓은 품. 그는 혜
영을 널따란 품에 안아주며 등을 두드려 주었다.

"난 기다리는 중이야. 당신이 바뀌길."

쏴아아아—
물줄기가 쏟아지는 소리에 점점 멀어졌던 정신이 돌아왔다. 바
로 방금 전의 일이었으나 마치 꿈결처럼 느껴졌다. 그와 나눈 것
은 섹스뿐이었다. 몸을 섞는 단순한 관계도 사랑이란 이름으로 포
장할 수 있을까? 하지만 왜 당신의 말은 천하디천한 느낌의 섹스
가 아닌 사랑인 것일까.
"당신이 나에게 원하는 것은 뭔가요?"
온통 모를 일들뿐이라 혜영의 눈엔 혼란이 스며들었다. 그리고

그것은 자꾸 헛된 욕망으로 바뀌어간다.

"지금 내가 생각하고 있는 것이 맞나요?"

그래도 머리는 꽤 똑똑하다고 생각하고 있었는데. 그것도 아니었나.

혜영은 피식 웃음을 내뱉으며 뜨거운 물을 끄고 몸을 깨끗이 씻기 시작했다. 향긋한 꽃 내음으로 자신의 몸에 가득한 그의 체취를 지워내고 싶은데. 웬일인지 씻으면 씻을수록 그의 향만 진해져가는 것만 같았다.

눈을 질끈 감은 혜영은 이번엔 차가운 물을 틀어 거품을 씻어낸 뒤 욕실을 빠져나왔다. 방금 전까지 사념이 가득했던 욕조를 뒤로하자, 미처 끝맺지 못했던 생각이 불쑥 치고 들어왔다.

"당신이 바뀐다면, 그 순간 난, 당신이 원하는 사람이 될 거야."

내가 바뀌면 그 또한 바뀐다.

그래,

"정말 모르겠어."

그는 마지막까지 수수께끼만 던지고 있었나.

그가 나에게 바라는 것은 뭘까……?

"안녕하세요, 이혜영이라고 합니다."

본사로 첫 출근하는 날, 혜영은 앞으로 함께 일하게 된 비서진 사람들에게 허리를 숙여 인사부터 건넸다. 그러자 그녀가 허리를 펴자 지긋한 나이의 남자가 손을 뻗어 그녀에게 악수를 청했다.

"반가워요, 이기영 비서실장이라고 합니다."

"네, 반갑습니다."

"이쪽은 조원용 비서이고, 이쪽은 김혜민 비서예요."

사람들과 차례대로 인사를 한 혜영의 얼굴에 긴장감이 머물렀다. 예전엔 그의 일정을 홀로 모두 수행했던 것과는 달리 본사에선 네 명이 한 팀이 되어 민환을 모시게 되었다. 물론 하는 일도 많아졌고, 방대해졌기에 당연한 것이었다.

하지만 왜 이런 기분이 드는 것일까……?

"전자에선 혼자서 사장님을 모셨다고 했죠? 앞으론 일이 조금 편해지겠네요."

"아, 네……."

앞으로 그와 함께할 시간이 줄어든다 생각하자 아쉬움에 표정은 흐리기만 했다.

"앞으로 외부 일정은 조 비서와 김 비서가 함께할 거예요."

"……네, 그렇군요."

"네, 그리고 해외 일정은 제가 할 거고, 혜영 씨는 사무실에서 본사에서 진행될 일들과 외부에서 걸려오는 일정들을 조정해 주시면 됩니다."

앞으로 그의 일거수일투족을 챙기는 것은 그녀가 아니었다. 그건 기영이 하게 될 것이고, 자신은 이곳에서 잡일만 하겠지. 기영의 말에 혜영은 수첩에 꼼꼼하게 기입하며 고개를 끄덕였다. 한참이고 사람들과 인사를 나누고, 본사의 집기와 현재 정리된 프로그램들을 살펴보고 있던 혜영은 세 사람이 멀리서 바쁘게 일정을 조율하고 있는 모습을 보았다. 웬일인진 모르겠으나 그들과 함께 있으니 자신은 동떨어진 이방인처럼 느껴졌다. 그들 또한 자신을 비서라기보단 마치……

"안녕하십니까, 사장님."

그녀의 생각이 멀어지기 전 붙잡는 목소리가 들렸다. 엑셀 파일과 한참 말없이 씨름하던 혜영도 번뜩 정신을 차리고선 자리에서 일어났다. 허리를 숙여 인사할 새도 없이 기영과 사장실 안으로 들어가는 그의 뒷모습을 보던 혜영이 한숨을 내뱉었다.

"우와, 실제로 보니 우리 사장님, 카리스마가 철철 흐르는 게 장난이 아니네요?"

옆에서 혜민이 감탄사를 티뜨리는 소리가 들려왔다. 곧이어 '멋있네요, 멋있어!' 라는 이야기라던가, '역시 도원의 후계자가 맞네. 부티가 좔좔 흘러.' 라는 이야기도 들려왔다. 하지만 혜영은 엑셀 파일을 작성하며 한마디도 답을 해주진 않았다. 그가 멋있다는 것도, 부티가 좔좔 흐른다는 것도, 카리스마가 넘친다는 사실도 모두 알고 있는 것들이라 새삼스럽지 않을뿐더러, 이런 이야기에 일일이 대응을 했다간 뒤에서 어떤 이야기가 나돌아 댕길지 뻔히 알고 있었기 때문이다.

사장과 여비서. 그것도 7년간 동고동락한 사이이니 이미 몇 번이나 안 좋은 소문에 휩싸였던 적이 있었다. 그리고 혜영은 더 이상 안 좋은 소문으로 그와 자신의 이름이 한꺼번에 나열되는 일은 없었으면 했다.

한참 혜민의 조잘거림이 들려왔을 때였다. 문을 열고 기영이 나왔다.

"커피 한 잔 부탁해."

주어가 빠져 있는 말에 혜영이 자리에서 일어나려고 할 때였다.

"네, 알겠습니다. 실장님."

혜민이 자리에서 벌떡 일어나 탕비실 쪽으로 쪼르르 달려가는 것을 보던 혜영이 한숨을 삼킨 채 자리에 앉았다. 이젠 커피 심부름 또한 그녀가 굳이 할 필요가 없었다.

달그락.

민환은 제 책상 위에 올려지는 커피잔을 보며 미간을 찌푸렸다. 커피잔에 뭐가 묻었거나 문제가 있어선 아니었다. 사무실에 은은하게 퍼지는 커피향도 제법 훌륭했고, 옆에 따로 놓여 있는 시럽 또한 제법 센스 있는 행동이었다. 다만 문제가 있다면 커피를 놓아주는 사람의 문제였다.

"이혜영 씨는?"

"곧 있을 글로벌 전략협의회에 참여할 분들의 연락처를 추리시는 중입니다."

혜민이 사무적인 얼굴로 말했다. 하지만 그 이야기에 민환의 얼굴이 순식간에 일그러지자 혹여 자신이 실수한 것은 없나 안절부절못하는 상태가 되어버렸다.

찻잔을 든 그는 커피를 한 모금 맛보더니 잔을 원래 있던 곳에 소리 없이 놓았다.

"이혜영 씨한테 커피 부탁한다고 전해주세요."

"네?"

"다시 말씀드려야 합니까?"

두 번 말하는 것은 딱 질색이라는 듯 민환의 얼굴이 일그러졌다. 화들짝 겁을 먹은 혜민은 아니라는 듯 짧게 답을 하곤 사장실 문을 열고 밖으로 나갔다. 그녀의 뒷모습을 보고 있던 민환이 머리를 거칠게 쓸어 올렸다. 단정하게 빗겨 있던 머리카락이 엉망으로 쏟아져 내렸지만 입술을 깨물며 시선을 고정했다. 지 문이 열리고 혜영이 문을 열고 들어올 때까지 노려볼 셈인 듯했다.

"뭐야, 이게."

지난주에 했던 말귀를 알아듣지 못한 것일까.

백번 양보해서 제법 착하게 설명해 주었다 생각했는데 그게 아닌 듯했다. 오늘 출근할 때만 해도 그랬다. 자신에게 눈길도 주지 않는 모습이라니. 그의 얼굴이 일그러지다 못해 엉망이 되었을 때였다.

똑똑.

노크 소리가 들려온 것은.

"들어오세요."

그의 허락이 떨어지자마자 문이 열렸다. 늘 그랬던 것처럼 정갈한 모습의 혜영이 문을 열고 들어왔다. 무릎 밑까지 내려오는 검은색 원피스에 재킷을 입고 있는 모습은 바늘을 찔러도 피 한 방을 나오지 않을 것처럼 보였지만 그는 알고 있었다. 저 옷을 벗기는 순간 그녀가 자신의 아래서 어떻게 뜨겁게 흥분하고 안달해하는지.

무심한 눈으로 그녀의 행동을 보고 있던 민환은 잔이 테이블 위에 올려지자마자 손을 뻗어 그녀의 팔목을 움켜쥐었다. 그러자 겁을 집어먹고 커다란 눈을 깜빡이는 혜영의 눈과 드디어 시선을 맞출 수 있었다.

"눈길조차 주지 않는군."

"놓아주십시오, 사장님."

"갑자기 왜 태도가 바뀌었지?"

그가 미간을 찌푸렸다. 그녀의 속을 꿰뚫어 볼 듯 날카로운 눈으로 한참 혜영의 표정을 살피던 그가 강압적인 목소리로 말했다.

"말해."

작은 것이라도 숨기는 것이 있다면 용서하지 않겠다는 모습이었다.

그는 최상위 포식자였다. 사회에서도 그들의 관계에 있어서도. 늘 가장 높은 곳에서 고고하게 내려다보며 모든 것을 알고 있다는 듯 군다. 그래서 그런 것이리라. 그에게 이런 반발심이 생기는 것을 보면.

혜영은 손가락 자국 그대로 멍이 들어도 이상하지 않을 정도로 꽉 붙잡힌 자신의 손목을 보았다. 적어도 자신과의 일에서 이 정도로 동요를 보인다는 것만으로도 다행이라고 생각해야 하는 것일까. 이 정도로도 기뻐하는 자신이 비참하고 웃겨 입술이 비틀릴 것 같았지만 혜영은 애써 집어삼켰다.

"여긴 회사고, 예전과는 달리 지켜보는 눈들이 훨씬 많습니다. 이런 행동은 곤란합니다."

감정 동요 하나 없는 얼굴로 기계적으로 말하는 혜영의 모습에 텅 비어 있던 그의 눈이 번뜩였다.

"웃기지 마."

으악, 소리를 내지를 새도 없이 그의 손에 이끌려 몸이 앞으로 기우뚱 기우는 것을 느낀 혜영은 곧이어 자신의 입술을 뜨겁게 집어삼키는 입술에 눈을 질끈 감았다.

"으."

흥분에 작은 신음이 흘러나온 것도 잠시. 곧 자신의 아랫입술을 이로 짓이기는 행동에 그녀의 얼굴이 일그러졌다.

흥분을 일으키는 키스 대신 분노만 가득한 것은 스킨십이라기보단 폭력에 가까웠다. 그의 속에 있는 짐승이 튀어나와 그녀의 입술에 생채기를 남겼지만 곧이어 혀를 길게 빼낸 그가 상처가 난 곳을 할짝였다. 그 순간 그녀의 정신이 번뜩 돌아왔다.

탓!

그의 몸을 힘껏 밀어낸 혜영이 아랫입술을 손으로 만졌다. 부어 있는 것이 조금만 시간이 지나면 멍이 들 것 같았다. 혜영이 일그러진 얼굴로 민환을 보자 그는 입술을 휘어 여유로운 웃음을 지으며 말했다.

"이혜영, 도망가라고 한 적은 없어."

"……."

"도망가고 싶어도 넌 이제 그러지 못해."

씨익, 자신만만한 웃음에 그녀의 얼굴이 일그러졌다.

점심시간을 맞이한 구내식당은 주린 배를 붙잡고 내려온 사람들로 인해 도떼기시장처럼 생기를 띠었다. 본사에 출근하는 인원

만 해도 10만 명에 달하는 도원은 대한민국의 경제를 움직인다 해
도 과언이 아니었다. 작은 대한민국이라 불리며, 꿈의 직장이기도
한 이곳은 직원들의 복지 부분에선 따를 업체가 없는 곳이었다.

메뉴를 선택해 커다란 쟁반에 음식을 담아온 혜영은 혜민의 맞
은편에 앉은 후 식판을 보았다. 도통 음식 생각은 없었으나 그래
도 먹는 척은 해야 할 것 같았다. 숟가락을 든 혜영이 막 국을 떠
먹으려고 할 때였다.

"그거 사장님이 한 거지?"

혜민의 물음에 혜영은 붉어진 얼굴로 서둘러 입술을 가렸다. 후
에 그런 멍청한 행동을 한 자신의 머리를 몇백 번이고 쥐어박았지
만, 그땐 당황한 마음에 자신도 모르게 그렇게 행동해 버렸다.

"반응 보니 그런가 보네? 어쩐지."

"그게 무슨 말씀이세요?"

이제야 이해가 된다는 듯 고개를 끄덕이는 혜민의 모습에 혜영
이 콧잔등을 찌푸리며 물었다. 마치 해결이 안 되던 문제를 푼 사
람마냥 속이 시원하다는 얼굴이었다.

혜영의 물음에 혜민이 그녀를 머리부터 발끝까지 눈으로 훑어
보았다. 평범한 모습인데, 이딴 모습에서 윤민환 사장의 마음을
사로잡은 것인지 도통 이해가 가지 않는다는 표정이었다.

"이혜영 씨 말이야. 학력도 그렇고, 여러모로 본사에서 사장님
을 모실 정도는 아닌데, 사장님이 데리고 왔으니 뒤에선 말들이

많았거든. 회장님도 이 실장님께 특별히 주의를 준 모양이고."

학력도 평범했고, 첫 직장도 도원전자였다. 그러니 그들의 눈엔 그녀는 보잘것없는 스펙을 가진 그저 그런 평범한 사람일 뿐일 것이다. 하지만 면전에 대고 실례되는 말을 할 필요는 없지 않은가? 혜영의 얼굴이 붉어졌다.

"아아, 미안. 내가 너무 직설적이었나?"

"그건 직설적이라고 하는 것이 아니라, 예의가 없다고 말하는 거예요."

"아, 미안, 진짜 화났어? 난 뒤에서 다들 그렇게 수군거리길래."

눈치가 없는 것인지, 아니면 부러 만들어낸 표정으로 자신을 약 올리고 있는 것인지는 모르나, 혜민은 진심으로 미안하다는 얼굴이었다. 그녀의 말을 듣자 혜영은 그제야 주위의 시선이 신경 쓰이기 시작했다. 몇몇은 실제로 그녀를 힐끗힐끗 바라보며 이야기를 나누고 있었다.

울컥.

속에서 감정이 치받아 올랐다.

"내 프라이드를 무시하지 마세요. 지난 7년간 저도 죽도록 일했습니다. 물론 이 회사의 기준에서 제가 가진 이력이 무시할 것들일지는 몰라도, 도원전자에선 인정받으며 일했어요. 젊음을 모두 사장님을 수행하는 데……."

그렇게 말하는데 왜 눈시울이 붉어져 오는 것일까.

그래, 그녀는 7년간 개처럼 일했다. 멍멍 짖으라고 하면 짖을 정도로 정신을 빼놓고 그의 뒤를 따라다니며 최선을 다했다. 그 긴긴 시간, 이런 말을 듣기 위해 노력해 온 것이 아니었다, 결코!

혜영이 말을 채 끝맺지 못한 채 고개를 푹 숙이며 숨을 몰아쉬자, 혜민의 얼굴이 난감함에 굳어졌다. 낙하산 인사라 생각해 조금 골려줄 생각에 그러한 것이었는데, 그녀가 생각한 것처럼 낯짝이 뻔뻔한 인간은 아니었나 보다. 혜민이 손을 뻗어 그녀의 어깨를 감싸 쥐며 말했다.

"미안해요, 혜영 씨. 그런 뜻으로 한 말이 아니었어요."

후아, 후아. 몇 번이고 숨을 크게 몰아쉬었다가 내뱉은 혜영이 고개를 들었다. 어느새 표정은 말끔하게 수습이 되어 있었지만 눈가에 맺힌 눈물만큼은 어떻게 할 도리가 없는지 여전히 그 자리에 맺혀 있었다.

꼴불견이야, 이혜영. 그런 말에 괜히 울컥해선 제 속을 모두 보여주다니······.

"아니에요, 제가 죄송해요. 괜히 울컥했네요."

혜영은 스스로에게 그렇게 말한 후 자리에서 일어났다. 드르륵, 의자 끌리는 소리에 더 많은 사람들의 시선이 자신에게 몰려드는 느낌이었다. 하지만 그녀는 상큼하게 웃어 보인 후 당황해 어쩔 줄 몰라 하는 혜민을 내려다보며 말했다.

"머리 좀 식히고 올게요."

사람들 사이를 비집고 지나가 서둘러 화장실로 달려온 혜영은 곁에서 이를 닦으며 자신을 바라보는 시선도 느끼지 못한 채 얼굴에 물을 끼얹었다. 아침에 정성스럽게 한 화장이 물에 엉망이 된다는 것도 인식하지 못한 채 몇 번이고 세수를 한 혜영이 고개를 들어 거울 속 자신의 얼굴을 보았다.

피식.

웃음이 터져 나왔다.

"병신."

그런 말 따위 입술이 시퍼렇게 멍든 채 해봤자 아무런 소용이 없는데. 내가 어떤 노력을 하든, 사장의 여자로 낙하산 제대로 탔다는 그 사람들의 생각이 바뀌진 않는데…….

멍은 가라앉았지만 그 멍이 가라앉을 동안 혜영은 민환을 만나지 못했다. 바쁜 일정 속에서 그는 늘 외부의 일을 처리하느라 정신이 없었고, 그 시간 동안 혜영은 홀로 사무실을 지키며 걸려오는 전화만 받는 신세가 되었다. 누가 보아도 뒷방 늙은이로 전락해 버린 기분이었다.

씁쓸한 기분에 한숨을 내뱉은 혜영은 내부 전화가 울리자 서둘러 전화를 받았다.

[인사팀입니다, 윤민환 사장님 외출 중이십니까?]

"네, 그렇습니다."

최근 미래전략부와 인사팀이 함께 손을 잡고 명예퇴직을 진행하고 있었다. 명예퇴직이라고는 하나 실질적으론 회사에 필요 없는 자들을 잘라내는 수순이었다. 그로 인해 회사 전체에 피바람이 불렀고, 직원들은 그들의 눈에 띄지 않게 조용히 숨을 죽이고 있었다.

아마 이달 내로 명단이 추려질 것이라 했으니 뒤숭숭한 분위기는 곧이어 사라질 터였지만 그와 함께 수많은 사람들이 직장을 잃고 거리로 나앉아야 할 것이다.

혜영은 본론이 끝난 뒤에도 상대방이 전화를 끊지 않자 고개를 기울였다.

"더 전해 드릴 내용이 있습니까?"

[이혜영 씨, 지금 시간 괜찮으십니까?]

"저요?"

혜영은 자신도 모르게 새된 소리를 질러 버렸다. 인사부에서 이 시기에 자신을 보자고 하는 이유는 너무도 쉽게 유추가 되지 않는가. 더욱 회사 내에 떠도는 소문과 윤 회장에게 들었던 이야기도 있었던 터라, 그냥 넘겨들을 수가 없었다.

혜영이 망설이는 사이 상대방이 말했다.

[네, 이혜영 씨 말입니다.]

피하고 싶었지만 그럴 수가 없었다. 아니, 피해선 안 될 일이었다.

"네, 인사팀으로 가면 됩니까?"

[기다리고 있겠습니다.]

어차피 결말이 정해져 있는 일이라면 더더욱.

무거운 걸음을 옮겨 인사팀으로 온 혜영은 도떼기시장을 방불케 하는 사무실 분위기에 위축돼 그 자리에 덩그러니 서 있었다. 최근 변화의 바람을 주도하는 곳이 이곳이었으니, 눈코 뜰 새 없이 바쁜 것은 당연한 것인데도.

혜영은 자신의 앞을 스쳐 지나가는 여직원을 붙잡았다.

"김훈영 실장님 어디 계신가요?"

"아, 김 실장님이라면 잠시만요⋯⋯."

여직원이 고개를 돌려 훈영의 자리를 힐끗 보았다. 잠시 자리를 비운 것인지 의자는 비어 있었다.

"어머, 자리에 안 계시네요? 잠시 후에 오시겠어요? 아니면 메모를 남겨도 되고요."

여직원의 말에 혜영이 메모를 남기겠다 말을 하려고 할 때였다. 어느새 뒤에서 나타난 남자가 혜영을 보며 물었다.

"이혜영 씨?"

"아, 김 실장님. 이분께서 찾으셨어요."

그렇게 말한 여직원이 서둘러 걸음을 옮겼다. 꽁지가 바쁘게 뛰어다니는 여직원은 품에 안고 있던 서류를 다른 직원들에게 나눠주며 연신 잔소리를 늘어놓고 있었다. 그 모습을 보던 혜영이 고개를 돌려 훈영을 보았다. 남잔 팔목까지 셔츠를 돌돌 말려 올린 채 품에 서류를 한 뭉치 안고 있었다. 이렇게 바쁘다면 다음에 부를 것이지. 혜영은 속으로 구시렁거리다가 허리를 숙여 인사부터 건넸다.

"아, 네. 안녕하세요."

"네, 안녕하십니까. 음, 여기선 이야기하기 좀 그러니 자리를 옮길까요? 휴게실이라면 아무도 없을 거예요."

훈영의 말에 혜영이 고개를 끄덕였다. 이곳에서 할 수 없는 이야기라면 민환과 관련된 이야기일 터다. 혜영이 고개를 끄덕이자 훈영은 서둘러 걸음을 옮겼다.

"잠시만요."

품에 안고 있던 서류를 자리에 내려놓은 그가 방금 전 혜영이 붙잡았던 여직원을 큰 목소리로 불렀다.

"김은영 씨, 이 프린트 복사해서 각 부서 담당자들한테 전달해 주세요!"

"그거면 회사 메일로 하셔도 되잖아요."

"아주 중요한 공문이니까요. 부탁해요."

"네, 알겠습니다!"

여직원이 서둘러 다가와 그가 건넨 서류를 받아 들었다.

바쁜 모습을 뒤에서 멀뚱히 바라보고 있던 혜영이 눈살을 찌푸렸다.

도원은 바쁘게 굴러간다. 그 바쁨 속에서 튕겨 나와 멀뚱히 서 있는 자신은 외톨이가 되어버린 기분이다. 아니, 아무런 쓸데없는 인간이 되어버린 기분이었다.

멀뚱멀뚱 그 모습을 보던 혜영은 서둘러 자신에게 다가오는 훈영을 보았다. 아침까지만 해도 반듯하게 빗어 넘겼을 머리가 헝클어진 채로 그가 싱긋 웃었다.

"미안해요. 그럼 이만 가볼까요?"

훈영의 말에 고개를 끄덕인 혜영은 그의 뒤를 따라 12층 가장 구석에 있는 휴게실로 향했다. 도원은 각 층에 세 개씩 휴게실을 두고 있었다. 그중 가장 구석진 자리에 있는 휴게실은 어느 층이던 간에 이용률이 가장 낮았다. 위치상의 문제도 있었지만, 중앙에 있는 휴게실의 경우 카페테리아까지 운영을 하고 있었기 때문이다.

자판기에서 커피를 뽑아 자신에게 한 잔을 건네는 훈영을 보던 혜영은 손가락 끝에 닿는 뜨거운 기운에 웃음을 내뱉었다.

"하실 말씀이 무엇인가요?"

그 물음에 대한 훈영의 답은 이미 예상하고 있었다. 하지만 굳이 이렇게 물은 것은 빨리 매를 맞고 싶었기 때문이다. 혜영의 낯빛이 어두워지는 것을 보던 훈영은 뜨거운 커피를 소리 내지 않고 마셨다. 그리고 종이컵을 책상 위에 올려놓은 후 허리를 의자에 느긋하게 기대며 말했다.

"이혜영 씨는 뭐가 그렇게 급하죠? 느긋하게 이야기하자고요."

"네? 하지만 많이 바빠 보이셔서……."

"날 생각해서 그런 거라고요? 이혜영 씨, 표정부터 수습하고 이야기해요. 툭 치면 울 것처럼 굴지 말고요."

처음 보는 사람에게 이런 이야기를 듣다니. 자존심이 상해 손끝이 떨렸다. 손을 움켜쥔 혜영이 고개를 들어 훈영의 눈을 보며 말했다.

"무슨 말씀 하시는 거죠?"

"아아, 이런. 그렇군요."

어깨를 으쓱인 훈영이 몸을 앞으로 숙여 턱을 괴었다.

"그렇게 빨리 듣고 싶으시면 말씀드리죠."

"……."

"회장님은 당신이 이곳에 남아 있길 원하지 않아요."

욱신!

가슴에 아픔이 올라왔다. 애써 수습했던 얼굴이 나시 일그러졌다.

"그래도 전 이런 부당한 일로 사람을 해고하는 걸 원치 않는다고 상부에 말해둔 상태예요. 이혜영 씨, 다른 부서로 이동하시는 것은 어때요?"

"⋯⋯생각해 보겠습니다."

혜영이 한 박자 늦게 답했다. 마음이 너덜너덜해져 버린 기분이었다. 어서 이 공간을 벗어나고 싶었다.

"더 하실 말씀 없으시면 이만 일어나 보겠습니다."

서둘러 말한 혜영이 답을 듣기도 전에 자리에서 일어났다. 드르륵, 의자가 거칠게 끌리는 소리에 혜영의 인상이 찌푸렸다.

몸을 돌려 휴게실을 벗어나려던 혜영은 뒤에서 자신을 붙잡는 목소리에 걸음을 멈췄다. 그리고 고개만 돌려 훈영을 보았다.

"그렇군요."

"무슨 말씀이시죠?"

혜영이 물었다. 그러자 훈영은 어깨를 으쓱이며 내려두었던 커피를 들어 호로록 마셨다. 종이컵에 가려 그의 얼굴이 보이지 않았다.

"아니, 윤민환 사장의 여자 정도 되려면 그 정도 강함은 있어야 한다고 생각하거든요."

"지나친 참견이십니다."

딱 잘라 말한 혜영이 눈을 날카롭게 떴다. 그러자 훈영은 입술을 부드럽게 휘며 방금 전까지만 해도 무심했던 표정에 웃음을 머금으며 말했다.

"아니, 진심이에요. 이혜영 씬 날 기억하지 못하겠지만, 전 이

혜영 씨를 기억하고 있거든요."

"네?"

눈을 크게 뜬 혜영이 되묻는다. 그가 무슨 소리를 하는지 전혀
이해하지 못한 모습이었다. 그러자 훈영이 피식, 소리 내어 웃으
며 말했다.

"안 좋은 소리 해서 죄송합니다. 하지만 방금 말씀드린 건 꼭 좀
생각해 봐주세요. 훌륭한 인재를 잃고 싶진 않으니까."

"……."

"이혜영 씨를 면접에서 떨어뜨린 제가 부끄러웠으니까요."

그렇게 말하는 그는 진심을 다해 웃었다.

"그럼 저부터 실례하겠습니다. 혜영 씨 말대로 무척 바쁘니까
요."

자신을 지나쳐 멀어져 가는 훈영의 뒷모습을 보던 혜영의 얼굴
이 순간 놀라움에 물들었다.

"아!"

잊고 있었던 훈영의 모습이 퍼뜩 떠올랐다. 그는 도원그룹 면접
을 보러 왔을 때 면접관이었다.

❖

하루 종일 무표정한 얼굴로 컴퓨터 앞을 지키고 있던 그녀는 엘

리베이터가 멈춰 섬과 동시에 민환과 기영이 내리자 자리에서 벌떡 일어나 허리를 숙여 인사를 건넸다. 그런 혜영에게 까딱 고개를 숙인 민환이 곧장 사장실 안으로 들어가자 방금 전까지만 해도 딱딱한 가면을 쓰고 있던 혜영의 얼굴이 느른하게 풀린다.

타다타닥, 키보드를 두드리며 빠르게 문서를 작성하던 혜영의 손길이 문득 자신의 앞에 멈춰 선 기다란 그림자에 시선을 위로 했다. 어느새 사장실에서 나온 기영이 서 있었다. 빠르게 움직이던 손가락을 멈춘 혜영이 물었다.

"지시하실 일 있으십니까?"

그녀의 물음에 기영이 손목시계를 한 번 살펴더니 말했다.

"혜영 씨, 사장님 댁 아시죠?"

"네."

"내일부터 3일간 홍콩으로 갑자기 출장이 잡혔습니다. 4시까지 가방을 챙겨와 주시겠어요?"

홍콩 출장이라……. 그녀는 모르고 있는 일정이었다. 민환에게서 들은 적도 없고.

그녀가 다른 행동은 취하지도 않은 채 미적거리고 있자 기영이 다시 한 번 힘주어 말했다.

"사장님 지시입니다."

"네, 알겠습니다."

자리를 털고 일어난 혜영이 곧장 가방을 챙겨 들고 본사 건물을 빠져나왔다. 그의 집이라면 몇 번이고 가보았다. 물론 그와 그러한 관계가 되기 전, 지금처럼 출장을 가기 전 간단하게 짐을 싸는 일이었다. 속옷이고 양말이고, 아주 사소한 부분까지.

그래서 그녀는 그의 마음을 모두 알고 있다 생각했었다. 그의 작은 부분까지 챙기며, 늘 이런 식으로 그를 보좌하며 한동안은 사장과 비서로 함께 있을 줄 알았다.

"인생은 참 알 수가 없어."

그런 그와 섹스를 하고, 어떠한 관계로 나아가야 하는지, 아니, 어떠한 관계인지도 모르는 채 미적지근한 사이가 될지 몰랐지만.

시간이 없었기에 서둘러 택시를 잡아탄 혜영은 회사와 그리 멀지 않은 그의 오피스텔로 향했다. 오피스텔이라곤 해도 넓은 평수의 고급 빌라 같았지만.

차가 멈춰 서자 택시비를 지급한 혜영은 곧장 엘리베이터로 향했다. 비밀번호를 누르고 엘리베이터에 오른 혜영이 '7' 버튼을 누른 후 빠르게 올라가는 숫자를 멍하니 보았다. 한 층에 집이 하나씩. 총 11가구가 사는 이곳은 평범한 직장인들이라면 꿈도 못 꿀 가격으로, 그가 도원전자에 다니기 시작하면서부터 살게 된 곳이었다.

띠링—

엘리베이터가 멈춰 서자마자 커다란 문이 보이자 이번에도 손쉽게 비밀번호를 누른 그녀가 집 안으로 들어섰다. 그리고 훅 끼쳐 오는 그의 체향에 그녀의 얼굴이 붉어진다.

"남자 집이 뭐 이리 깨끗하담."

매일 하루 한 번, 그와 결코 마주칠 일이 없는 시각에 이곳을 청소해 주는 도우미가 있다는 사실은 알고 있었다. 그 도우미를 구한 것도 그녀였고, 매달 그 사람의 월급을 챙겨주는 것도 그녀가 하는 일과 중 하나였으니까.

빠르게 옷 방으로 향한 혜영은 일정에 맞춰 셔츠와 속옷, 양말을 챙겼다. 그리고 그녀가 예전에 구비해 놓았던 여행용 스킨, 로션을 챙기기 위해 욕실 쪽으로 향할 때였다. 침대 한 켠에 놓여 있는 테이블 위에 시선이 닿은 것은.

뚜벅뚜벅, 걸음을 옮긴 혜영은 벨벳으로 된 케이스 옆에 놓인 쪽지를 들어 올렸다.

—생일 축하해.

"아……."

정갈한 서체로 적힌 글귀를 읽는 혜영의 눈동자가 흔들렸다. 그러고 보니 오늘은 그녀의 생일이었다. 서른두 번째 생일. 정작 본인조차도 잊고 지냈던 생일.

떨리는 손으로 케이스를 집어 든 혜영은 안에 있는 내용물에 눈물이 핑 돌아 침대에 털썩 주저앉고 말았다.

자신의 생일에 맞춘 루비 팔찌 위에 놓여 있는 또 하나의 쪽지에 참을 수 없는 눈물이 터져 나왔다.

―루비의 의미를 알고 있어?

그것은 사랑과 평화.
그리고 그가 말하고 싶은 것은 아마도…….
사랑이겠지?

4화 사냥

시끌시끌한 사람들 사이로 혜영이 동떨어진 섬처럼 식사를 하고 있었다.

이틀 전, 민환은 이기영 비서실장과 조원용 비서와 함께 홍콩으로 떠났다. 그곳에서의 일정은 후에 신문으로 난 기사를 통해 업무협약이 있다는 것을 알 수 있었다. 비서실 내부에 있는 그 누구도 그 일에 대해 이야기해 주지 않았고, 그건 민환 또한 마찬가지였다. 혜민과 함께 사무실에 남긴 했으나 지난 일로 인해 사이가 어색해져 결국 따로 밥을 먹게 되어, 그녀는 직장 내 왕따처럼 혼자 식당을 찾았다.

유독 오늘 제 주위가 시끄럽다는 느낌은 들었으나 혜영은 괜히 기분 탓에 그런 것이라 생각하며 빠르게 식판을 비워 나갔다. 민환은 홍콩에 있었지만 이 와중에도 그를 만나고 싶어하는 이들은 많았다. 그녀가 막 떠온 밥을 반쯤 비워냈을 때였다. 앞에서 달그락 소리가 들려 고개를 들어보자 훈영이 앉아 있었다.

"아, 안녕하세요."

그는 그녀를 인사팀으로 불렀던 사람이었다. 그리고 그녀에게 윤 회장의 뜻을 전하기도 한 사람. 그날의 일을 떠올리자 혜영의 안색이 어두워졌다.

"회장님은 당신이 이곳에 남아 있길 원하지 않아요."

그 말인즉 그녀가 회사를 떠나줬으면 한다는 말이었다. 지난번, 80주년 파티에서 했던 말이 결코 허튼소리가 아니라는 듯. 창백한 얼굴로 고개를 숙이는 그녀에게 훈영은 희미한 웃음을 지으며 말했다.

"그래도 전 이런 부당한 일로 사람을 해고하는 걸 원치 않는다고 상부에 말해둔 상태예요. 이혜영 씨, 다른 부서로 이동하시는 것은 어때요?"

그 말에 자신은 어떠한 답을 했더라?

아아, 그래.

"생각해 보겠습니다."

더도 말고, 덜도 말고 딱 거기까지 이야기를 해둔 터였다.

혜영은 고개를 들어 어느새 밥을 맛있게 먹고 있는 훈영을 보았다. 30대 중반 정도 되었을까? 꽤나 인상이 좋은 남자는 제법 인기가 있을 법한 남자였다. 하지만 첫인상이 그리 좋지 못했던 혜영은 맛있게 음식을 먹고 있는 그를 연신 경계하고 있었다.

"사람 밥 먹는 거 처음 봐요?"

"네?"

갑작스런 말에 혜영이 눈을 동그랗게 떴다.

"아니, 빤히 쳐다보기에요."

그제야 자신이 그를 뚫어지게 보고 있다는 것을 알게 된 혜영이 얼굴을 붉히며 말했다.

"죄송합니다."

기어들어 갈 것처럼 작은 목소리로 말한 혜영이 다시 숟가락을 들었다. 하지만 입맛을 잃은 것인지 정작 밥을 떠먹진 않았다. 한숨을 쉬는 혜영을 보던 훈영이 툭 던지듯 말했다.

"왕따인가 봐요?"

"김 실장님도 잘 알고 계시잖아요. 굳이 아픈 곳은 찌르지 않으서도 되는데……."

그렇게 말하며 피식 웃는 혜영의 모습에 훈영 또한 숟가락을 내려놓았다. 반듯한 시선이 그녀에게 닿았다. 하고 싶은 말이 많은 시선에 혜영이 고개를 옆으로 기울였다. 이 남잔 뭘까. 윤 회장의 이야기를 자신에게 전하면서도 그녀의 입장을 생각해 주는 남잔 아리송한 입장을 취하고 있었다.

"이런, 미안해요. 하지만 역시 여자 혼자 저런 시선을 감당하게 하는 건 좀 그래서."

훈영의 말에 혜영이 주위를 둘러보았다. 그러고 보니 사람들이 평소보다 더 빤히 그녀를 보고 있었다. 조금 전까지만 해도 단순히 기분 탓이라 생각했지만 자신과 눈이 마주치고 난 후에도 시선을 피하지 않는 사람들을 보자 생각이 달라졌다.

혜영이 콧잔등을 찡긋하며 물었다.

"무슨 일이 있나 보죠?"

그녀의 말에 오히려 훈영이 놀란 듯 그의 눈이 커다랗게 변했다.

"뭐야, 혜영 씨 몰랐어요?"

"뭘요?"

고개를 갸웃거리며 묻는 모습에 오히려 훈영이 당황한 것인지 되묻는다.

"진짜 몰라요?"

"네."

"하아, 정말 구제 불능이네."

훈영은 누굴 향한 말인지 모를 말을 내뱉은 후 어깨를 으쓱인다. 굳이 본인이 가르쳐 주지 않아도 곧 알게 될 터니 굳이 자신이 악역을 맡을 필욘 없다 생각한 것인지 다시 수저를 들었다. 하지만 웬일인지 눈앞에 있는 혜영이 신경 쓰이는 이유는 왜 그럴까.

사람들의 시선이 유독 신경 쓰이는 것은 훈영의 말 때문일 것이다. 혜영은 자신을 힐끗힐끗 보며 지나가는 사람들에게 애써 시선을 주지 않으려 애쓰며 고개를 당당하게 치켜들었다. 저들의 시선을 신경 쓸 필욘 없다. 저들이 뒤에서 자신의 이야기를 하며 씹어대는 것이라 하더라도, 자신을 부정한 여자로 보고, 신데렐라가 되길 바라는 멍청한 치로 본다 하더라도 상관없었다. 그녀의 마음이, 그의 마음이 아니면 된다. 진실이 그것이라면 혜영은 이런 시선 따위 묵묵히 견뎌낼 수 있었다.

내일 저녁이면 그가 돌아온다. 늦은 시각의 입국이라 내일은 볼 수 없을지도 모른다. 하지만 정말 보고 싶으니 그에게 피해가 간다 하더라도 오피스텔로 찾아갈 작정이었다. 그리고 물어볼 참이었다. 루비 팔찌에 담긴 의미가…… 내가 생각하고 있는 그것이 맞냐고.

엘리베이터에서 내리자마자 곧장 걸음을 옮긴 혜영은 벌떡 자리에서 일어나며 난감한 얼굴로 자신을 바라보는 혜민의 모습에 고개를 기울였다. 진땀까지 빼며 우물쭈물하는 모습이 그녀답지 않았다. 늘 독설에 가까울 정도로 직설적인 그녀가 아니던가.

"혜영 씨……."

"무슨 일이세요?"

"아, 저 그게……."

그러면서 슬쩍 몸으로 모니터를 가리는 모습이 심상치가 않았다. 마치 무언가를 숨기고 싶어하는 사람처럼.

의아한 마음으로 혜민에게 다가간 혜영이 그녀의 몸 뒤로 보이는 모니터에 숨을 멈췄다. 눈을 동그랗게 뜬 혜영이 어떠한 반응도 보이지 못한 채 얼어 있을 때였다.

"역시 혜영 씨도 몰랐던 거지? 어떻게 이런 기사가 우리 손도 거치지 않고 그냥 나갔는지 몰라서 나도 알아봤는데, 그게 위에서 직접 홍보부에 지시를 했다고……."

─도원그룹 윤빈샵 사장, 드디어 핑크빛 결실을 맺다.

결혼 상대는 마루그룹 차유라 씨.

대한민국 경제의 두 축, 올겨울 화촉을 밝히다.

그 밑으로 민환과 유라가 팔짱을 끼고 있는 사진이 박혀 있는 기사를 뚫어져라 보던 혜영의 입에서 헛웃음이 섞인 목소리가 흘러나왔다.

"뭘 이런 걸로 당황하세요? 두 분은 오래된 약혼 사이이고, 곧 식을 올릴 거라는 건 정설이었잖아요."

그래, 이렇게 될 줄 알고 있었다.

혜영은 죽어버린 눈으로 모니터를 보던 시선을 옮겨 혜민을 보았다. 그녀의 얼굴엔 곤란한 기색과 함께 미안한 기색이 가득했다. 자신을 싫어하는 줄 알았는데 그건 아닌가 보다. 그저 덜 자란 인간이어서 상대를 상처 주는 말과 직설적인 말을 가려 할 줄 모르는 사람일 뿐. 혜영의 입에 느슨한 미소가 걸리자 혜민이 손을 뻗어 그녀의 팔을 붙잡았다.

"하지만……."

말을 꺼내자마자 혜민이 입을 굳게 다물어 버렸다. 혜영은 마치 어디론가 훌쩍 사라져 버릴 사람처럼 보였다. 너무나 나약해 보이는 모습에 자신마저 불안해질 정도로. 그녀완 별로 친하지 않았지만 그래도 자신의 상처를 애써 숨기며 억누르는 사람을 보고서 매정하게 굴 정도로 관계가 없는 사이는 아니었다.

혜민이 연신 입술을 달싹이자 혜영은 손을 뻗어 제 손목을 감싸 쥐고 있는 손을 털어내며 말했다.

"잠시 화장실 좀 다녀와도 될까요?"

"아아, 그래요."

자신의 뒤를 따라붙는 진득한 시선을 느끼면서도 혜영은 꿋꿋하게 걸음을 옮겼다. 얼마 걸음을 옮기지 않아 여자 화장실 마크가 눈에 보였다. 방금 전까지만 해도 평정심을 유지하고 있던 마음이 널을 뛰기 시작한다. 힘껏 문을 열고 안으로 들어간 혜영은 아무 칸에나 들어간 뒤 문을 닫았다.

쾅!

"이런 이런."

밖에서 다 들었겠다.

낭패감에 혜영의 얼굴이 파랗게 질렸다.

주르륵.

화장실 문에 대고 아래로 미끄러져 주저앉은 혜영이 무릎 사이에 얼굴을 묻었다. 엉덩이가 바닥에 닿아 더러워질 것이란 생각은 하지도 못한 채 한참이고 옴짝달싹하지 못하던 혜영의 입에서 가느다란 신음 같은 말이 흩어져 나왔다.

"이렇게 될 걸 알고 있었잖아."

그 사람은 아주 높은 곳에서 사는 사람. 자신처럼 평범한 사람은 꿈에서 만날 법한 왕자님.

"그래, 다 한낱 꿈이야."

그에게 난…… 사랑일까?

아니, 아니야.

"그럴 리가 없잖아."

우리의 관계는 온통 뒤죽박죽이라 생각했다. 그를 향한 자신의 마음도, 자신을 향한 그의 마음도.

"당신이 바뀐다면, 그 순간 난, 당신이 원하는 사람이 될 거야."

그 말을 들었을 때, 상류층 세계로 발을 내딛고, 약혼자를 빼앗은 몹쓸 사람이 된다는 것도 잊은 채 온전히 그를 사랑하게 된다면 그 또한 자신을 사랑이라 말해준다 생각했다. 그리고 자신의 팔목에서 반짝이고 있는 이 팔찌를 받았을 때만 해도 우린 드디어 '사랑'이란 관계로 얽힐 줄만 알았다. 하지만 아니었다. 그와 나 사이엔 커다란 벽이 존재하고 있었다. 아니, 어쩌면 그가 자신에게 내던진 힌트는 사실 '사랑'을 말하고 있는 것이 아닌지도 모른다.

"아니, 아니야. 다 틀렸어."

입술을 짓이겨 말한 혜영은 숙이고 있던 고개를 들어 변기통을 보았다. 인간의 가장 더러운 것을 받아내는 변기통. 그것을 보자 정신이 번뜩 들었다.

"이렇게 불안한 마음을 주는 것이 사랑이라고?"

그런 사랑이라면 개나 주라지.

붉어진 얼굴로 겨우 화장실에서 나올 수 있었던 혜영은 여전히 자신을 따라붙는 시선에 다리에 힘을 주었다. 여기서 주저앉을 수가 없었다. 저들의 웃음거리가 되고 싶지 않았다.

빠르게 걸음을 옮긴 혜영은 자신의 자리로 돌아가는 대신 휴게실로 향했다.

훈영에게 회사를 떠나는 대신 다른 부서로 오라고 이야기를 들었던 휴게실로 걸음을 옮긴 그녀는 안에 아무도 없자 소파에 털썩 주저앉았다. 고개를 치켜들어 녹아버릴 듯 온몸에 힘을 쭉 뺀 채 앉아 있던 혜영은 입술을 깨물었다.

계속 회사에 남을 수 있을까?

사회생활은 참 피곤한 것이어서 남들의 시선을 신경 써야 했다. 그들과 좋게 지내기 위해 귀찮은 일도 대신 해야 했고, 실없는 농담이나 연예인의 신변잡기 등을 이야기해야 한다. 그래야 그들 속에 섞여들기 쉬우니까. 그들과 섞여들지 못하면 더 이상 그곳에서 일하긴 힘들었다.

그러고 보니 도원전자에 있을 때도 이상한 소문이 난 여직원이 퇴직을 한 일도 있었다. 나 역시 그렇게 해야 하나……? 입에서 앓는 소리가 흘러나오려 할 때였다.

"아!"

갑자기 눈에 차가운 기운이 닿자 혜영이 눈을 번뜩 떴다. 몸이 튀어오를 정도로 놀란 그녀는 자신의 앞에 있는 캔 커피를 놀란 눈으로 보았다. 자신의 앞에 언제 들어왔는지 훈영이 서 있었다.

"눈이 빨개요. 그 눈으로 나가면 다들 울었다는 걸 알걸요?"

"……."

"그런 모습 죽어도 보여주기 싫죠? 그럼 이걸로 눈 좀 가라앉히지?"

그의 말에 혜영이 캔 커피를 받아 들었다. 손가락을 통해 전해지는 차가운 기운에 정신이 번뜩 드는 기분이었다.

"감사…… 합니다."

"전 아주 매너가 좋은 남자거든요. 그러니 그렇게 감동한 얼굴은 할 필요 없어요."

훈영이 작게 웃음을 내뱉으며 그녀의 곁에 털썩 앉았다. 단지 앉은 채 그 어떠한 말도 하지 않은 채 그녀의 곁을 지켰다.

혜영은 그의 말대로 캔 커피를 들어 눈가를 꾹 눌렀다. 얼어버릴 것처럼 차가웠지만 그의 말대로 이런 꼴로 사장실로 돌아갈 수 없었으니 정성스레 찜질을 했다. 자신의 꼴이 너무 한심해 한숨조차 나오지 않았다.

한동안 침묵을 지킨 채 찜질을 하던 혜영은 이 정도면 괜찮아졌을 거란 생각에 캔 커피를 테이블 위에 올려놓았다. 그리고 여전히 제 곁에 앉아 휴대전화를 보고 있는 훈영을 보며 물었다.

"면접관이셨죠? 7년 전에……."

"아, 기억났나 보네요?"

"네, 저번에 이야기하셨을 때요."

심드렁한 얼굴로 휴대전화를 보던 그가 고개를 끄덕였다. 그 모습을 보던 혜영이 고개를 돌려 정면을 주시했다. 가슴이 터져 버릴 것처럼 답답했다.

"어떻게 해야 할지 모르겠어요. 회사를 그만둬야 할지도……."

"7년 전의 난 기억하면서 며칠 전에 내가 이야기한 것은 기억나지 않나 보죠?"

"네?"

고개를 돌려 훈영을 본 혜영이 눈을 깜박였다. 그러자 그는 휴대전화를 주머니에 넣으며 자리에서 일어났다. 그리고 여전히 붉어진 눈으로 자신을 보는 혜영에게 말했다.

"아마 이번에 나 승진할 것 같아요. 그럼 비서가 필요할 거고요."

"그게 무슨……."

"내 밑에 와서 일하지 않겠어요?"

"네……?"

뜻밖의 제안에 혜영이 입술을 뻐끔거렸다. 믿지 않는 기색이 역력한 얼굴이었다. 그러자 훈영은 어깨를 으쓱이며 말을 이었다.

"진심이에요. 동정도 아니고, 뭇사람들이 이야기하는 것처럼 혜영 씨가 낙하산으로 본사에 왔다는 말을 믿지도 않아요. 지난 7년간 도원전자가 그 정도의 성장세를 보인 건 당신이 윤민환 사장을 잘 보필했다는 이야기겠죠."

"……."

"이번에도 생각할 시간이 필요한가요?"

그렇게 말한 훈영이 씨익 웃음 지었다.

❖

비밀번호를 누르고 집 안으로 들어온 민환은 평소와 다른 집 안 풍경에 미간을 찌푸렸다. 마지막으로 본 집이 이러했던가? 라고 생각하던 그는 곧 피식 웃음을 터뜨렸다. 현관 앞에 가지런히 놓인 힐은 혜영의 것이었다. 아무런 모양도, 장식도 없는 검은 힐은 그녀가 일을 할 때 주로 신는 신발이었다. 수수한 모습은 제 주인을 꼭 닮아 있다.

그 옆에 신발을 벗고 집 안으로 들어온 민환은 테이블 위에 올려져 있는 액자를 살펴보고 있는 혜영의 뒷모습에 걸음을 멈췄다.

그녀의 손에 들려 있는 것은 대학교 졸업식 때의 사진이었다. 그의 곁에서 활짝 웃음을 짓고 있는 것은 유라였다. 물론 다른 사람들도 함께 있는 사진이었으나 지나치게 친숙해 보이는 그와 그녀의 모습을 뚫어지게 보고 있던 혜영은 뒤에서 느껴지는 인기척에 액자를 원래 있던 곳에 놓아둔 뒤 뒤돌아섰다. 그곳엔 민환이 미간을 찌푸린 채 서 있었다.

"마음대로 찾아와서 화나신 건 아니죠?"

혜영이 웃음 띤 얼굴로 물었다. 일그러진 얼굴이 물음에 대한 답을 하고 있었지만 혜영은 끈질기게 그의 입술이 열리길 기다리고 있었다. 민환은 그녀의 얼굴에 있던 시선을 옮겨 액자를 보았다. 별 의미 없이 놓아둔 것이었지만 그녀의 얼굴을 보니 괜히 둔 것이었다 싶었다.

"유라와의 관계는 묻지 않아?"

"궁금했었어요, 예전엔."

그녀의 답이 마음에 들지 않는 것인지 민환의 얼굴이 차갑게 굳어졌다.

"지금은 아니란 말처럼 들리는군."

"물론이에요. 차유라 씨와 사장님의 관계는 이 사진으로도 충분히 설명이 되니까요."

도대체 무엇이?

그는 눈빛으로 그렇게 묻고 있었다. 물론 분노가 적절히 섞여 있는 눈빛이었다. 그와 시선을 마주한 혜영이 희미한 웃음을 지었다.

그와 유라의 결혼 기사를 찾아보기 전까지만 해도 그녀는 오늘 진심을 다해 물으려고 했다.

"당신은 날 사랑하나요?"

그렇게. 하지만 지금은 다행이라고 생각한다. 그 기사를 발견하지 못한다면 그의 앞에서 정말 웃긴 여자가 될 뻔했다. 그가 가야 할 길이 정해져 있듯이 그와 자신의 관계가 향하고 있는 끝은 뻔했는데.

불장난, 그 이상도 그 이하도 아닌데 말이다.

혜영은 온몸으로 분노를 내뿜고 있는 민환을 보았다. 왜 당신이 화를 내냐고 물어보고 싶었다. 화를 내야 할 것은 그가 아닌 나였다.

"몸뿐인 관계라 해도, 조금은 섭섭해서요."

"……뭐?"

"아무리 마음 없이 관계만 가진 관계라 해도 속정이란 게 들었나 봐요."

"……."

그의 얼굴이 종잇장처럼 일그러진다. 그가 이토록 화를 내는 것은 처음 보았다. 하지만 그녀는 그의 표정 따윈 살피지 않았다. 그의 기분 따윈 생각하지 않았다. 그를 살피기엔 자신의 마음이 너무나 갈가리 찢겼다.

지난 시간, 어쩜 그와 사랑을 할 수 있다고 허튼 기대를 품게 만든 것은 그였다. 첫 관계를 그냥 실수라 넘겼다면 이런 일도 없었겠지. 그와 자신의 위치의 차이 정돈 잘 알고 있는 그녀였는데, 그걸 허물게 만든 것은 그였다.

단순한 관심, 존경심을 사랑으로 변모하게 만든 것은 그였다. 그리고 지랄 맞게도 쓸데없는 용기를 품게 만든 것도 모두 그였다! 그러니 그의 기분 따윈 살피고 싶지 않았다. 그와 자신은 사장과 비서, 그 이상의 관계였으니까. 아니, 그렇다고 믿고 싶으니까!

혜영이 날카로운 표정으로 민환의 얼굴을 보았다. 그가 입술을 깨문다. 하얗게 질린 입술은 곧 생채기가 남을 것 같았다. 그의 턱이 움찔거린다. 움찔움찔, 근육이 움직이는 것을 보던 혜영은 그의 입술이 달싹이자 입술을 비틀며 웃었다.

"뭐? 속정? 이혜영, 장난하지 마."

"내가 이런 말을 해서 마음이 상하셨나요?"

겁쟁이도 화를 낼 줄 안다. 지렁이도 밟으면 꿈틀거린다.

하지만…….

"저도 그래요. 말한 건 나인데."

꿈틀거리고 나니 아프다.

정작 그러한 말을 내뱉은 건 자신인데도.

혜영의 얼굴이 순간 상처로 물들었다. 갑작스런 변화에 민환의 얼굴이 멍하니 변했다. 지금 뭐 하자는 서야? 그가 그러한 눈으로 자신을 보고 있었다.

피식, 작게 웃음을 내뱉은 혜영은 뻣뻣하게 굳히고 있던 몸에 힘을 풀었다. 그래, 모든 것을 놓아버리는 이 순간까지 아득바득

참는 것은 멍청한 사람만 하는 것이다. 이제 끝인데, 모든 게 끝인데, 이런 순간까지 참을 필요는 없잖아.

그렇게 생각하자 눈에서 뜨거운 눈물이 흘렀다.

툭, 투둑.

방울방울진 눈물이 아래로 떨어지자 혜영은 그제야 깨달았다.

아, 나 엄청 상처받았구나, 라고.

"그만해요."

희미한 목소리로 내뱉은 그녀의 표정은 이젠 모두 끝이란 표정을 짓고 있었다. 이제껏 일정한 거리를 두고 서 있던 두 사람의 거리가 순식간에 가까워졌다. 성큼성큼, 거침없이 다가온 민환이 혜영의 손목을 붙잡았다. 그가 선물했던 팔찌가 그의 손바닥에 박혔다. 아프다. 붉은 루비와 닮은 핏물이 그의 심장에, 그녀의 심장에 스며드는 기분이었다. 하지만 겉으로 그는 평소와 같은 모습이었다. 지독하리만치 굳고 완강한 얼굴로 혜영을 바라본다.

"그럴 수 없어."

그렇게 말한 그가 팔을 잡아당겨 뺨에 흐르는 눈물을 혀로 핥아냈다. 그리고 입술을 내려 순식간에 혜영의 입술을 집어삼킨다.

그와의 키스는 늘 달콤했다. 하지만 이별을 결심한 이 순간 왜 이렇게 짧을까. 눈물 맛이 느껴지는 키스는 포악했지만 그래도 그와의 키스라 기분이 좋았다.

나도 참 중증이다, 이혜영.

잔뜩 겁을 집어먹고 도망치려고 한 주제에 왜 그러는 거야, 정말.

스스로가 한심해 헛웃음이 나올 정도였다.

입안을 거칠게 휘저은 민환이 입술을 뗐다. 끙, 만족하지 못한 그의 입에서 앓는 소리가 터져 나왔다.

"뭐 하자는 거예요?"

혜영의 눈빛이 사정없이 흔들렸다. 마치 갈피를 잡지 못하는 그녀의 마음처럼. 그가 진득한 시선으로 자신을 내리깔아 보자 그녀가 고개를 푹 숙인 채 읊조렸다.

"난 모르겠어요. 당신이 무엇을 원하는지, 왜 내게 이러는지……. 지난 7년간 잘 일해왔다고 생각했어요. 당신이 일하는 데 부족함 없이…… 불편한 것 없이 일할 수 있도록…… 당신을 보좌해 왔다고 생각했어요."

그것은 그녀의 프라이드였다. 존경하는 그를 위해 조금의 도움이라도 되고 싶어 일거수일투족을 살폈다. 하지만 결국은 모든 것을 망쳐 버렸다. 단 한 번의 관계로 인해. 그리고 그가 내미는 달콤한 제안을 받아들인 대가로.

"그런데 당신에게 안긴 순간…… 난 정말 필요 없는 사람이 된 것 같아요. 당신의 정액만 받아내는 정부로 추락한 기분이에요. 이런 기분…… 들고 싶지 않아요. 다른 사람들의 눈초리도…… 그만 받고 싶어요."

사람들의 쑥떡거리는 소리를 듣는 것도 이젠 지쳤다. 낙하산 인사라는 눈총을 받는 것도 싫다. 그와의 관계로 인해 열심히 달려왔던 제 과거도 모두 없는 것으로 치부되는 이 상황이 못 견디게 싫었다.

그렇다고 그를 손에 넣었느냐……?

그것도 아니었다. 오늘 나온 결혼 기사는 그녀에게 꽤나 충격적인 것이었다.

인정하는 순간 모두 것이 부정당하는 느낌.

숨이 턱턱 막힐 만큼 아팠다.

"그만해요…… 사장님. 제발 그만해요, 우리."

다시 예전으로 돌아가요, 그렇게 할 수만 있다면.

당신은 높은 곳에서 다른 사람들을 늘 내리깔아 보는 사람으로, 전 그런 사람을 모시는 아랫사람처럼…… 우리 원래의 자리로 돌아가요.

그렇게 말한 혜영은 그 순간까지도 아무런 말도 하지 않은 채 무거운 시선으로 혜영을 보고 있던 그의 입술이 비틀렸다. 그 미소가 너무나 잔혹해 순간 혜영의 몸이 움찔 떨렸으나 그녀는 말을 멈추지 않았다. 이 기회가 아니라면 영영 물어보지 못할 것만 같아서.

"마지막으로 물어도 되나요?"

"……."

침묵을 긍정으로 받아들인 혜영은 잠시 입을 다물었다. 큼큼, 목소리를 가다듬고 파르르 떨리는 입꼬리를 애써 위로 들어 올렸다. 마지막, 그의 기억 속에 흉하게 기억되고 싶진 않았으니까.

"난 당신에게 무엇이었나요?"

그녀의 물음에 민환은 그녀의 팔을 붙잡고 있던 손을 천천히 들었다. 그녀의 손목에서 반짝이는 붉은 팔찌를 바라보는 그의 눈빛에 오묘한 감정이 휘몰아쳤다.

사랑? 집착? 불쾌감?

그 무엇도 아니었다.

그 세 가지의 감정이 뒤섞인 것.

"난 마음에 없는 여자가 내 몸에 흔적을 남기는 것을 허용할 만큼 얼빠진 남자가 아니야."

이를 악물며 내뱉는 말에 혜영의 눈동자가 놀라움에 커졌다. 하지만 곧 그가 들어 올린 팔목에 이를 박아 넣는 바람에 머릿속에 가득했던 생각이 흔적도 없이 지워진다.

"아!"

펄떡펄떡 동맥이 뛰어댔다. 온몸에 저릿한 고통이 번져 나갔으나 자신을 뚫어져라 바라보는 눈빛에 옴짝달싹할 수 없었다. 그녀를 두 눈에 담은 그가 박고 있던 이를 빼낸 후 혀를 길게 빼내 자국이 남은 곳을 부드럽게 핥았다.

할짝.

이번엔 간질간질한 기운과 쾌감이 동시에 그녀의 몸을 지배하기 시작했다.

"그 정도 눈치를 줬으면 알아차렸어야지. 당신은 멍청한 여자가 아니잖아."

그의 말에 혜영은 다리가 흐물흐물 풀어지는 기분에도 입술을 달싹였다.

"멍청한 여자가 아니기 때문이에요."

"뭐?"

"멍청한 여자가 아니기 때문에 여기서 끝내야겠다고 생각했어요."

자신의 품 아래에서 녹아내리는 주제에 입은 살아 있다. 민환은 끝까지 입술을 달싹여 제 할 말만 하는 그녀의 입을 틀어막았다. 혀로 그녀의 입안을 폭풍처럼 휘젓고, 안 그래도 온전하지 못했던 정신을 완전히 앗아간다.

가느다란 허리가 부러질 만큼 힘껏 쥔 민환은 걸음을 옮겨 그녀가 뒷걸음질 치도록 만든다. 그리고 더 이상 도망갈 수 없게 벽으로 밀어붙인 그는 양팔 사이에 혜영을 가둔 뒤 음습한 눈으로 말했다.

"이혜영."

고저 없는 목소리는 그녀의 몸에 가득하던 흥분을 불태워 버린다. 앗아가 버린 그 감정 아래로 자리한 것은 두려움. 그는 범접할 수 없는 분위기로 그녀를 찍어 누르고 있었다.

"왜요?"

"그런 눈으로 날 보지 마."

"네……?"

"날 떠나려고도 하지 마."

그 말에 더 이상 어떠한 말을 할 수 있을까. 아니요, 싫어요, 라고 말하는 순간 그가 자신에게 할 미치도록 달콤한 유혹을 떠올리면 온몸이 빳빳하게 굳는다. 그와는 마음을 완벽하게 나누진 못했지만 서로의 몸은 잘 알고 있었다. 그는 침대 위에서 지배자였고, 감히 범접할 수 없는 피상적인 매력으로 그녀를 옭아맨다.

"지난 7년 동안 나에게 있는 인내심이란 인내심은 모두 끌어 쓴 상태야."

"그게 무슨 말이에요?"

"그러니까 더 이상 날 시험에 들게 하지 마. 아무리 당신이라도 참지 못해."

"……."

"내 손으로 당신을 망가뜨리게 하지 마."

그렇게 말한 그는 잔인한 포식자가 되어 그녀의 어깨를 깨물었다.

"악!"

그녀의 입에서 고통이 터져 나왔지만 그녀의 어깨를 아작아작

씹던 입술은 어느새 쇄골로 향해 부드럽게 핥고, 곧이어 또다시 날카로운 이를 드러냈다.

"아!"

옷 위로 자신의 잇자국을 남기던 그는 힘주어 그녀가 입고 있던 셔츠를 양쪽으로 벌렸다.

후두둑!

단추가 사방으로 튀고, 곧 브래지어가 드러나자 이 역시 그는 사정없이 들쳐 냈다. 핑크빛 유두를 입안에 머금은 그는 달콤한 사탕처럼 힘껏 빨아 당겼다가 혀로 할짝였다.

움찔움찔!

간헐적으로 떨리는 몸과 흐물흐물 풀려가는 다리.

혜영은 자신이 뜨거운 열기 앞에 있는 초콜릿처럼 녹아내린다는 생각을 하는 순간 몸이 무너져 내림을 느꼈다. 하지만 곧 자신의 허벅지 사이로 찔러오는 탄탄한 허벅지에 위에 주저앉고 말았다.

"헉, 헉……!"

"이런 걸 좋아했나?"

"그, 그만하세요…… 아!"

또다시 자신의 가슴을 힘껏 깨무는 그의 행동에 혜영의 입에서 신음성이 터져 나왔다. 강압적인 관계를 좋아한다는 생각을 해본 적은 단 한 번도 없었다. 거친 플레이를 좋아한다는 생각도. 하지만 이제껏 몰랐을 뿐, 그가 남기는 잇자국에 그리고 곧 잘 참았다는 듯 선물로 자신의 몸을 핥는 행동에 몸도 마음도 녹아내리고 말았다.

"그만하기엔 당신이 너무 젖어 있잖아."

손가락 사이에 가슴의 정점을 끼운 민환이 비틀어 버렸다. 고통은 곧 쾌락으로 바뀌었고, 집요하리만치 자신의 몸을 더듬는 그의 손길에 결국 항복을 하고 만다.

혜영이 눈을 감자 그의 손이 그녀의 오금 밑을 파고들더니 곧 번쩍 안아 올린다. 그의 목에 팔을 두른 채 그에게 떨어지지 않기 위해 힘을 준 그녀가 넓은 가슴에 얼굴을 묻었다.

끝을 내고 싶은데…… 그는 용납하지 않았다.

등 뒤에 침대가 닿는다는 생각을 했을 무렵 곧 검은 스타킹이 찢겨 나가는 소리가 들렸다. 그리고 드러난 새하얀 팬티를 손가락으로 살살 문지르며 그녀의 몸이 더욱 달뜨길 기다리던 그는 속옷이 젖고 여성의 형태가 그대로 보이고 나서야 팬티를 벗겼다. 여성이 곧 들이닥칠 그의 분신을 반기듯 움찔거렸다. 흠뻑 젖어 있는 여성을 눈에 담던 그가 그곳에 입술을 묻고 혀를 뺀다.

뱀의 혀처럼 날름거리며 젖어 있던 여성을 맛보는 그의 행동에 혜영은 손을 뻗어 침대를 움켜쥐었다.

"으윽, 으으……!"

날카로운 쾌감.

그것은 그만이 줄 수 있는 것이었다.

그리고 곧 자신의 몸을 채울 분신 또한, 그의 것이어야만 받아들일 수 있다.

할짝, 할짝— 츄릅!

힘껏 여성을 빨아들이는 그의 입술에 혜영이 자지러지며 뜨거운 신음을 내뱉는다. 몸이 날아오를 것처럼 굴다가도 곧 깊은 늪에 빠진 것처럼 축 늘어지기도 했다. 그의 손길에 허벅지가 아프기도, 녹아내려 파르르 떨리기도 했다. 그가 주는 쾌감은 폭력에 가깝다 느낄 정도로 온몸을 저릿하게 만든다.

"아아, 아앙!"

혜영이 높은 음으로 신음을 내질렀다. 이미 절정에 다다른 얼굴과 눈가에 맺힌 눈물은 어서 그에게 안으로 들어오라며 애원하고 있었지만 그는 쉬이 남성을 빼 들지 않았다. 오히려 더 집요하게 그녀를 핥고 애무하며 몰아붙였다.

"아아, 민환 씨…… 민환 씨……!"

"왜……?"

고개만 들어 그녀와 시선을 맞춘 그는 혜영의 얼굴이 터질 듯이 붉어지는 것을 보았다. 자신의 허벅지 사이에 있는 남자의 얼굴을 보며 부끄러워하지 않을 이가 누가 있을까. 그가 손가락을 들어 자신의 입가에 묻어 있는 액체를 닦아내며 웃었다.

"원하는 것을 말해."

"……으, 으윽."

"말하지 않으면 모르는 것도 있는 법이야."

"……."

혜영이 아무런 말도 하지 못한 채 입을 꾹 다물자 그가 또다시 고개를 숙였다. 그리고 지금쯤 얼얼하게 아플 여성을 또다시 혀로 길게 빼내어 핥았다. 나긋나긋해진 여성은 언제든 남성을 받아들일 준비가 되어 있었지만 그는 손가락을 여성 안으로 찔러 넣으며 내부를 넓혔다. 좀 더 넓혀주지 않으면 자신의 것을 받아들이기에 벅차할 테니까.

자신의 손가락을 꼭 물었다가 내뱉는 여성의 모습을 두 눈에 담던 그는 그녀가 허벅지에 힘을 주어 오므리려 하자 다른 손으로 잡아 벌렸다. 여성은 마치 예술작품과 같았다. 섬세한 모양의 여성에 파묻었을 때 어떠한 느낌을 주는지 그는 너무나 잘 알고 있었다.

"민환 씨, 제발요……!"

어느새 울먹이는 그녀의 목소리에 그의 입술이 비틀렸다. 더 이상 참는 것도 곤욕이지만 그녀의 입으로 직접 듣지 않으면 아무런 소용이 없다. 또다시 자신의 곁을 떠나려 할 테니까. 그런 일은 절대 용납할 수가 없었다.

이런 몸을 하고서, 자신의 남성에 꼭 맞는 몸을 하고서 도망치려고 하다니.

이 몸으로 길들이기 위해 그녀를 가지고 또 가졌다. 그리고 이젠 완벽히 서로의 취향이 된 몸인데, 그녀는 멍청하게도 자신에게서 도망칠 수 있을 것이란 생각을 하고 있다.

절대 그렇게 둘 수야 없지.

"제발 뭐?"

그가 아무것도 모르는 척 물었다. 그러자 손을 들어 어느새 눈물이 흐르는 얼굴을 가렸다.

"제발…… 날 가져요."

결국 그녀가 백기를 들었다.

그리고 곧 닥쳐온 것은 그가 주는 천국과도 같은 쾌락.

마치 이브가 선악과를 먹었을 때처럼 달콤한 그것은 그녀는 물론이고 그까지 천국과 지옥 사이를 오고 가게 만들었다.

여성 안으로 깊숙이 남성을 묻은 그가 혜영과 몸을 겹쳤다. 이곳이 침실이 아닌 거실이라는 자각도 없었다. 그녀의 등이 카펫에 닿고, 그의 무릎 또한 닿았지만 두 사람 모두 서늘한 공기와 맞닿은 살결에 더욱 흥분하며 눈을 지그시 감았다.

"아아! 아아아……!"

거실 안엔 곧 진한 정사의 향내만이 가득했다. 하지만 그는 그녀를 벌주기 위해 축 늘어진 몸을 일으켜 또다시 몇 번의 사정에도 빳빳한 남성을 밀어 넣었다.

그녀의 사타구니가 정액으로 젖어 엉망이 된 뒤에도 몇 번이고.

그 뒤로도 침대로 그녀를 데리고 와 몇 번이고 안은 그는 진이 빠진 얼굴로 잠이 들어 있는 혜영의 모습을 보았다. 완전히 기력을 소진하고 졸도하듯 잠이 든 혜영의 피부색이 달빛을 받아 유난히 창백해 보였다.

"흐음."

깊은 한숨을 내뱉은 그가 손을 뻗어 그녀의 머리카락을 정리해 주며 말했다.

"도망갈 수 있다고 생각했어?"

그렇게 생각했다면 당신은 날 너무 모르는 거야.

세상에 태어나 한 번도 무언가를 가지고 싶다고 생각해 본 적이 없었다. 그건 무엇이든 가질 수 있기 때문에 자만심에서 나온 생각일지도 모른다. 하지만 처음 혜영을 만났을 때, 그녀가 자신의 앞에서 긴장을 숨기고 해사하게 웃던 그때, 처음으로 무언가를 가지고 싶다고 생각했다.

원래라면 늘 그랬던 것처럼 아무것도 생각하지 않고 그녀를 가졌을 것이다. 하지만 그렇게 하지 않은 이유는 이 여자가 그런 사람이 아니기 때문이다.

욕망만 채울 수 없는 사람.

그런 사람이었다, 이혜영은.

후, 한숨을 내뱉은 그는 혜영이 깨지 않도록 자리에서 일어난 뒤 이불을 그녀의 목까지 끌어 올려주었다. 그리고 현관 앞에 아무렇게나 던져져 있던 가방을 들어 그 속에 있던 휴대전화를 꺼냈다.

미처 확인하지 못한 메시지를 읽던 그의 시선이 문득 한곳에 집중이 되었다.

"이것 때문이군."

기영에게서 메시지가 와 있었다. 유라와 자신과의 결혼 기사를 눈으로 훑던 그의 입술이 비틀렸다.

"노친네가 생각보다 빨리 움직였군."

아마 제 예상을 뛰어넘어 이리 움직인 것은 제 행동이 예전과는 다르다는 것을 알았기 때문이다. 빠르게 회사를 잠식해 나가는 것을 알아차린 뱀 같은 그자가 이렇게 움직이지 않는다는 것이 오히려 이상할 지경이었으니까.

걸음을 옮겨 침대로 향한 그는 곤한 숨을 내뱉고 있는 혜영을 보았다. 진득한 시선은 한참이고 그녀에게서 떨어질 줄은 모른 채 한곳에 고정되어 있었다. 자신이 이로 짓이긴 흔적들에게.

"넌 내 거야."

그래서 그녀가 용기를 내길 바랐다.

하지만 그 용기가 자신에게 도망가는 것으로 바뀐다면…….

"그것이 이혜영, 당신이라도 용서하지 않아."

무슨 짓을 해서든 그녀를 내 곁에 묶어둘 것이다.

❖❖

"후우."

긴 숨을 내뱉으며 눈을 뜬 혜영이 연신 눈을 깜빡였다. 몽롱했던 정신이 점차 돌아오는 것을 느끼는 순간, 이곳이 자신의 집이 아닌 민환의 집이란 사실이 번뜩 떠올랐다. 몸을 벌떡 일으킨 혜영은 순간 온몸이 몽둥이로 두들겨 맞은 고통에 휩싸이자 눈을 질끈 감았다.

움찔!

몸의 근육이 놀람과 동시에 고통이 수반되자 꼼짝없이 그 자세 그대로 한참이고 앉아 있어야 했다.

"으으……."

작은 신음을 내뱉은 혜영이 어쩔 줄을 몰라 하고 있을 때였다.

"일어났어?"

언제 일어난 것인지 말끔한 모습으로 제 앞에 민환이 나타났다. 완벽하게 셔츠 단추를 모두 잠그고 보지도 않고 넥타이를 능숙하게 매는 있는 그는 완연한 성인 남자의 모습이었다. 그 모습을 멍하니 보던 혜영이 서둘러 현실로 돌아오며 읊조렸다.

"저도 출근을……."

"회사엔 휴가계를 냈어."

그가 무심한 눈으로 말한 뒤 거울로 향했다. 그리고 미리 골라 둔 것인지 커프스를 매며 거울 속으로 그녀와 시선을 맞춘다. 혜영은 어떻게 된 영문인지 모르겠다는 듯 멍한 얼굴로 그의 얼굴을 보고 있었다.

"여름휴가는 물론이고 연차까지 모두 합쳐서 써뒀지. 당신은 쉬어야 해."

그가 내 휴가를 써……? 왜……?

그녀의 얼굴엔 그런 의문으로 가득했다. 하지만 커프스를 맨 뒤 넥타이핀을 꽂고 있는 그는 그녀의 의문 따윈 보이지 않는 듯 무심한 얼굴로 말했다.

"지금 움직이기도 힘들잖아?"

그렇게 물은 그가 고개를 돌려 혜영을 보았다. 이불로 제 몸을 가린 그녀는 터질 듯이 얼굴이 붉어진 상태였다. 지난밤, 그는 무자비할 정도로 강력히 그녀를 가졌다. 몇 번이고 애원을 하고 그만 놓아달라는 말을 무시한 채 철저히 그녀 속에 자신을 묻었다. 이젠 그녀의 몸에서 제 체향이 떠날 일이 없도록, 그래서 그만하자는 말 따윈 할 수 없도록 만들었다.

그의 말에 혜영 또한 어느 정도 공감을 한 것인지 고개를 끄덕인다.

"그럼 이만 집으로 가볼게요."

"이제부터 당신 집은 이곳이야."

그가 말하는 저의를 몰라 혜영이 그를 멍하니 올려다본다. 자신의 집이 이곳이라고? 그럴 리가 없다. 오래된 건물이긴 하나, 그녀에겐 그녀만의 공간이 있었다.

"거부할 생각이야?"

"네."

"다른 거라면 얼마든지 당신의 이야기를 들어주겠어. 하지만 이곳에서 지내도록 해. 그것만은 내 뜻에 따라주겠어?"

"왜죠……?"

혜영이 물었다. 그러자 그는 테이블 위에 올려놓은 서류 가방을 들어 올리며 웃었다.

"가까운 곳에 있어야 지킬 수 있으니까."

"뭘요?"

뭘? 뭘 지킨다는 것일까?

그녀가 알지 못해 묻자 민환은 입술에 부드럽게 호를 그리며 말했다.

"널."

짧은 대답에 속절없이 심장이 뛰는 것은 아마도 그를 사랑하기 때문일 것이다.

고개를 뚝 떨어뜨리며 붉어진 제 얼굴이 그의 시야에 닿지 않도록 한 그녀는 튀어나올 듯이 빠르게 뛰는 심장을 느끼며 눈을 감았다.

"기다릴 생각이었어. 당신이 내 곁을 떠나지 않을 정도의 사람이 될 때까지. 하지만 이젠 생각이 바뀌었어."

"……."

"널 무슨 수를 써서든 내 곁에 있게 만들겠다고."

"……당신은."

그의 말을 잠자코 듣고 있던 혜영이 천천히 운을 뗀다. 하지만 여전히 겁을 잔뜩 집어먹은 얼굴로 차마 그를 바라보지 못한 채다.

"날 사랑…… 하나요?"

하지만 묻고 싶은 말은 물었다. 지난밤, 그에게 들은 말이 있었으나 그래도 그녀는 확인하고 싶었다.

그리고 누구보다 현명하고 사람의 마음을 묶어두는 것에 능숙한 그는 망설임 없이 답했다.

"그래. 아마도 이런 집착을 사랑이라고 표현할 수 있다면 그런 것이겠지."

"아……."

"사랑하니까 곁에 묶어두려는 거야. 당신이 절대 다른 곳으로 눈을 돌리지 못하게 만들 생각이고."

"……."

더 이상 무슨 말을 물을 수가 있겠는가.

"사랑해, 이혜영."

그가 이토록 속절없이 가슴을 뛰게 만드는데…….

❖

빠르게 걸음을 옮기는 민환의 얼굴이 얼음장처럼 굳어 있었다. 그가 로비에 등장하는 순간부터 그에게 허리를 숙여 인사를 하던 사람들은 심상치 않은 그의 분위기에 덩달아 긴장하며 시선을 맞추지 않기 위해 노력해야 했다.

제일 위에 있는 회장실로 오면서까지 수많은 사람들의 인사를 받은 그였지만 단 한 번도 답을 해주진 않았다. 평소라면 다른 이들의 시선을 봐서라도 받아주었을 그였지만 지금은 그런 쇼맨십을 하기엔 그의 신경이 온전치 못했다.

띵.

짧은 소리와 함께 엘리베이터가 열리자 자신을 향해 허리를 숙이는 비서진들의 인사도, 그리고 그의 앞을 가로막는 비서실장도 무시한 채 벌컥 문을 열고 안으로 들어갔다. 그러자 커피를 음미하고 있던 윤 회장이 미간을 찌푸린 채 그를 노려본다.

"이 무슨 경우 없는 짓이냐."

벼락같은 음성으로 낮게 소리치는 윤 회장의 모습에도 민환은 여전히 여유로운 모습이었다. 그는 날카로운 윤 회장의 시선과 마주하며 흔들림 없는 목소리로 말했다.

"그냥 보고만 있을 생각이었습니다. 하지만 이제 그 생각이 바뀌었습니다."

"뭐가 말이냐."

"회장님의 손에 짓눌리지 않을 만큼 자라기 위해 7년을 기다렸습니다."

"뭐야?"

"제 여자는 제가 선택합니다."

그 말에 윤 회장의 얼굴에 화가 치밀어 올랐다.

"건방진 놈."

"더 이상 그 사람 건들지 마세요. 아무리 회장님이라도 무슨 짓을 할지 모릅니다."

"협박치곤 약하구나."

윤 회장이 콧방귀를 뀌며 말했다. 하지만 그 말에 오히려 민환의 웃음은 더욱 진해졌다. 확신에 선 표정은 그 누구도 막을 자가 없다는 듯 굳건했다.

"회장님, 내일 임직원들과 글로벌 전략협의회가 있다는 것 알고 계시죠? 거기서 제가 말할 내용이 뭔지 아십니까?"

"......"

그의 협박이 이번엔 제대로 들어먹은 것인지 윤 회장의 안색이 변했다. 민환이 본사로 출근한 지 보름이란 시간밖에 되지 않았지만 그래도 그는 확실히 이곳을 장악해 나갔다. 그가 단기간에 임원들의 마음을 사로잡고, 직원들의 동요를 일으키지 않은 것은 아마도 도원전자에서 보인 성과와 오랫동안 후계자 자리를 차지하고 있었기 때문일 것이다.

아차.

윤 회장의 안색이 파리하게 변했다. 하지만 그럴수록 민환은 승리감에 도취되어 갈 뿐이었다.

"그 무엇이든, 그 어떠한 관계든 다 바꿔라. 생각조차 바꿔라."

7년, 자그마치 7년이었다. 윤 회장의 그늘에서 벗어나기 위해 들인 시간이.

그리고 이젠…….

"도원의 주인이 윤충원 회장이란 생각은 하지 마라."

윤 회장보다 더 높은 곳에서 그를 내려다볼 수 있는 위치에 설수 있게 되었다. 그렇다면 난공불락의 위치에 선 그를 아래로 끌어내리는 일만이 남았다.

내 세상을 만들기 위해.

"제 말이 단순한 협박으로 들리십니까?"

민환의 말에 윤 회장은 입술을 깨물었다. 아들놈이 다른 꿍꿍이가 있다곤 생각했으나 그것이 단순히 여자 때문이라곤 생각하지 못했다. 그리고 이렇게 빨리 자리를 잡아갈지도.

"때가 왔습니다."

윤 회장의 눈빛이 흔들리는 것을 보던 민환이 천천히 걸음을 옮겨 그에게로 다가갔다. 그의 눈빛이 말하고 있었다.

그 때가 왔으니 사정없이 윤 회장의 위치를 뒤흔들 것이다.

흔든 후에 하는 것은 그를 침몰시키는 것뿐이었다.

"당신은 이제 뒤로 물러나 주시기만 하면 됩니다."

그의 웃음이 비열함으로 물든다.

윤 회장은 아들의 모습에 바짝 얼어 있던 얼굴을 푼 채 힘주어 쥐고 있던 주먹으로 책상을 내려쳤다.

탕!

두 사람 사이로 무거운 침묵이 내려앉았을 때였다. 입술을 악문 채 아무런 말도 하지 않던 윤 회장이 입술을 달싹인 것은.

"고작 여자 하나 때문에 나한테 반기를 들겠다고……?"

"고작 여자 하나가 아닙니다."

"뭐?"

윤 회장이 이해할 수 없다는 듯 아들을 보았다. 그들 사이에 부자란 정 따윈 없었다. 윤 회장이 젊었을 적엔 외부로 나돌았고, 그 시간 다른 여자를 품에 안으며 외도를 즐기기도 했다. 하지만 늘 종착점은 하나였다. 그 종착점에서 아들 셋을 낳았고, 그 아들 중 후계자는 늘 윤민환, 그 하나였다. 자신과 가장 닮은 아들. 그렇기에 안심하고 회사를 맡길 수 있을 것이라 생각했다.

그게 착오였을까.

그 아들이 그에게 반기를 들고 있었다.

"윤 회장님께 회사가 전부였듯, 저에게 전부는 그 여자뿐입니다."

"얼빠진 놈!"

쾅!

벼락같은 음성과 함께 또다시 책상을 내려친 윤 회장이 온몸을 바들바들 떨어댔다. 분노로 휩싸인 그의 모습을 보던 민환이 천천히 고개를 숙여 제 아비의 귓가에 속삭였다.

"이깟 회사? 그깟 돈? 다 필요 없단 말입니다. 지금 내가 원하는 것은 그 여자뿐입니다. 그리고 회장님은 그 여자를 건드린 겁니다. 그러니 더 이상 그 자리에 놔둘 수야 없지요."

그렇게 속삭이는 민환은 마치 야차와 같았다.

원하던 것을 건들인 대가를 혹독하게 치르게 해주리란 표정.

자신의 전부를 건드렸으니 용서치 않는 것뿐이다.

"도원이 제 모습으로 유지되길 원하십니까? 그렇다면 순순히 물러나세요. 그러지 않으면 이깟 회사 공중분해시켜 버릴 테니까."

"……책임감이 있는 놈인 줄 알았다."

윤 회장이 회한이 담긴 목소리로 말했다. 그러자 숙이고 있던 허리를 천천히 편 민환은 그를 한껏 내리깔아 보며 말했다.

"책임감은 있죠. 그 상대가 도원이 아닐 뿐입니다."

민환을 이리 키운 것은 다름 아닌 윤 회장이었다.

원하는 것이 있다면 무슨 수를 써서든 가져라.

그리고 손에 넣으면 전력을 다해 지켜라.

윤 회장이 가르쳐 주지 않은 것이 있다면 그 대상일 뿐이었다.

도원이 드디어 사람들을 쳐낸다!

이 일이 시장에 알려지면서 사람들은 도원의 굳건함에 대해 의심의 눈초리를 보냈다. 본사뿐만 아니라 수십 개에 달하는 계열사에서도 명예퇴직과 희망퇴직을 받기 시작했고, 만약 회사에서 원하는 것만큼의 수가 나오지 않는다면 직접 사람들을 걸러내기 위해 칼을 뽑는다는 소식이 파다하게 퍼져 나가기 시작했다.

도원이 대대적인 구조조정 소문에 휩싸인 이유는 이곳이 힘들 때마다 썩은 부위를 잘라내야 한다며 부르짖었기 때문이다. 철저한 실적주의를 바탕으로 회사를 키워 나간 윤 회장과 민환의 행동에 사람들은 벌써부터 이들의 행보에 대해 주시하기 시작했다.

민환은 임직원 600여 명이 모인 회의장을 감정 없는 눈으로 보았다.

글로벌 전력협의회란 이름으로 벌인 회의긴 했으나 실상 그 안을 들춰보면 구조조정에 대한 각 계열사의 보고를 받기 위해서였다. 각자 서류로 받아도 될 문제였으나 임원들을 한자리에 모은 이유는 각기 다른 회사로 전락해 버린 곳들에게 긴장감을 불어넣기 위해서였다.

그는 단단히 칼을 빼 들었다. 이게 직원들에겐 반발심을 일으키는 것이라 하더라도 그것쯤은 공포로 찍어 누르면 그만이었다.

"그럼 지금부터 회의 시작하겠습니다."

기영의 목소리에 사람들의 얼굴에 긴장감이 흐르기 시작했다.

최근 세계 경제가 좋아지지 않음으로 인해 수출이 급감했다. 더욱 달러의 약진과 뒤따라오는 중국 기업의 무서운 기세로 인해, 전자를 제외한 곳은 적자를 면치 못했고, 스마트폰 쪽에서도 2분기 실적 악화로 인해 도원은 현재 위기설에 휩싸여 있었다. 그 위기를 타진하는 것은 민환이 본사로 오고 나서 가장 먼저 해야 할 일 중 하나였다.

민환은 사람들을 향한 무심한 시선을 거두며 자리에서 일어났다. 하나같이 그와 시선을 맞추지 않기 위해 안간힘을 쓰고 있었다.

"낡고 고루한 것은 교체하겠습니다."

그의 말에 중진들의 몸이 움찔움찔 떨렸다. 낡고 고루한 것.

"지금부터 도원에 새바람을 불러일으킬 겁니다. 그렇지 않는다면 여기 계신 분들도 옷 벗을 각오 하셔야 할 겁니다."

그의 말에 토를 다는 사람은 없었다.

윤민환.

그는 이미 완벽히 도원이란 나라의 새 황제로 등극한 상태였다. 그런 그에게 토를 단다는 것은 죽음과 마찬가지였다.

❖

예전엔 아무렇지도 않았던 공간이 이젠 특별하게 보이는 것은 단순한 변덕, 그 이상도 이하도 아닐 것이다. 예전 민환의 집을 처음 왔을 땐 참 인간미 없는 곳이라 생각을 했었다. 그 흔한 장식품 하나 없는 곳은 추억이 없는 공간 같아서 뭐든 철두철미하고 인간미가 없는 자신의 상사와 꼭 닮아 있다 생각했다. 넓은 공간이 차가워 보이고, 분명 비쌀 것이 분명한 가구들도 보잘것없이 느껴진 것은 그러한 자신의 결론 때문이었다.

하지만 왜 이젠 이 공간이 특별하게 보이는 것일까.

인간미 없다고 생각했던 그에 대한 인식이 바뀌자 이곳도 특별하게 보이는 것일까. 지금도 마치 모델하우스처럼 꼭 있어야 하는 가구들만 착착 자리 잡은 공간이었건만.

손가락 끝으로 찬찬히 가구를 쓸어보던 혜영이 부드럽게 입가를 휘며 웃었다.

"많은 것이 바뀌었어."

그를 홀로 일터로 보낸 후 혜영은 홀로 이 집에 남았다. 이곳에 온 지도 벌써 이틀, 그에게 사랑을 들은 날도 꼭 그만큼 흘렀다.

그 시간만큼 이곳에도, 그란 사람에게도 정이 착착 쌓여가 더 특별하게 마음속에 차오른다.

힐끗 시계를 본 혜영은 곧 그가 돌아올 시간이 되자 서둘러 걸음을 옮겨 거울로 향했다. 거울 속에 비치는 자신은 볼품이 없었지만 그대로 최대한 머리를 가지런히 빗고, 옷에 간 주름도 손바닥으로 탁탁 폈다. 하지만 거울 속의 여자는 여전히 그대로였다.

화장품이고 속옷이고 옷이고 무엇 하나 없으니 할 수 있는 것이 고작 이 정도였다. 집에선 옷과 속옷을 걸칠 일이 없어 지금도 그의 커다란 티셔츠 하나만 입고 있었다. 속옷을 입고 있지 않다고 생각하는 순간 젖꼭지가 빳빳하게 섰다. 이젠 그의 체향으로 가득한 몸. 그를 떠올리는 것만으로도 몸은 금세 달아오른다.

"집에 가서 짐을 가지고 와야겠어."

애써 거울 속 자신의 모습을 회피한 혜영이 뚜벅뚜벅 걸음을 옮겼다. 그리고 아무것도 없는 공간을 시선으로 휘둘러보았다.

그가 자신의 공간을 내어줬으니 그 공간에 이제 자신의 물건을 쌓아갈 일만 남았다.

"그래도 회사엔 연락을 해줘야겠지?"

집 안을 둘러보던 혜영은 바닥에 아무렇게나 떨어져 있던 가방 속에서 휴대전화를 꺼내 기영의 번호를 찾아냈다. 그리고 빠르게 문자를 써내려갔다.

「죄송합니다, 내일은 정상 출근하겠습니다.」

전송 버튼을 누른 혜영은 한숨을 내뱉으며 내일 자신을 이상한 눈초리로 바라볼 혜민의 얼굴을 떠올리며 끙, 앓는 소리를 냈다.

"사장님께 내일은 출근한다고 말해야겠어."

쉬는 날이 길어질수록 소문은 걷잡을 수 없이 커질 것이다.

후, 한숨을 내뱉은 혜영은 문이 열리는 소리가 들리자 고개를 돌려 현관문을 들어서는 민환을 보았다. 그녀의 얼굴에 행복에 겨운 미소가 피어올랐다.

"아, 아앙!"

찰박, 찰박!

그녀의 사타구니에 연신 그의 골반이 부딪혔다. 식탁 위에 맛난 요리처럼 혜영을 올려놓은 그는 힘껏 제 남성을 그녀의 안에 묻고 있었다. 식탁은 이미 누구의 것인지 모를 것으로 흥건히 젖어 있었지만 그는 멈출 줄을 몰랐다.

"더, 더, 더…… 더요!"

흥분에 젖은 혜영이 외쳤다.

사랑이 동반된 관계는 충족감을 주고 몸을 더욱 달뜨게 만든다. 머리가 띵해질 정도로 달콤한 향내를 풍기는 그것은 곧 중독현상을 일으킬 만큼 강력한 효과를 가지고, 사람의 몸과 마음, 모두를 지배했다.

게슴츠레 뜬 눈으로 자신을 내려다보는 민환과 눈을 마주하던 혜영이 손톱을 세워 그의 등에 박아 넣었다. 그의 미간이 움찔 떨리는 것을 보던 그녀가 허리를 비틀어 남성을 더욱 강렬하게 조였다. 그러자 그의 얼굴이 사정없이 일그러졌다.

그렇게 두 사람은 끝을 알 수 없는 길을 내달렸다. 그 길 끝에 있는 것이 무엇인지도 모른 채, 눈을 가리고 달리는 관계는 스릴이 넘치고 서로를 속박한다. 상대가 아니면 안 될 것 같은 느낌. 그 느낌에 그는 결국 힘을 주고 있던 하체에 힘을 풀어 그녀의 안에 제 것을 모두 쏟아내었다.

"헉, 헉."

"하아……."

만족스러운 신음과 거친 신음이 하모니처럼 울렸다. 혜영의 몸 위로 상체를 내린 그는 그녀의 목덜미에 깊은 키스를 하며 웅얼거렸다.

"착한 학생이네."

그의 입에서 만족스러운 신음이 터져 나왔다. 그녀와의 섹스는 충족감을 준다. 그가 생각했던 그대로. 무슨 일에도 만족을 몰랐던 그에게 처음으로 주는 그 감정은 가슴이 벅차오를 만큼 행복한 것이었다. 그리고 더욱 그녀에게 집착하게 만드는 원흉이기도 했다.

한참 숨을 고르며 그녀의 몸에 자잘한 키스를 하던 그가 그녀의 옆에 누웠다. 팔을 그녀의 목뒤로 찔러 넣은 그가 혜영을 제 품으로 끌어당기며 말했다.

"회사, 그만두는 게 어때?"

"네?"

깜짝 놀란 눈으로 그의 품에서 빠져나온 혜영이 몸을 일으켰다. 방금 전까지만 해도 그녀의 가슴을 가리고 있던 이불이 아래로 흘러내려 실오라기 하나 걸치지 않은 몸을 고스란히 드러냈지만 혜영은 얼이 빠진 얼굴로 민환을 볼 뿐, 몸을 가릴 생각까진 하지 못하고 있었다. 그만큼 충격적이었던 것이다, 그의 말이.

"곧 우리 사이를 세상에 알릴 생각이야. 그렇게 되면 계속 이대로 일을 하는 건 무리이지 않을까?"

"아……."

관계를 알린다는 것은 어디까지일까?

연애? 혹은 결혼?

그는 자신과의 관계를 어디까지 설정해 두고 있는 것일까.

그녀는 묻고 싶었지만 묻지 않았다. 질문이 너무 앞서 간다는 것을 알고 있기 때문이다.

"후."

혜영의 입에서 짧은 한숨이 터져 나왔다. 하나를 가지면 다른 하나를 포기해야 한다는 것쯤은 알고 있었다. 세상이 그리 호락호락하진 않으니까. 모든 것을 가지게 만들 정도로 신사적인 녀석도 아니니까. 하지만 그에게 내일부터 출근을 하겠다고 말하려고 했던 그녀였다. 일 역시 그녀에겐 중요한 일부분 중 하나였다. 혜영의 얼굴이 일그러졌다.

"왜 그래?"

그가 물었다. 그녀가 지금 어떠한 생각을 하고 있는지 빤히 알면서도.

그러자 혜영은 입가에 어설픈 웃음을 내걸며 천천히 말을 내뱉는다.

"그래야…… 겠네요."

"서운하진 않아?"

민환이 혜영의 눈치를 살피며 물었다. 지난 7년간 그녀와 함께 일해왔던 그다. 그녀가 일에 가진 애착을 모를 리가 없었다. 혹여 그녀가 자신의 제안을 거절하면 어쩌나, 미간을 찌푸리고 있던 그는 곧이어 흘러나온 그녀의 답에 멍한 표정을 지었다.

"불안하긴 해요."

"뭐?"

불안이란 단어는 지금 이 상황과 맞지 않은 말이었다. 뭐가 그리 불안하다는 것일까. 민환은 어서 말해보라는 듯 혜영을 보았다. 손은 어느새 그녀의 허리춤을 쓰다듬고 있었다. 간질간질, 소름이 돋아왔지만 혜영은 굳이 그의 손길을 떨쳐 내진 않았다.

"내가 모든 것을 내던지고 사장님에게 갔을 때……."

"윤민환이야. 이름 불러."

"아, 죄송해요."

"말투도 좀 고칠 필요가 있겠어."

고압적인 그의 말에 혜영의 얼굴이 붉어졌다.

"그렇네요."

몸을 섞고 사랑한다 속삭이는 사이에 '사장'이란 호칭이 좀 아니긴 하지. 그녀가 동감한다는 듯 빠르게 고개를 끄덕인 후 말을 이었다.

"모든 것을 포기하고 민환 씨에게 갔을 때, 후에 혹시나……."

채 말을 끝맺지 못한 혜영이 입술을 꾹 다물었다. 정말 그렇게 되면 어떻게 하지? 얼굴에 불안이 스멀스멀 스며들었다. 그녀의 모습에 민환은 허리를 쓰다듬고 있던 손을 떼며 몸을 일으켰다. 하지만 그동안 그의 시선은 여전히 그녀를 향해 있었다.

"나에게 버림받을까 봐? 그런 게 무서운 거야?"

"……."

부정할 말을 찾지 못한 것인지 혜영이 입술을 깨물었다. 하얗게 질린 입술을 보던 그가 엄지손가락으로 혜영의 입술을 벌렸다. 그녀의 몸에 생채기가 남는 것을 원치 않으니까.

그가 진중한 눈으로 혜영의 얼굴 여기저기를 보았다. 그리고 마지막으로 그녀의 눈동자에 시선을 멈춘 채 완고한 목소리로 말했다.

"이혜영, 당신은 모르겠지만 나도 당신 이상으로 많은 모험을 하고 있어. 그러니까 그런 불안은 느낄 필요 없어. 내가 무서운 것은 당신이 변할 수도 있다는 거야."

두 사람의 사이에 잠시 무거운 침묵이 돌았다. 그의 시선에서 옴짝달싹할 수 없다는 듯 혜영은 불안한 눈망울만 흔들고 있었다. 그의 눈동자 속에서 무서운 포식자를 발견한 탓이었다.

"당신이 변했을 때…… 내가 어떤 식으로 반응할지 난 내가 무서워."

"아……."

입에서 작은 신음이 터져 나왔다. 이야기가 끝나자 그는 자리를 털고 일어났다. 땀을 많이 흘려 찝찝한 것인지 곧장 욕실로 향하는 그의 뒷모습을 멍하니 보던 혜영이 고개를 돌렸다.

그는 완벽하다. 무엇 하나 흠잡을 것이 없다. 뒷모습까지 완벽했다. 자신의 눈에 보이지 않는 그 부분까지. 그런 사람이 마음먹고 자신을 뒤쫓는다면 어떻게 될까?

오싹!

순간 몸에 소름이 오소소 돋아났다.

"사표는 내가 처리할까?"

욕실로 들어가기 전 걸음을 멈춘 그가 창백한 표정으로 베개를 뚫어져라 보고 있는 혜영의 모습을 보며 물었다. 그러자 고개를 퍼뜩 든 혜영이 고개를 내젓는다.

"아니에요. 그건 제 손으로 하고 싶어요."

"그래, 그럼 당신이 하도록 해. 이혜영, 당신이 모든 것을 끝맺고 와."

그것이 세상과의 단절이라는 것을 그때 그녀는 미처 알아차리지 못했다.

5화 카운트다운

마루호텔 본사는 대한민국에서 최고의 규모를 자랑하는 곳이었다. 주 고객층은 해외에서 온 관광객들이 대부분이었지만 그 외에도 비즈니스맨이나 각국의 정상 등을 모시는 일에도 적극적으로 나서, VVIP관은 따라올 곳이 없다는 평을 듣고 있기도 했다. 일반 시민이 이용하는 공간과 VVIP 공간은 완벽하게 분리되어 운영되고 있었는데, 그중에서도 투숙객이나 이곳의 연간 회원권을 가져야만 들어올 수 있는 스카이라운지는 서울 시내를 한눈에 내려다볼 수 있어 전망이 좋기로 유명했다. 하지만 이용할 수 있는 사람이 한정적이다 보니, 명성에 비해 한산했다.

간간이 테이블을 차지하고 앉아 있는 사람들 중 민환과 유라도 보인다. 둘은 다 식어빠진 커피를 가운데 두고서 이야기를 나누고 있었다. 최근 대한민국에서 가장 바쁘다는 윤민환이었다. 하지만 차유라에게만은 넓은 아량을 가지고 있었다.

"윤 회장님께 제대로 한 방 먹였던데? 재미있어."

유라는 미래전략팀에서 주최한 회의에 대해 이야기를 들은 것인지 짧게 웃음을 내뱉었다. 과연 상류사회의 사람들 중 그 이야기를 모르는 이가 몇이나 될까? 그들의 세계는 좁았고, 좁은 세상엔 늘 안줏거리를 찾아 모여드는 할 일 없는 이들이 존재하기 마련이었다. 더욱 그 안줏거리가 도원이라 하면 꽤나 달콤한 것이기도 했으니까.

"너에겐 미안하게 됐다."

약혼은 여기까지 유지하는 것이 좋겠다는 뜻에서 민환이 말했다. 그들의 약혼 관계는 어디까지나 상대에게 적당한 상대가 생길 때까지 유지하기로 한 것이었고, 어른들의 눈속임으로 만들어놓은 임시방편에 지나지 않았다. 그 임시방편을 현실로 만들기 위해 위에서 늘 헛짓거리를 한다는 것을 알면서도 두 사람이 눈 하나 깜짝하지 않은 것은 상대를 너무나 잘 알고 있었기 때문이다. 그것 때문에 둘은 미래를 함께할 수가 없었다. 서로를 잘 알고 있다는 것만큼 최악은 없었으니까.

"아아, 그 일 말인데."

유라가 고개를 끄덕이며 그의 말을 중도에 끊었다. 민환이 눈살을 찌푸리자 유라가 키득키득 웃음을 내뱉었다.

"내가 너 찬 걸로 하는 건 어떨까? 네가 나 깠다고 하면 내가 자존심 상해서 어디 얼굴 들고 다니겠니?"

그를 걱정한 처사라는 것을 민환은 알고 있었다. 현재 뒤숭숭한 도원의 분위기를 보았을 때, 여기에 그가 일방적으로 파혼까지 선언한 것이 외부에 알려지게 된다면 자칫 그의 입지가 좁아질지도 모를 일이었다. 어디 그뿐이겠는가, 그 상대인 혜영 또한 어떠한 말을 들을지 빤히 보였다.

"대가가 따를 텐데?"

"뭐, 그래 봤자 내가 가진 주식 중 일부인데, 뭐. 아버지는 절대 제 걸 놓으려고 하지 않을 거고."

"그 일부가 큰 법이야."

"나에겐 하등 쓸모없는 것들이야. 그깟 종이 쪼가리에 잃은 것을 생각해 보면 죄다 쓰레기통에 처박고 싶은 것이기도 하고 말이야."

"그냥 합의하는 걸로 한다면?"

"그건 싫어. 너한테 여자가 있어서 곧 내가 차일 거라는 소문이 이 바닥에 파다한데, 합의? 웃기시네."

시니컬하게 말한 유라가 손가락으로 테이블을 내려쳤다.

탁, 탁, 탁.

신경질적인 기운이 가득한 두드림이 어느 순간 뚝 멈춘 것은 그녀의 눈빛이 초롱초롱 빛나고 나서다.

"본사 주식은 무리일 거고, 호텔 쪽 어때? 도원도 요즘 호텔 쪽에 관심이 있지 않나?"

"뭐, 그렇기야 하지."

"그래, 그러면 그걸로 가져가. 내 선물로 치자고."

일방적으로 한 파혼에 대한 대가로 마루호텔의 주식을 내놓겠다고 쿨하게 말한 유라는 식은 커피를 호로록 마신 후 인상을 썼다.

"커피가 왜 이렇게 써!"

버럭버럭 몇 번이고 소리친 유라가 티슈로 입술을 거칠게 닦아냈다.

"고맙다."

그러며 희미하게 웃는 민환의 모습을 보자 유라가 배알이 꼴린 듯 픽 웃었다. 사랑에 빠진 남자는 멍청해진다. 그 전제에 윤민환은 제외인 줄 알았는데 그도 어쩔 수 없는 남자인가 보다. 무표정한 얼굴 속에 가려진 얼빠진 모습을 용케도 찾아낸 유라가 입술을 비틀었다.

"뭐, 빚 정도로 해두자고. 너한테 빚 하나 받아놓으면 언젠간 유용하게 쓸 수 있을 것 같으니까."

"물론이야. 도울 일이 있으면 언제든 말해."

망설임 없이 나온 답에 유라가 피식 웃었다. 너무도 산뜻한 답에 좀 더 그를 골려주고 싶은 마음조차도 사라져 버린다. 그래, 하나 정도는 행복해져도 되겠지. 있는 것들이 만들어놓은 틀을 깨고 한 명 정도는 본인이 원하는 상대와 행복한 미래를 그려 나가는 것도 괜찮으리라 생각했다.

"혜영 씨한텐 말했어?"

"뭘?"

"너와 나의 뜨거운 동지애에 대해서."

유라의 말에 민환의 콧잔등에 찡긋 주름이 잡혔다.

"그걸 왜 말해야 해?"

"하아, 이런 섬세하지 못한 인간 같으니라고."

손바닥으로 테이블을 연신 탕탕 두드리던 유라는 주위에 몇 안되는 사람들의 시선이 모여들자, 숨을 죽였다. 이크, 실수했다는 표정이었다.

눈알만 굴려 주위 사람들을 살피던 유라가 목소리를 줄이며 말했다.

"근데 이젠 앞으로 어떻게 할 생각이야?"

그녀의 물음에 민환은 생각에 잠긴 얼굴로 입을 굳게 다물었다. 무언가 아직 자신의 속에서 결론이 내려지지 않은 문제를 해결하기 위해 잠시의 침묵을 지키는 이 순간에도 그의 얼굴은 정갈하고 말끔했다.

한참 끝에 생각을 끝낸 것인지 민환이 고개를 들어 유라를 보았다.

"철저히 고립시킬 생각이야."

"뭐?"

"나만 바라볼 수 있게. 나 외의 것은 보지 못하게 할 생각이라고."

아아, 지독한 녀석이란 것을 알고 있었지만 이 정도일 줄은 몰랐다. 민환은 예전부터 변변한 사람 하나 곁에 두지 않는 사람이었다. 이 세계에서 마음을 나누는 것이 어떠한 의미인지를 그는 너무나 잘 알고 있었기에. 그런 그가 유라를 제 곁에 두고, 건우를 곁에 둔 일은 기적에 가까운 일이었다. 그만큼 그의 세계는 좁았다.

하지만 그는 상대에게 자신처럼 좁은 세계를 강요하는 이기적인 사람은 아니었다. 하지만 그녀에게만은 강요하려 한다. 그녀가 자신만을 볼 수 있도록.

"너 악질이야."

"알아."

"그래서 난 네가 참 싫더라."

"너도 그렇잖아?"

거칠게 부정을 하려던 유라가 입술을 깨물었다. 부정할 수가 없었다. 유라가 오랫동안 그와 함께 있을 수 있었던 이유는 그녀 또한 그처럼 어딘가 결핍되어 있는 사람이었기 때문이다. 유라가 피식 웃음을 내뱉었다.

"뭐, 부정은 못하겠네."

그 사람도 나만 보지 않아서 참 싫었으니까.

"하지만 혜영 씨는 못 견딜걸?"

"내가 잘해주면 돼."

"뭐……? 잘해준다고? 네 입에서 그런 말이 나오다니, 나 완전 소름!"

"너무 행복해서 다른 생각은 들지 않도록 하면 돼. 여잔 단순하니까."

"아아, 네 머릿속에서 여자란 그 정도밖에 안 되겠지. 사실은 더 복잡한데 말이야."

심드렁한 얼굴로 읊조리는 유라를 보았다. 피식 조소를 짓는 입술은 부드럽게 호를 그리고 있었다. 여유 만만한 모습이 마음에 들지 않아서였을까. 유라가 들고 있던 잔을 소리 내어 내려놓았다. 예의에 어긋나는 모습이었으나 지금 제 기분이 좋지 않다는 것을 보여주기엔 확실한 방법이었다.

"그 가면, 되도록 철저하게 숨겨."

유라가 입술을 비튼다. 삐뚤어진 그녀의 모습을 고스란히 보여주는 조소였다.

"알면 질려서 떠날 테니까."

끙끙거리며 커다란 캐리어 하나를 끌고 오피스텔 안으로 들어선 혜영은 집 안이 환하게 밝아져 있자 이마에 흐르는 땀을 닦은 후 빠르게 옷가지를 정돈했다. 늘 바쁜 그였기에 이 시각에 벌써 퇴근을 했으리라곤 생각을 못했던지라 그녀의 얼굴이 낭패감으로 젖어 있었다.

　빨리 짐 정리하고 씻고 기다리려고 했는데.

　마지막으로 거울을 확인한 혜영이 신발을 벗고 캐리어를 끌고 안으로 들어갈 때였다. 손에 도원전자에서 나온 탭을 들고서 소파에 앉아 있던 민환이 시선만 들어 혜영을 보았다. 그러다 그녀의 곁에 세워져 있는 캐리어를 보며 미간을 찌푸렸다.

　"어디 다녀온 거야? 그건 다 뭐고."

　"집에 다녀왔어요. 가져올 짐도 있고 해서."

　내일 사직서를 내러 외출을 해야 했던지라, 적당한 옷을 찾으러 집에 갔던 참이었다. 그리고 이곳에서 지내게 될 테니 필요한 것들 또한 바리바리 싸오다 보니 생각보다 시간이 많이 걸렸다.

　"다음에 어디 갈 땐 나에게 꼭 이야기를 해줘. 걱정하니까."

　그의 말에 놀란 듯 눈을 크게 뜬 혜영이 이내 고개를 끄덕였다.

　"네, 알았어요."

　그렇게 말하며 혜영이 희미하게 웃었다. 다음 주엔 정식으로 가서 본격적으로 짐 정리를 해야 할 것이다. 그의 집에서 얼마나 지내게 될지는 몰랐지만 그래도 밖에 널려 있는 물건들을 깨끗하게 닦고 정리는 할 필요가 있었다. 혹여 나중에 다시 그곳으로 돌아갔을 때 불편하지 않도록……

그녀의 모습을 머리에서 발끝까지 눈으로 훑은 민환이 시선을 다시 탭으로 돌렸다. 무엇을 보고 있는 것인지 몰라 궁금증이 일었으나 곧 그의 입에서 흘러나오는 서릿발 서린 말에 혜영의 몸이 움찔 떨렸다.

"예전의 것들이라면 다 버려."

"왜요?"

정말 아무것도 모르겠다는 듯 순진무구한 얼굴로 자신을 바라보는 모습에 민환이 자리를 털고 일어났다. 들고 있던 탭을 소파 위에 아무렇게나 내던진 그는 테이블 위에 올려둔 지갑을 들고서 혜영에게 다가갔다.

느릿하게 걸음을 옮기는 그의 모습을 시선으로 좇던 혜영은 그가 지갑 속에 있던 카드를 꺼내 자신의 앞으로 내미는 것을 멀뚱히 보았다.

"자."

그녀가 물은 것에 대한 답이 신용카드란 말인가. 혜영은 그의 의도를 이해하지 못해 고개를 들어 다시 한 번 되묻고 말았다.

"이게 뭐예요?"

"적당한 것으로 사. 앞으론 사람들 앞에 나설 일도 많을 거야."

그의 말에 반발심이 생긴 것은 왜일까. 평소 자신의 행색이 그가 옷을 구입하라고 말할 정도로 볼품이 없었나 싶어 그녀의 얼굴에 열기가 올랐다. 평소 옷차림에 신경을 쓰는 타입은 아니었으나 늘 말끔하고 심플하게 입으려 노력했다. 장소마다 모이는 사람들마다 적당한 패션을 구사할 정도는 되었고, 튀거나 이상하게 옷을 입고 다닌 적은 없었다. 그렇게 생각해 온 그녀인데 그는 카드를 내밀며 그리 말하고 있었다.

혜영은 손을 뻗어 그가 내민 카드를 밀어내며 말했다.

"제게도 돈은 있어요."

"하지만 내겐 더 많아. 썩어날 정도로. 가끔은 어떻게 주체를 못 할 정도지."

"……민환 씨, 민환 씨가 생각하는 적당한 수준의 옷이 무엇인지는 모르겠지만 제가 가져온 옷들도 그 수준은 돼요."

날카로운 혜영의 표정을 보자 민환의 입에서 깊은 한숨이 흘러나왔다.

여기서 더 그녀를 긁어대는 것은 좋지 않았다. 그걸 모를 정도로 윤민환은 멍청이가 아니니까.

그는 들고 있던 카드를 다시 지갑 속에 넣은 후 테이블 위에 올려둔다. 그리고 자유로워진 양팔로 그녀의 어깨를 짚으며 고개를 숙여 시선을 맞췄다.

그와 동일 선상에서 시선을 맞추자 방금 전까지만 해도 분노가
파박파박 튀던 눈빛이 유순해졌다.

"그럼 다음 주에 같이 쇼핑을 하러 가자. 아니면 사람을 불러도
좋고. 자주 이용하는 브랜드가 있나?"

그의 눈빛도, 목소리도 다정해졌다. 그러자 덩달아 그녀 또한
잔뜩 세우고 있던 가시를 숨겼다.

"자주 이용하는 브랜드는 없어요. 하지만 민환 씨와의 쇼핑은
좋을 것 같아요."

혹여 그의 시간을 빼앗는 것은 아닐까, 걱정이 되었지만 곧 그
런 생각은 접었다. 그는 자신의 연인이었다. 아직은 너무나 높은
곳에 있는 별처럼 느껴지는 존재였지만 요즘은 매일 몸을 섞고 한
침대에서 잠들고 같이 눈을 떴다. 이런 것을 연인이라고 하지 않
으면 무엇이 연인이란 말인가. 아주 긴밀한 관계였으니, 그의 시
간을 조금 빼앗는 것은 문제가 되지 않는다 생각한 혜영이 고개를
끄덕였다.

"좋아. 화는 풀렸어?"

"제가 언제 화를 냈었나요?"

혜영이 싱긋 웃으며 말하자 민환이 고개를 끄덕였다.

"아니, 그럴 리가. 내가 잘못 봤나 보군."

척척 죽이 맞아 잠시 이야기를 나눈 혜영은 그의 손에 이끌려
소파로 향했다. 그의 옆에 앉은 혜영은 민환이 다시 탭을 집어 들

자 호기심이 가득한 얼굴로 그의 얼굴을 보았다.

"뭐 하고 계신 거예요? 설마 일?"

요즘 그가 한창 바쁘다는 것쯤은 알고 있다. 어찌 되었든 얼마 전까지 그를 수행하던 비서였으니까. 하지만 그녀의 예감은 빗나간 것인지 민환이 가볍게 고개를 내저은 후 그녀의 손을 가져와 손바닥만 한 기계를 올려주었다. 보기엔 불편함이 없는 액정엔 기사 하나가 떠 있었다.

"아……."

"정정했어."

그는 당근과 채찍을 적당히 사용할 줄 아는 사람이었다. 혜영은 눈을 감으며 그렇게 생각했다. 이번에 그가 건넨 당근은 너무나 달콤한 것이어서 온몸이 공중에 붕붕 떠오르는 느낌이었다.

─현재 도원그룹 미래전략실 윤민환 사장에게는 실제 피앙세가 있다는 것으로 알려져, 이번 기사와는 달리 곧 화촉을 밝힌다 전해 왔다.

"이젠 됐지?"

"……차유라 씨가 슬퍼할 거예요."

그녀가 말하는 것의 저의를 알지 못해 민환이 그녀의 얼굴을 가만히 바라보았다. 그러다 날카로웠던 눈매를 부드럽게 휘며 속삭인다.

"당신이 슬픈 게 세상에서 제일 싫어."

두근두근.

그의 말은 마치 묘약과 같다.

그 묘약이 이번엔 마법을 부려 그녀의 심장을 다정하게 뛰게 만든다.

이대로 모든 것을 내려놓아도 될까?

모든 것을 아무것도 아닌 걸로 만들고 그의 곁에 있는 것만으로도 난 만족할까?

사회생활 7년을 했다. 사회란 것이 결코 호락호락하지 않는다는 것도, 날로 쌓여가는 스트레스가 제법 매서워서 이젠 일이 아닌 탱자 탱자 놀고 싶다는 생각도 해보았다. 하지만 정말 괜찮을까? 아무것도 하지 않고 그의 곁에서, 그가 주는 사랑만 받아먹는 삶을 난 살 수 있을까? 그러한 의문들이 켜켜이 쌓여갔지만 혜영은 결국 기영의 앞으로 흰 봉투 하나를 내밀었다.

사직서.

첫 직장이었다, 도원은. 그리고 7년을 일했다. 자신의 20대를 모조리 이곳에서 보냈기에 그녀에게 도원이란 곳은 단순한 기업체가 아니었다. 특별한 곳이었고 그녀가 그 숱한 시간을 보낸 곳이었다. 그래서 그럴 줄 알았다며 사직서를 받아 드는 기영을 바라보는 그녀의 눈엔 아쉬움이 뚝뚝 떨어졌다.

꼭 그만둬야 할까……?

마지막까지 미련을 붙잡으며 그녀가 고개를 푹 숙였다.

"정말 괜찮겠어요?"

"더 이상 회사를 다니기 힘들었는데요, 뭐."

이미 사내에 파다하게 퍼진 소문을 들어 그녀는 퇴직 사유를 정확히 밝혔다. 그 사유 속에는 그와의 관계 또한 내포되어 있어 기영은 말없이 사직서를 다이어리 사이에 끼어두었다. 사직을 받아들이겠다는 말이었다.

자, 이젠 어쩌면 좋지?

그녀가 깊은 한숨을 내뱉을 때였다.

"이혜영 씨."

부드러운 어조에 혜영이 고개를 들었다. 뭔지 모를 감정으로 울렁이는 눈빛에 혜영이 살짝 벌리고 있던 입술을 굳게 닫았다. 그녀와 눈을 마주한 기영이 입술에 부드럽게 호를 그리며 말했다.

"이건 부하직원이 아닌 단순히 이곳에 오래 있는 사람으로서 드리는 말씀인데, 들어주실래요?"

"물론이죠."

고개를 끄덕이며 짧게 답한 혜영이 양손을 가지런히 무릎 위로 올리자 기영이 말을 이었다.

"그 세상은…… 혜영 씨가 아는 것 이상으로 단순한 곳이에요. 이방인은 철저히 배척하는."

"……."

"혜영 씨가 잘 견뎌냈으면 좋겠군요."

그렇게 말하는 기영은 진심을 다해 그녀에게 용기를 불어넣어 주었다.

아니, 경고를 해주었다.

허리를 숙여 기영에게 인사를 마치고 밖으로 나온 혜영의 입에서 한숨이 터져 나왔다. 과연 견딜 수 있을까? 그들의 세계라면 그녀도 얼추 알고 있었다. 화려한 외관과는 달리 물속에선 쉼 없이 발길질을 하는 백조와 다를 바가 없는 사람들. 그런 사람들 속에서 자신이 무엇을 할 수 있을까.

띵, 소리와 함께 엘리베이터가 도착했음을 알리자 혜영이 올라 탔다. 그리고 1층을 누른 후 벽에 등을 기댄 채 눈을 감았다. 불안한 미래를 떠올릴수록 가슴이 답답해져 온다.

날카로운 소리와 함께 문이 열리자 혜영이 걸음을 옮기려고 할 때였다. 엘리베이터를 기다리고 있던 훈영과 눈이 마주한 것은.

"혜영 씨?"

짧게 그녀의 이름을 부른 훈영이 입가에 웃음을 머금으며 말했다.

"한동안 회사에 안 나왔죠? 개인적으로 연락을 드릴까 하다가 참고 있었어요. 지난번에 말씀드린 것, 생각해 보셨나요?"

"안 그래도 김 실장님껜 한 번 연락을 드리려고 했어요. 잠시 시간 괜찮으세요?"

혜영의 물음에 훈영은 손목시계를 확인하더니 미간을 찌푸렸다.

"길게는 무리고 10분 정도요."

"그 정도면 돼요. 회사 앞에 있는 커피숍으로 갈까요?"

그녀의 말에 훈영이 고개를 끄덕였다.

"좋습니다."

두 사람이 걸음을 옮겨 로비를 벗어났다. 그리고 막 회사 안으로 들어오던 민환이 보곤 무심한 얼굴로 읊조렸다.

"망가뜨리긴 싫은데……."

벨이 울리자 서둘러 자리에서 일어난 훈영이 커피를 가지러 걸음을 옮겼다. 그의 뒷모습을 보던 혜영이 한숨을 탁 내뱉는다.

그가 자신에게 진지하게 제안해 주었으니 죄송한 마음을 담아 사과를 해야 했다. 아니, 어쩌면 동정심에 그런 제안을 한 것인지는 몰라도 어찌 되었든 그녀에겐 큰 힘이 되었다. 본사로 들어가고 나서 자신의 능력을 의심하는 사람들만 만났다. 그를 제외하곤 모든 사람들이 의심의 눈초리로 바라봤었다.

후, 한숨을 내뱉은 혜영은 자리에 돌아온 훈영이 내미는 커피를 받아 들었다.

"감사합니다."

"별말씀을요. 커피 살 정도의 능력은 돼요."

그렇게 말한 훈영이 상큼하게 웃어 보이자 그녀도 따라 웃었다.

"그래요, 몸은 어때요? 내일부터 출근할 수 있는 거예요?"

훈영이 물었다. 그러자 커피를 마시고 있던 혜영은 플라스틱 테이크아웃 컵을 테이블에 올려놓으며 희미한 웃음을 지었다.

"미안해요……. 그것 때문에 말씀드릴 게 있어요."

그녀의 말에 훈영의 표정이 굳어졌다. 그러다 알 만하다는 듯 손을 들어 머리를 쓸어 올린다.

"그만두는군요. 그래서 혜영 씨는 괜찮아요?"

"네……?"

"일하는 것, 즐겁지 않았어요? 성취감을 느끼지 못하는 사람이 그 정도로 일에 매진할 순 없으니까요."

"……."

그의 말에 혜영의 고개가 아래로 뚝 떨어졌다.

그의 말이 맞았다. 자신은 괜찮지 않았다. 좀 더 일하고 싶었고, 자신의 세계를 개척해 나가고 싶었다. 하지만 그와의 관계가 세상에 알려지면 지금보다 더 많은 사람들의 입에 오르내릴 터였다. 구설수를 뿌리며 민환에게 피해를 주게 될지도 몰랐다. 다른 곳에 취직해 일할 수도 있겠지만 도원에는 더 이상 자신의 자리가 없었다.

"혜영 씨……."

훈영이 손을 뻗어 혜영의 손을 감싸 쥐었다. 혜영의 눈이 툭 튀어나올 것처럼 커진 것도 잠시. 훈영의 눈빛에 머문 감정을 보며 입술을 달싹이려 할 때였다.

"더 이상 봐줄 수가 없군."

뒤에서 음산한 목소리가 들려온 것은.

자리에서 벌떡 일어난 혜영은 야차처럼 서 있는 민환의 모습에 숨을 삼켰다. 놀란 것은 자신뿐만이 아닌 것인지 훈영도 당황한 표정을 지었다.

"사장님……."

훈영이 당황한 목소리로 말했다. 하지만 민환의 표정은 여전히 혜영에게로 머물러 있었다.

"나에게 이런 모습을 보여주지 말았어야 했어."

"아, 전 김 실장님의 제안을 거절하려……."

"제안?"

그의 눈썹이 꿈틀거렸다.

"네, 오해하지 마세요. 회사에서 분위기가 이상하니까 본인의 비서로 일해달라는 이야기를 들었을 뿐…… 민환 씨!"

혜영이 그의 손에 거칠게 이끌렸다. 질질 끌려나오다시피 카페를 벗어난 그녀는 그 앞에 세워져 있는 차에 밀쳐져 안으로 들어가야 했다. 두 사람의 모습에 당황한 기영이 눈을 크게 뜰 때였다.

"후에 스케줄이 무엇이 있지?"

그녀가 나올 수 없도록 차 문을 닫은 민환이 물었다. 그러자 기영은 방금 전 두 사람 사이에 흐르던 분위기를 파악하며 말했다.

"모두 조정할 수 있는 일정입니다."

그 말에 고개를 끄덕인 민환은 이만 들어가 보겠다 말한 후 운전석에 올랐다. 차가 거친 소리를 내며 빠르게 출발했다.

"민환 씨……."

"지금은 아무런 소리 안 하는 게 좋을 것 같은데."

그녀의 부름에 정면을 주시한 민환이 이를 악물며 말했다. 그의 말대로 잠자코 있는 것이 좋을지도 몰랐으나 혜영은 그가 단단히 오해하고 있다는 생각에 빠르게 말을 내뱉었다.

"오해세요. 정말 김 실장님의 제안을 거절하려고 만난 것뿐이에요. 만난 것도 우연이었고요."

끼이익!

"아!"

갑작스럽게 차가 멈춰 서서 혜영이 안전밸트를 붙잡았다. 고개를 들어 옆을 보자 차가운 민환과 눈이 마주쳤다.

움찔!

몸이 격하게 튀어 올랐다가 아래로 떨어진다.

그의 눈빛에 잡아먹힐 것만 같았다.

"당연히 오해여야 해. 만약 오해가 아니라면 넌 물론이고, 그 남자 또한 목이 졸렸을 테니까."

"……."

"하지만 말이야. 그럼에도 화가 나."

붙잡고 있던 두 사람의 손. 그리고 그 남자의 눈빛.

모든 것들이 견딜 수 없을 정도로 화가 났다.

자신의 것에 남의 손길이 닿는 것을 극도로 싫어하는 그였다. 손을 뻗은 민환은 그녀의 가슴께를 손가락 끝으로 어루만졌다. 파르르, 벌써부터 흥분에 혜영의 몸이 떨려왔다.

"내가 더 이상 포악해지지 않게 해줘."

"……."

괴물로 변하지 않게 해줘.

그렇게 말하는 그의 말에 혜영이 아무런 말도 하지 못한 채 입을 꾹 다물었다. 무슨 말을 할 수가 있겠는가. 마치 고양이 앞의 생쥐처럼 오들오들 떨고 있는데.

차가 또다시 빠른 속도로 출발했다.

차가 멈춰 섰을 땐 지하주차장에 도착하고 난 후였다. 달달 떨리는 손으로 차 문을 열려던 혜영은 그가 자신의 어깨를 잡아당기는 바람에 몸이 뒤로 와락 쏠리는 것을 느꼈다.

"당신을 가질 거야."

"여, 여기서요?"

혜영의 목소리가 달달 떨린다. 그의 눈빛은 진심이었다. 언제 사람이 올지 모르는 지하주차장에서 그녀를 가진다 말한 민환의 눈빛이 어둠으로 일렁였다.

"다시는 남자와 단둘이 앉아 있을 수 없도록 철저하게 가질 거야."

"……"

"내가 얼마나 지독해질 수 있는지 가르쳐 주지."

그렇게 말한 민환은 손을 뻗어 그녀의 치마 속으로 집어넣었다. 그의 손길에 아랫도리가 벌써부터 축축하게 젖어왔다. 하지만 그의 애무는 아주 찰나의 순간, 늘 그녀가 충분히 젖도록 기다리던 그가 성급하게 바지를 벗고 보조석으로 다가왔다. 그리고 의자를 밀어 그녀를 눕힌 후 허벅지 사이에 그녀를 가뒀다.

"미, 민환 씨…… 여, 여기선."

혜영이 바들바들 떨리는 목소리로 말했다. 하지만 그는 그녀의 새하얀 허벅지를 들어 올려 자리를 올린 후 무자비하게 그녀의 안으로 파고들었다.

"윽!"

신음을 내는 것조차 무서웠다. 억눌린 신음을 내뱉은 그녀는 그들의 무게를 이기지 못한 의자가 삐걱거리자 눈을 질끈 감았다.

삐걱, 삐걱—!

의자가 울어댔다.

그리고 그녀는 무자비하게 자신을 파고드는 남성에 눈을 질끈 감았다.

눈물이 맺혔다.

두려웠다.

그의 무자비한 소유욕이.

힘없이 침대에 늘어져 있던 혜영이 멍한 눈을 깜빡였다. 오늘이 도대체 며칠이지?

시간 감각도 잊은 채 그에게 안긴 나날이었다. 하루가 어떻게 흘러가는지 알지도 못한 채 침대에서 한 발자국도 벗어나지 못한 채.

상체를 들어 올린 혜영은 얼얼한 사타구니에 찌릿한 고통이 느껴지자 미간을 찌푸렸다.

"아."

혜영의 눈이 질끈 감겼다.

지하주차장에서 거친 섹스를 한 후, 그는 그녀의 옷가지를 정리해 준 후 번쩍 안아 들고 오피스텔로 올라왔다. 그리고 침대에 눕힌 후 또다시 거칠게 그녀를 가졌다. 몇 번을 해도 채워지지 않은 갈증을 채우기라도 하겠다는 듯. 몇 번이나 관계를 가졌는지 모른다. 침대에 비릿한 사정 후의 냄새가, 자신의 사타구니를 축축하게 적신 그의 정액이, 그럼에도 곧바로 자신의 안에서 커져 가는 남성에 정신을 차릴 수가 없었다. 모두 꿈결 같았다.

깜빡깜빡, 혜영이 눈을 감았다가 떴다가 질끈 눈을 감아버렸다. 그의 목소리가 여전히 자신의 가슴을 울린다.

"당신이 다른 곳을 보면 미쳐."

거칠게 자신을 가지며 그가 말했다. 흐릿하게 변한 시야와 연신 내질러 대는 신음으로 목소리가 잔뜩 쉰 혜영은 꺽꺽 숨을 내뱉으며 그의 얼굴을 올려다보았다. 그의 얼굴 또한 흐릿하게 보였으나 혜영은 손을 올려 그의 뺨을 쓸어주었다. 자신의 손길에 그의 미간이 구겨졌다.

"다른 남자와 마주 보고 앉아 있는 것만으로도 속이 끓어올라."

그 말에 자신이 무슨 답을 했던가.

멍하니 생각하던 혜영은 화장실에서 젖은 머리카락을 수건으로 탈탈 털며 나오는 민환을 보았다. 아아, 그래, 생각났다.

"지나쳐요, 당신."

그렇게 말했었다. 그 말에 그는 아무런 답도 하지 않았다. 그저 집요하게 자신의 감각을 일깨우고 얼얼할 정도로 자신을 가지고 또 가졌다. 시트가 두 사람이 내뿜어댄 열락의 흔적으로 축축하게 젖을 정도로.

"일어났어?"

혜영은 그의 목소리에 퍼뜩 정신이 돌아온 것인지 고개를 끄덕였다.

"네……."

"뭐 좀 먹겠어? 이틀 내내 아무것도 먹지 않았잖아."

그의 품에 안긴 지 이틀이란 시간이 흘렀나 보다. 하지만 배가 고프지 않았다. 아니, 아무것도 먹고 싶지 않았다. 혜영이 거칠게 고개를 젓자 그가 침대맡으로 다가왔다. 키스마크로 엉망인 새하얀 피부결을 손가락 끝으로 쓸어내리던 그가 피식 웃음을 내뱉었다.

"이건 내가 보기에도 좀 심하네."

"아팠…… 어요."

"미안."

그가 짧게 사과를 건넸다. 그러자 혜영의 눈이 커다랗게 떠졌다.

"왜? 내가 사과하니 이상해?"

"아니요. 그냥 좀…… 의외라서요."

그렇게 말한 혜영이 고개를 푹 숙였다. 그녀의 정수리를 바라보던 민환이 한숨을 내뱉은 후 침대에 앉았다. 손을 뻗은 그가 혜영의 어깨를 잡아 제 품으로 끌어당겼다.

"늘 내 시야에 있어."

"……민환 씨."

"그래 줬으면 좋겠어."

그가 말했다. 그의 시야에 있는 일은 불가능에 가까웠지만 혜영은 희미한 웃음을 지으며 고개를 끄덕였다.

"그럼 저도 한 가지 부탁이 있어요."

혜영의 말에 민환이 그녀를 제 품에서 떼어낸 후 바라보았다. 짙은 눈동자, 속에 무엇이 있을지 알 수 없을 정도로 검은 눈망울. 혜영은 그 눈동자를 바라보며 희미하게 웃음 지었다.

"앞으론 부드럽게 대해줘요. 거친 당신은…… 가끔."

혜영이 미처 말을 끝맺지 못하고 입을 다물었다. 그러자 민환은 늘 그랬던 것처럼 고저 없는 목소리로 말한다.

"알았어."

짧게 답한 그가 고개를 비틀어 고개를 내렸다.

"우선 부드러운 키스부터."

그의 말대로 정말 부드럽고 따스한 키스.

지난밤에 보았던 그는 모두 허상이라는 듯, 너무나 달콤한 키스에 혜영의 마음은 또다시 속절없이 뛰기 시작한다.

아아, 어떻게 하면 좋을까. 두려웠던 그 모습조차도 그라는 것을 잘 알고 있으면서도…… 혜영은 그의 품에 있는 지금이 너무나 좋았다.

윤 회장의 사무실은 늘 그랬던 것처럼 중후한 분위기가 흘렀다. 이젠 도원을 책임지는 대표가 아닌 명예회장이란 허물만 뒤집어쓴 뒷방 늙은이가 되었지만.

민환은 잔을 들어 녹차를 맛보았다. 씁쓸한 끝 맛에 인상을 찌푸린 그는 자신을 관찰하듯 바라보는 윤 회장의 시선을 느끼며 웃음 지었다.

"윤 회장님이 보여주신 연출 장면, 아주 재미있었습니다. 덕분에 머리가 돌아버리는 줄 알았지."

"뭐야……?"

낮은 목소리로 되묻는 윤 회장의 얼굴엔 당황한 기색이 역력했다. 설마 그것조차 모르고 있을 것이라 생각한 것일까. 그렇다면 자신을 너무 얕보고 있는 것이겠지. 민환의 입술에 진한 미소가 걸렸다.

"인사과 김훈영 씨 말입니다. 윤 회장님의 사주를 받은 그 멍청이요."

하지만 그 멍청이가 진심이 될 줄은 아마 눈앞에 있는 윤 회장 또한 몰랐을 것이다. 민환의 입술이 비틀렸다.

"……."

"재미있었습니다."

"윤민환!"

민환의 여유로운 모습에 윤 회장이 버럭 소리쳤다. 그의 심기가 오롯이 드러난 얼굴은 분노로 가득했다.

"장난이라면 가만히 내버려 두겠다! 이제 그만 관계를 끝내! 유라와의 약혼 문제는 다시 한 번 마루에 말을 해……."

"그러실 필요 없습니다. 유라완 결혼하지 않을 거니까."

너무나 쉽게 말을 내뱉는 아들의 모습에 윤 회장이 자리에서 벌떡 일어났다.

"그 천한 것이랑 결혼이라도 하겠다는 말이야!"

"그게 필요하다면 해야겠죠."

"뭐?"

순간 멍한 표정을 지은 그가 되물었다. 무엇이는 한 번 가지고 싶다 생각한 것은 무조건 차지하라고 가르친 것은 윤 회장, 그였다. 하지만 이런 식으로 그 생각이 발현될 줄은 몰랐다. 그의 얼굴이 낭패감으로 젖어든다. 하지만 민환은 여전히 그를 바라보지도 않은 채 낮은 목소리로 읊조렸다.

"솔직히 말해 전 서류상의 문제는 크게 상관하지 않습니다. 하지만 그녀가 원한다면 당장 내일이라도 손잡고 식장에 들어갈 수도 있겠죠."

"내가 두 눈 시퍼렇게 뜨고 있는데 그렇게 내버려 둘 것 같으냐!"

예상에서 한 치도 벗어나지 않는 말에 민환의 눈빛이 어둠으로 빛났다.

이래서였다. 처음부터 그녀를 가지지 않은 것은.

"윤 회장님이 이렇게 나오실 줄 알고 기다렸단 말입니다. 억겁과 같은 7년이란 시간 동안 옆에서 보기만 했습니다. 참을성 없는 제가 그토록 참아서 손에 넣은 겁니다. 쉽게 놓을 것 같습니까?"

윤 회장의 몸이 사시나무처럼 흔들렸다. 하지만 민환은 망설이지 않은 채 말을 잇는다.

"아니, 그것을 놓게 만드는 것들을 과연 가만히 내버려 두겠습니까?"

"……."

"당신의 부를 유지하고 싶으시다면 더 이상 제 일에는 왈가왈부하지 마세요."

그것은 엄연한 경고였다.

언제 이렇게 커버린 것이지? 윤 회장은 민환을 보았다.

"후회할 거다. 그 여자가 다칠 거야."

차가운 두 사람의 눈이 부딪혔다. 두 사람의 눈에는 똑같은 감정이 담겨 있었다.

분노. 자신의 것을 넘보는 상대에 대한 경고.

"내 세계에 있는 그 여자가 다칠 리가 없잖습니까."

그렇게 말한 민환이 자리에서 일어났다. 느긋한 표정에 윤 회장이 뒷목을 잡았지만 민환은 눈 하나 깜짝하지 않았다.

"이렇게 가르친 것은 당신입니다."

태어나고 자라면서 윤 회장에게 들은 것은 그것이 전부였다. 따뜻한 부자와의 관계는 처음부터 없었다. 대기업 회장과 그 회사를 물려받아야 하는 후계자일 뿐.

허리를 숙인 민환이 고개를 들어 새하얗게 질린 얼굴로 자신을 바라보는 윤 회장을 보며 입술을 비틀어 웃었다.

"그럼 다음 주엔 사무실에 안 나오는 걸로 알겠습니다."

"네, 네가 어떻게 나에게……!"

방해물이 되는 것이 있다면 과감히 치워 버리라 배웠다, 윤 회장에게.

그리고 민환은 배운 것 그대로 윤 회장을 도원에서 사라지게 만든다. 아니, 그의 인생에서 없앴다.

"요즘 강원도 별장 절경이 꽤 봐줄 만하다죠? 휴가라도 다녀오십시오."

"……."

"다음에 또 이런 일을 벌이신다면 그땐 외국에 별장을 하나 구입해 두지요."

말을 끝마친 민환이 허리를 숙여 인사한 후 몸을 돌려 밖으로 나가 버렸다.

쾅! 와장창!

닫힌 문 사이로 들려오는 소리에 그의 입술이 부드럽게 호를 그렸다.

그의 집에서 홀로 눈을 뜨는 아침은 처음이었다. 어젯밤, 그는 집에 들어올 수 없다고 하더니 실제로 외박을 했다. 그가 향한 곳이 어딘지는 몰랐으나 그는 자신의 말대로 집에 돌아오지 않았다. 멍하니 눈을 깜빡이던 혜영이 손을 들어 이마를 감싸 쥐었다.

"머리 아파."

밤늦게 혹여 그가 돌아오는 것은 아닐까, 기대하며 기다리다가 해가 뜨고 나서야 겨우 잤더니 머리가 핑글핑글 돌았다. 한참이고 머리를 부여잡으며 끙끙 앓는 소리를 내던 혜영은 고통이 조금 가시고 나서야 벽에 걸린 시계를 보았다.

"이크! 늦잠 잤다."

벌써 정오가 다 된 시간을 보며 혜영이 서둘러 이불을 걷고 밖으로 나왔다. 그러다 문득 이곳이 그의 집이란 것을, 그녀는 현재 아무런 일도 하지 않는 무직 상태라는 것을 깨닫는다.

"아."

할 일이 없었다. 주어진 일도 없었고. 돈은 썩어날 정도로 많다는 그는 그녀에게 그 어떠한 일도 시키지 않았다. 집을 봐주시는 분이 계셨고, 그분은 이곳에서 한 발자국도 나가지 않아도 살 수 있을 정도로 많은 것을 채워 넣었다. 세탁물은 죄다 세탁소에 맡기고 있었고, 음식도 간간이 하는 덕에 그녀가 할 일은 그야말로 아무것도 없었다.

"쓸모없는 사람이 된 것 같아."

그렇게 읊조리는 혜영은 시들어 버린 꽃 같았다. 아무런 걱정하지 않고 그만 바라보며 사랑을 해도 되는데, 평생 몸을 움직이며 살아온 혜영에겐 그것이 지상 최대 어려운 과제처럼 느껴졌다.

서둘러 침대를 나온 자신의 모습이 멍청하게 느껴진 것인지 그녀가 작게 웃음을 내뱉을 때였다. 테이블 위에 올려놓은 휴대전화가 바삐 울었다.

「5시쯤 집에 가. 집에서 얌전히 기다려.」

"얌전히?"

그에게서 온 문자를 보던 혜영이 눈살을 찌푸렸다. 그 말이 이상하게 들렸지만, 그래도 그가 5시쯤 집에 온다는 문자가 기뻐 가볍게 넘겨 버렸다. 그리고 바쁘게 걸음을 옮겨 부엌으로 향한다. 냉장고 속에 가득한 식자재 중 무엇으로 그의 식탁을 꾸밀지 고민하며 시간을 보내는 것이 지금은 가장 적당하리라.

"이걸 당신이 다 했어?"

상다리가 부러질 정도로 차려진 음식에 민환이 놀란 눈으로 혜영을 보았다. 그에게서 잘 볼 수 없는 표정 변화였다. 그게 꽤나 기쁜 것인지 혜영은 입꼬리를 부드럽게 휘며 말했다.

"네."

흘러가지 않는 시간이 너무 따분해서요.

혜영은 그렇게 뒷말을 붙일까 하다가 꾹 눌러 삼켰다. 그리고 그가 알아차리지 못하도록 최대한 자연스럽게 웃으며 말을 이었다.

"앉으세요."

"당신은 안 먹어?"

"음식 냄새에 질렸어요. 내일은 적당히 해야겠어요."

그렇게 말한 혜영은 밥과 국을 떠 그의 앞에 놓아둔 뒤 맞은편에 자리를 잡고 앉았다. 민환이 수저를 들어 국을 맛봤을 땐 긴장한 얼굴로 그의 표정을 살폈고, 곧이어 그의 입에서 '맛있다.' 라는 말이 흘러나왔을 땐 기쁨에 웃음 지었다.

달그락, 달그락.

수저와 그릇이 부딪히는 소리만이 부엌에 가득 차고, 곧 그의 식사가 어느 정도 끝을 맺었을 때였다. 혜영은 이제껏 망설이고 또 망설였던 말을 꺼냈다.

"내일은 외출을 하려고요."

"왜?"

"장도 보고 싶고……."

"아줌마 시켜."

"집도 보고 싶고요."

"그건 곧 내가 처분할게."

빠르게 이어지는 답에 혜영이 지지 않고 말했다.

"읽고 싶은 책도 있어요."

"그건 인터넷으로 구매하면 돼."

마지막 답이 흘러나오고 나서야 혜영은 깨달았다. 하지만 그 물음을 바로 입으로 꺼내도 될지 감이 서질 않아 그의 눈만 멀뚱히 바라보고 있을 뿐이었다.

짙은 시선으로 자신을 내려다보는 그의 눈빛은 연인을 본다기에는 너무나 차가웠다. 마치 사업 석상에서 만난 훌륭한 사업가 혹은 생전 모르는 남이 거슬리는 행동을 했을 때의 반응 같았다.

말없이 그의 표정을 살피던 혜영이 고저 없는 목소리로 물었다.

"……물어도 돼요?"

"아니."

답은 짧았고 망설임이 없었다. 혜영의 안색이 차차 변하기 시작한다. 하지만 입술을 멈추지는 않았다.

"왜요?"

"내가 정직하게 답을 해주지 못할 테니까."

"아…….."

감탄사인지 신음인지 알 수 없는 짧은 소리가 터져 나왔다. 그는 대놓고 말하고 있었다. 묻는 답엔 거짓으로 답하겠노라고. 그래서 그녀는 더 이상 물을 수가 없었다. 물어봤자 소용이 없으니까.

혜영의 입술이 희미한 웃음을 머금는다. 마치 공기 중에서 사라질 것처럼 연약한.

"민환 씨 약았어요."

"나도 알아."

그가 표정 변화 없이 말했다. 차가운 그의 표정에 그녀의 심장 또한 차갑게 얼어갔다. 그가 왜 그럴까, 아무리 생각해 보아도 답을 알 수는 없었다. 그의 속을 어찌 알 수 있을까. 그는 다름 아닌 윤민환인데.

고개를 아래로 뚝 떨어뜨린 혜영이 숨을 몰아쉴 때였다. 자리에서 일어난 민환이 식탁을 둘러 그녀의 곁에 섰다. 그리고 상체를

숙여 혜영을 끌어안은 뒤 좁고 가느다란 그녀의 어깨에 얼굴을 묻
으며 말했다.

"이곳에서 당신이 부족한 것을 느끼지 못하도록 살게 해줄게."

내가 원하는 것은 그게 아닌데…….

하지만 차마 혜영은 그렇게 말하지 못했다.

리모컨으로 이리저리 채널을 돌리는 혜영은 따분한 얼굴이었
다. 그와의 시간은 분명 행복했다. 하지만 바쁜 그는 혜영에게 찰
나의 시간만 주었다.

텔레비전에선 연신 드라마 재방송과 뉴스, 예능 재방송이 나오
고 있었지만 그 어느 하나 혜영의 시선을 잡아끄는 것이 없었다.

혼자 있는 시간은 외롭다. 이곳이 제아무리 그의 체향으로 가득
한 곳이라 하더라도.

혼자 있는 시간은 그와 함께 있는 시간을 뛰어넘었다. 지금 그
가 하고 있는 일들이 무엇인진 이젠 모른다. 늘 바쁘게 살았던 혜
영은 그 시간을 어떻게 보낼지 몰라 난감해하는 중이었다.

틱, 틱, 틱.

침묵으로 가득한 공간은 채널을 돌리는 소리만 한동안 계속되
었다.

결국 텔레비전을 끈 혜영은 걸음을 옮겨 창으로 향했다. 창밖의 세상은 오늘도 바쁘다. 일개미들은 주린 배를 붙잡고 점심을 먹으러 나왔고, 직장인이 아닌 이들은 저마다의 목적지를 향해 빠르게 걸음을 옮기고 있었다.

외로웠다.

수많은 책을 쌓아놓고 읽어보기도 하고, 매일 그를 위해 음식을 만들기도 했다.

예전이라면 쏜살같이 흐르던 시간.

그땐 잠자는 시간도 모자라 그 시간을 부여잡고 싶었던 적도 있었다.

하지만 지금은 아니었다.

고립되어 간다는 것을, 그때의 난 왜 몰랐을까.

숨통이 조여올 만큼 시간이 느리게 흘러간다는 것도, 매일 홀로 집에서 그만 기다리고 있는 생활이 따분하다는 것도, 모두 알고 있었는데.

왜. 왜.

자신의 세계를 작게 만들고 있는 그의 행동을 알면서도 모른 척 했던 걸까.

아니.

외면했을까…….

❖

뻥 뚫린 오피스텔 안은 사정의 냄새로 그득했다. 뜨거운 열락과 코끝을 찌르는 비릿한 냄새는 이미 그녀의 몸에 진득하게 배어든 것. 혜영은 자신의 위에서 미간을 찌푸린 채 자신을 가지고 있는 민환의 얼굴을 올려다보았다.

"난 당신에게 어떤 존재예요?"

하악, 하악.

거친 숨을 내뱉으며 혜영이 물었다. 그러자 민환은 그녀의 얇은 발목을 쥐고 있던 손을 더 위로 올렸다. 그러자 남성이 여성 안으로 더욱 깊숙이 파고들었다.

찰박, 찰박!

힘찬 허리짓에 혜영의 몸이 비틀렸다. 끔찍한 쾌감은 그녀의 정신을 앗아갔다.

"전부."

"네……?"

"내게 당신이 전부이듯이, 당신에게도 내가 전부였으면 해."

"행복하네요."

그리고 무서워요.

혜영은 눈을 질끈 감으며 그렇게 생각했다.

그는 늘 자신을 잡아먹을 것처럼 바라본다. 그리고 자신의 안에 있던 수많은 벽을 허물고 함락시킨 후, 그곳에 자신의 향기를 그 득하게 남겼다. 그래서 무서웠다. 자신이란 사람은 사라지고, 그 란 사람만으로 가득 차오르는 자신의 모습에.

혜영은 자신의 허리를 들어 올리는 손길에 눈을 떴다. 민환은 혜영을 자신의 몸에 올린 후 그녀의 얇은 허리를 붙잡았다. 아래, 위로 들어 올려졌다 거칠게 내리찍어진다. 혜영의 가슴이 허공에 서 흔들리자 한쪽 손을 들어 가슴을 움켜쥔 그가 빳빳하게 선 정 점을 입에 머금었다. 혜영의 몸짓이 더욱 격렬하게 변해갔다.

"믿어도 될까요……?"

"지난 7년간 당신이 보기엔 나란 사람은 어떤 사람이었어?"

"든든한 상사요."

"그럼 지금부턴 든든한 연인이 되어줄게."

아주 큰 울타리를 지어, 그 속에서 당신이 다치지 않고 세상을 살 수 있도록 해줄게.

그가 그 말속 뜻을 알고 있는지는 알 수 없는 일이었다. 하지만 그녀는 믿고 싶었다.

여자는 가끔, 사랑에 올인해 보고 싶을 때가 있다. 그리고 사랑 이 인생의 전부라고 생각할 때도.

"당신의 세계에도 나만 있었으면 해."

바로 지금처럼.

그의 말에 혜영이 눈을 질끈 감았다. 팔로 그의 목을 두른 혜영은 허리를 힘껏 흔들어 제 속에 들어와 있는 그의 남성을 끝없이 자극시켰다. 그의 얼굴이 괴로움에 일그러지자 혜영의 입에서 즐거운 웃음이 흘러나왔다.

"당신의 세계에도 나로 가득 찼으면 좋겠어요."

6화 새 장

뼈마디가 드러날 정도로 가느다랗고 얇은 손가락이 종이 퍼즐 하나를 집어 들었다. 새하얀 하늘 중 하나인지, 아니면 그 하늘과 꼭 닮은 바다의 것 중 하나인지 모를 정도로 색만 들어가 있는 퍼즐이었지만 이미 몇 번이고 이 무시무시한 퍼즐을 완성시킨 적이 있는 혜영은 망설이지 않고 그 자리에 조각을 가져다 끼웠다.

만 피스의 퍼즐이 제자리를 찾으면 아름다운 지중해와 그림 같은 베네치아의 모습이 보일 것이다. 하지만 그 하나의 풍경을 보기 위해 퍼즐을 맞추는 시간들은 고난의 행군과도 같았지만 혜영은 몇 날 며칠째 허리 한번 제대로 펴지 않은 채 퍼즐을 맞췄다.

그리고 이제 몇 피스만 맞추면 완성이 되는 순간, 혜영은 손을 멈추고 퍼즐 판을 보았다.

실제로 베네치아에 가본 적은 없었다. 하지만 이 풍경이 이렇게도 익숙하게 느껴지는 것은 한 달 사이 퍼즐을 두 번이나 완성했기 때문이다. 남아도는 시간을 채우기엔 퍼즐만큼 적합한 것은 없었으나 몇 번이고 완성한 지금, 이젠 또 다른 것을 찾아야 한다는 피곤함에 눈이 푹 꺼졌다.

한 조각, 한 조각…….

그림이 완성되어 가는 것을 눈에 담던 혜영은 퍼즐이 완성되고 나서 허공에 들고 있던 손을 천천히 내렸다.

완성된 퍼즐을 보며 기뻐할 법도 하건만 혜영의 얼굴엔 작은 변화 하나 없었다. 무심한 얼굴로 아름다운 베네치아를 눈에 담던 혜영의 눈이 천천히 감겼다 떠진다. 오랫동안 움직이지 않아 허리와 어깨가 떨어질 것처럼 아팠지만 신음조차 내뱉지 않던 혜영은 무심히 시간을 흘려보내고 있었다.

똑딱똑딱. 거실 벽에 걸어둔 시계가 열심히 움직이고 있다. 그건 불가항력, 건전지가 들어가면 초침이 움직이고, 한 바퀴 열심히 돌면 분침이 움직이도록 설계되어 있었다.

늘 바쁘게 살도록 설계되어 있던 혜영 또한 움직이고 일을 하며 살고 있었다. 하지만 건전지가 떨어진 시계처럼 멈춰 버렸다. 그것 또한 불가항력이다. 그녀가 원해서 그런 것은 아니었으나, 어쩌다 보니 이렇게 되었다.

투둑, 투두둑.

퍼즐 판을 들어 뒤집어엎은 혜영은 바닥에 떨어진 퍼즐 조각을 보았다. 이것들을 맞추느라 들인 시간이 아까울 법도 한데, 그녀는 아쉽기만 했다.

다음엔 또 뭘 하나.

와르르 쏟아진 조각들을 멍한 눈으로 보며 혜영이 그리 생각하고 있을 때였다.

띠딕, 띠띠띠띠.

밖에서 비밀번호를 누르는 소리와 함께 문이 열리는 소리가 들렸다. 그는 언제나 그녀가 문을 열어줄 때까지 기다리지 않았다. 요즘 들어선 마치 그녀가 이 집에 없는 것처럼 스스로 번호를 누르고 집 안으로 들어왔다.

"뭐야? 어젠 완성 전 단계였잖아. 실수로 쏟았어?"

민환은 엉망이 된 거실을 보며 물었다. 그러자 혜영은 희미한 웃음을 지으며 고개를 저었다. 그 모습이 마치 신기루처럼 실체가 없는 것처럼 희미하게 보이는 것은 단순한 그의 착각인 것일까.

"아니요."

"그럼?"

민환이 혜영의 표정을 살피며 짧게 물었다. 그러자 혜영은 그와 눈을 똑바로 마주하며 답했다.

"완성하면 의미가 없잖아요."

"뭐가?"

"아니에요. 식사는 하셨어요?"

희미하게 웃는 혜영의 얼굴을 빤히 보던 민환이 걸음을 옮겨 그녀의 어깨를 잡아 제 품으로 끌어당겼다. 자석처럼 그의 품 안으로 쏙 빨려 들어간 혜영이 눈을 감았다.

그의 품에 안긴 지금 이 순간, 난 행복한가?

예전엔 그의 사랑이 받고 싶어서, 그의 품에 안겨 있고 싶어 안달이었는데.

사람의 욕심이란 것은 한없이 크기만 해서 이젠 그의 품에 안겨 있는 것만으로 만족할 수가 없다. 나만의 세계를 구축해 나가고 싶고, 그 세계 속에서 만족을 느끼고 싶었다. 그건 사랑과는 또 다른 형태의 것이어서 그가 줄 수 없는 것이었다.

숨을 크게 들이마셨다 내뱉으며 그의 체향으로 제 몸을 가득 채운다.

"답답해?"

"조금요."

"조금 더 넓은 집으로 이사 갈까?"

그의 말에서 혜영은 깨달았다. 그가 허락하는 공간은 늘 집 안뿐.

그가 왜 이 좁디좁은 곳에 자신을 두려 하는 것인지는 몰랐으나 혜영은 눈을 감으며 읊조렸다.

"집은 충분히 커요."

❖

혜영은 전화 너머로 들리는 반가운 음성에 미소를 지었다.

[왜 이렇게 전화하기가 힘들어?]

가연은 화를 내고 있었다. 목소리를 높인 것도 아니고, 욕을 한 것도 아니었으나 낮게 내리깐 목소리가 가연의 분노의 크기를 알 게 할 정도였다. 하지만 왜 이렇게 웃음이 나는 것일까. 그의 집으로 들어오고, 그가 바깥출입을 자제해 달라고 한 뒤로 청소와 생활 전반을 봐주시는 아주머니를 제외하곤 참으로 오랜만에 타인과 이야기를 나누는 것이었다. 아주머니마저도 집에 오지 않는 날엔 하루 종일 그를 기다리며 입에 단내가 날 정도로 말 한마디 안 할 정도이니, 이 순간 가연의 목소리가 이토록 반가운 것은 어찌 보면 당연한 일이다.

[너 내 이야기 듣고 있어?!]

결국 가연이 목소리를 높여 화를 내자 혜영이 후후 작게 웃음을 뱉어내며 말했다.

"응, 그냥 어쩌다 보니까 이렇게 됐어."

[후.]

전화 너머로 가느다란 숨소리가 들려왔다. 한숨 소리였다. 안도

의 한숨. 많이 걱정을 했던 것인지 가연은 한동안 잔소리를 늘어
놓았다. 휴대전화는 뭐 하러 가지고 있는 거냐며, 충전도 안 하고
꺼둘 거라면 당장 없애라는 둥. 귀가 따가울 정도로 큰 목소리로
소리를 치는 가연이었지만 혜영은 그 이야기들을 묵묵히 듣고만
있었다.

[너 이렇게 나랑 연 끊을 생각이었어?]

"아니야, 미안해, 가연아."

[내가 걱정할 거란 생각 조금도 안 했냐고.]

"했어. 하지만 할 수 없었어. 미안해, 가연아."

말끝마다 미안해, 미안해, 라고.

그러한 혜영의 반응에 가연은 전의를 상실한 것인지 다시 한 번
깊은 한숨을 내뱉었다. 한 달이 넘는 시간 동안 혜영과 연락이 되
지 않아 걱정으로 나날을 보냈던 자신이 바보 같았다고 생각은 하
면서도 한편으론 어딘가 이상한 혜영이 걱정되었다.

[생활은 괜찮아? 그 못된 사장은 잘해주고?]

"응, 민환 씨가 잘해줘."

자신의 물음에 곧장 답하는 혜영의 말에 가연이 무언가를 알아
차린 듯 짧게 숨을 내뱉는다. 목소리는 평온했지만 분명 날랐다.
눈치 빠른 가연이 그 사실을 모를 리 없었다.

[그럼 보자.]

"안 돼."

[왜?]

"지금은 좀 그래."

혜영이 변명을 찾지 못해 뭉그러뜨렸다. 그러자 가연은 집요하게 요구한다.

[지금 안 되면 주말이라도 보자.]

"가연아……."

결국 혜영의 목소리에 울음이 묻어났다. 그녀라고 오랜 친구가 보고 싶지 않겠는가. 가연은 혜영에게 유일한 친구이자, 마음을 터놓는 유일한 사람이었다. 그리고 매일 홀로 넓은 공간에서 외로움에 몸을 떠는 이 순간, 가장 보고 싶은 이. 혜영은 무릎 사이에 얼굴을 묻으며 흐느꼈다.

[지금이라도 무슨 일인지 솔직히 털어놓으면 숨긴 것 참아줄게.]

"……."

[하지만 지금 말하지 않으면 정말 나 화낼 거야.]

딱딱한 음성으로 읊조리듯 빠르게 하는 말에 혜영은 꺽꺽 숨을 내뱉으며 울음을 쏟아냈다.

"가연아……."

[그래.]

친구의 음성이 조금 부드러워졌다. 아마 내가 말하길 기다리고 있는 것이겠지.

이제껏 그에게 물어볼 용기를 내지 못했던 그녀다. 왜 난 이곳에만 있어야 하나요? 당신이 원하는 건 뭔가요? 세상 사람들에게 날 당당히 말하겠다고 했으면서, 왜, 왜, 난 여기에만 있어야 하나요?

그렇게 묻고 싶었는데, 그랬는데 하지 못했다.

"……나 무서워."

[뭐?]

"물어보고 싶은데 묻지 못하겠어. 물으면……."

그가 어떤 표정을 지을 줄 아니까, 묻질 못하겠어.

[너, 이대로 괜찮은 거야?]

"……."

[응, 혜영아? 너 정말 이대로 괜찮냐고. 네가 원하던 삶이 그런 거야?]

아니, 아니야.

그 말이 목구멍까지 치고 올라왔다.

난, 괜찮지 않았다.

"언제까지 말 안 할 거야?"

"뭐가?"

"언제까지 그림자처럼 숨겨둘 거냐고."

화려한 매장 안엔 반짝이는 드레스로 가득했다. 그리고 그에 맞는 주얼리와 구두, 가방이 놓여 있는 이곳은 청담동에 위치한 복합 샵으로 특별한 이들만 찾는 곳이었다. 평범한 이들이라면 한번 만져 보는 것조차 손이 후들거릴 정도로 엄청난 가격이었지만 민환과 유라는 걸음을 옮기며 설렁설렁 드레스를 고르고 있었다. 검은색 드레스를 한참이나 보던 민환은 옆에서 종알종알 말을 늘어놓는 유라가 마음에 들지 않는다는 듯 미간을 구겼다.

"오늘 도와주기 위해서 온 거 아니야? 더 이상 신경 건드리지 마."

"웃기지 마, 윤민환. 친구가 지금 초등학생보다 더 유치한 짓거리를 하고 있는데 그걸 가만히 지켜보고만 있으라고? 내 양심이 그러지 말라고 지금 소리치고 있어."

뚱한 얼굴로 말한 유라가 민환이 쥐고 있던 드레스를 보며 고개를 저었다.

"그리고 지금 쥐고 있는 그 드레스는 엄청 구리니까 다른 걸 고르도록 해."

명령처럼 말한 유라가 걸음을 옮겨 얼마 떨어지지 않은 곳에 있는 살굿빛 드레스를 쥐었다.

"그래, 이게 혜영 씨에겐 잘 어울리겠어. 살결이 희니까."

그러면서 뒤에 선 샵 매니저에게 이와 어울릴 법한 주얼리와 구두를 가져다 달라고 부탁한 유라는 신중한 얼굴로 드레스를 살펴보고 있는 민환을 보았다.

참 잘났다. 곧게 뻗은 콧날과 붉은 입술은 두말할 필요 없고, 여자보다 더 고운 살결은 한 번쯤은 만져 보고 싶을 정도였다. 유라가 손을 뻗어 민환의 뺨을 만졌다. 그러자 그가 그녀의 손을 잡아 냉정하게 털어내며 말했다.

"이게 무슨 짓이야?"

"한 번 만진다고 닳아?"

"닳아."

"아, 네네. 그러시겠죠."

심드렁하게 내뱉은 유라가 팔짱을 꼈다. 그리고 매니저가 가져온 주얼리 중 진주세트를 들어 요리조리 살펴보았다. 목에 딱 달라붙는 디자인은 목이 긴 사람에게만 어울리는 것이었다. 그리고 윤민환의 여자는 목이 길고, 움푹 파인 쇄골 라인이 아름다운 여자였다.

"내가 한 충고 잊지 마."

민환이 시선만 돌려 유라를 보았다. 그 눈빛이 계속 이야기해 보라는 듯 빛났다.

"요즘 혜영 씨에 대해서 어떤 소문이 도는 줄 알아?"

자신의 말에 표정을 얼음장처럼 굳히는 그의 모습에 유라가 깔깔 웃음을 터뜨렸다.

"아아, 미안. 내가 너무 멍청한 말을 물었네. 당연히 네 귀에도 들어갔을 텐데."

천하의 윤민환이 모를 리가 없지. 간혹 그는 세상 모든 일을 아는 사람처럼 느껴질 때도 있으니까.

속으로 생각하던 유라가 민환의 눈을 보았다. 울렁이는 눈빛이 제법 사납다. 예전에는 늘 세상만사 귀찮다는 얼굴을 하는 그가 이런 표정을 할 때 짜릿한 기분이 들기도 했었다. 하지만 지금은 아니었다. 그가 윤 회장에게 어떠한 짓을 했는지 알기 때문이다. 사이좋은 부자는 아니라 하더라도 어찌 되었든 피를 나눈 사이였다. 그런 사람에게 전부인 회사를 빼앗고 '명예 회장'이라는 허울만 씌워준 그에겐 자비란 없었다. 그래서 이젠 제법 윤민환이란 남자가 무서워지기 시작한 유라였으나 그녀도 만만치 않은 사람이었다.

유라는 입꼬리를 비틀어 조소를 지어 보이며 말했다.

"도원의 황태자가 황좌를 차지하더니 꽤나 미끈한 정부를 집에 들어앉혔다더라."

"······그만해."

"그만하긴 뭘 그만해? 사람들이 이렇게 씹어대는데, 거길 버젓이 데리고 가겠다고? 너 제대로 미쳤어. 아니, 내가 보기엔 그 여자도 제정신이 아니지만."

"차유라, 그만해. 아무리 너라도 화낼 거다."

"화내. 누가 뭐래? 난 네 정신머리가 돌아온다면 더한 독설도 해줄 수 있는데."

"……"

"그 여자, 네 집에만 가둬놓고 있지? 도대체 무슨 생각이야? 너 진짜 미쳤어! 거기에 그냥 있는 그 여자도 미쳤고!"

쾅!

민환이 앞에 있던 거울을 힘껏 찼다. 다행히 깨지지 않았지만 그의 얼굴이 비친 거울은 차라리 깨지는 게 나았을 정도란 생각이 들 정도였다. 그가 무시무시한 표정을 하고 있었다.

움찔 놀란 유라가 한 걸음 뒤로 물러섰다. 그러다 피식 웃음을 내뱉어 버린다.

"너 꽤 절박하구나?"

"……"

방금 전까지만 해도 조소였던 웃음이 어느새 다정하게 변했다. 유라는 바닥으로 향해 있던 손을 들어 민환의 가슴을 쿡쿡 찔렀다. 그럴수록 그의 얼굴은 일그러졌으나 유라는 행동도, 말도 멈추지 않았다.

"내 충고 무시하지 마. 난 네가 행복해지길 바랐지, 그렇게 찌질 해지길 바라진 않았어."

"말 참 예쁘게 한다."

민환이 손을 들어 그녀의 손을 잡아 비틀었다. 순간 유라의 콧잔등에 찡긋 주름이 잡혔으나 이내 사라졌다. 순식간에 표정 관리를 한 유라는 고통을 느끼지 못한다는 듯 아무렇지도 않은 얼굴로 말했다.

"넌 사랑 참 예쁘게 해."

그의 말을 빗대어 말한 유라가 여전히 제 손을 붙잡고 있는 그의 커다란 손을 보았다.

그는 독점욕이 강하다. 그 독점욕이 얼마인지 가늠할 수 없을 정도로 크다. 얼마 전까지만 해도 그와 자신은 참 닮았다고 생각했는데 이젠 아니었다.

그녀는 사랑하는 사람이 다치지 않길 바라 놓아줬다. 가슴에 커다란 구멍이 뚫리는 경험을 하면서도 그녀는 끝끝내 그에게 돌아가지 않았다.

하지만 윤민환은……?

사랑을 망가뜨리는 것은 본인이었다. 그리고 그는 그것을 알면서도 외면하고 더욱더 사랑을 옭아맨다.

그걸 과연…….

"아니, 그걸 사랑이라고 할 수 있니?"

너나 그 여자나.

유라는 그에게 답을 듣지 않고서 거칠게 손을 빼낸 뒤 뒤돌아섰다. 성큼성큼 걸음을 옮기던 그녀는 샵을 나서기 전 끈질기게 따라붙는 시선과 마주했다.

"드레스는 그걸로 해. 주얼리는 진주세트. 부탁 들어줬으니 이만 간다."

"……."

"파티장에 부디 이혜영 씨는 보이질 않길 바라."

난 그 여자가 상처받길 원치 않으니까.

"정말 가야 해요? 전 별로 가고 싶지 않은데……."

혜영은 거울 속 자신의 모습을 보며 웅얼거리듯 말했다. 몇 달 만의 외출이었지만 그래도 기쁘지 않은 것은 자신이 입고 있는 옷이 지나치게 화려한 것과 전문가의 손길이 닿아 있는 화장과 머리가 낯설기 때문이다. 어디 그뿐이랴. 곧 그녀가 가야 하는 곳은 대한민국에서 각기 분야에서 손꼽히는 이들만 참석한다는 자선바자회였다. 나오는 물건이 수억에 달하고, 세상에서 어느 날 감쪽같이 사라졌던 진귀한 물건이 나오기도 하는 곳.

그녀도 민환의 비서로 몇 번 참석한 적이 있었으나 오늘은 달랐다. 오늘은 그의 여자로서 참석하게 될 것이다.

예전엔 그에게 사랑한다는 말을 듣고, 그의 여자로서 있길 원했던 적도 있었다. 하지만 그 바람이 이루어진 이 순간, 나 왜 두려운 것일까.

혜영이 눈을 끔뻑이며 거울 속 그를 보았다. 고리를 풀어 자신의 목에 진주목걸이를 걸어준 그는 허리를 숙여 새하얀 목덜미에 입을 맞추었다. 혜영의 속눈썹이 파르르 떨렸다.

"이렇게 아름다운데 왜?"

"그냥, 조금 무서워서요."

"뭐가?"

그의 물음에 혜영은 입을 굳게 다물었다.

성에 갇힌 난, 아무것도 모르잖아요.

그렇게 말하고 싶었으나 혜영은 애써 고개를 저으며 자리에서 일어났다. 허리서부터 길게 퍼지는 드레스는 발목까지 가리는 것이었다. 그녀의 살결 대부분을 가리는 것이었지만 색상 때문일까, 아니면 움직일 때마다 하늘하늘한 재질의 옷이 몸에 달라붙어 은근슬쩍 보여주는 라인 때문일까. 오늘의 혜영은 너무나 예뻤다.

"고집불통이지만 안목은 여전히 쓸 만하네."

그 모습을 보던 민환이 만족스레 읊조렸다. 작은 목소리로 말했지만 혜영이 듣지 못할 정도는 아니어서 그녀가 곧이어 작게 '네?' 라고 되물었다. 이에 그는 늘 그랬던 것처럼 입술을 크게 늘어뜨리며 오만하게 웃는다.

"아니야."

짧게 답한 그가 혜영을 향해 손을 뻗었다.

"그럼 가볼까?"

오늘 이 자리에 나가면 이제 완벽히 그의 여자가 되겠지.

그것이 못내 무서웠다.

턱을 힘껏 들어야 보이는 화려한 샹들리에와 천장에 수놓아진 화려한 벽화. 깔끔한 차림의 웨이트리스들이 쟁반에 샴페인 잔을 들고 사람들 사이를 요리조리 다니고 있고, 일부 선택된 사람들 사이로 흐르는 것은 밝고 경쾌한 클래식이다.

마치 별세상 같은 그곳에서 혜영은 여러 사람들의 인사를 받으며 웃음 짓고 있었다. 하지만 그녀의 거짓된 웃음만큼이나 그들이 혜영에게 건네는 말은 하나같이 예의 차린 입에 발린 말들.

"오, 윤 사장님의 소문의 피앙세시군요. 아름답습니다."

"감사합니다."

"윤 사장님이 혜영 양을 너무도 사랑해서 꽁꽁 숨겨놓고 있다는 소문이 파다한데, 귀한 얼굴을 보아 영광입니다."

칭찬 속에 섞인 말은 조소.

숨겨놓은 정부를 드디어 사람들 앞에 공개하는 그의 용기를 가상하게 여기는 것처럼 들렸다.

내가 너무 배배 꼬인 것인가? 혜영은 어느새 사업상의 이야기로 넘어간 대화를 한 귀로 듣고 한 귀로 흘리며 그리 생각했다. 내가 당당하지 못해 그의 옆에 서 있는 순간 발가락이 오므라들 정도로 부끄러운 것이라며.

혜영은 한참이고 자신은 그림자 취급하며 이야기를 나누는 사람들을 바라보다가 틈을 찾아 기어들어 가는 목소리로 말했다.

"잠시 실례 좀 할게요."

이런 자리에서 실례를 한다는 말은 화장실을 다녀온다는 말이었기에 민환은 별 뜻 없이 고개를 끄덕였다. 그들에게 점점 멀어지며 자신의 뒤를 따라붙는 시선에 혜영이 눈을 질끈 감았다. 하지만 걸음을 멈추지 않는다.

"저 여자야?"

귀를 막는다.

"진짜 낯짝도 두껍다."

생각을 멈춘다.

"그러게, 어떻게 여길 나타날 생각을 한대. 다른 여자들이랑 다르긴 하다."

감정을 죽인다.

빠르게 걸음을 옮겨 테라스로 향했다.

기다란 문을 열고 나오자마자 훅 닥치는 바람에 혜영이 숨을 몰아쉬었다.

"헉, 헉."

언제 숨을 멈추고 있었던 것일까.

언제 얼굴이 이렇게 붉어진 것일까.

모든 감각을 상실해 버린 사람처럼 멍하니 걸음을 옮겨 난간을 붙잡은 혜영은 허리를 숙이고 머릿속에 가득 찬 나쁜 생각들을 밀어냈다.

이러한 눈길을 받을 줄은 미리 알고 있었다.

사장과 비서.

안 좋은 망상을 펼치기엔 좋은 포지션이지 않은가.

그리고 그녀 또한 다른 회사의 모 비서와 사장이 연인 관계가 되었다고 했을 땐 좋지 않은 시선으로 바라보던 평범한 사람이었다.

"평범한 사람……."

자신의 생각 중 한 자락을 입 밖으로 내뱉은 혜영이 입술을 비틀어 웃었다.

"난 이제 아니네……."

그래, 윤민환의 여자가 된 순간 그녀는 평범과는 멀어졌다.

비식비식, 잇새로 흘러나오는 웃음을 연신 흘리던 혜영이 고개를 숙여 아름다운 야경을 뽐내는 평범한 이들이 살아가고 있는 세상을 보고 있을 때였다.

"여기서 뭐 해요? 쥐새끼처럼."

갑자기 뒤에서 들려온 목소리에 화들짝 놀라 몸을 돌린 혜영은 그곳에서 팔짱을 끼고 서 있는 유라의 모습에 얼굴을 붉혔다. 상처받은 혜영의 얼굴을 본 유라가 작게 읊조렸다.

"하여튼 윤민환, 사람 말이라면 지독히도 안 듣지."

하지만 그 소린 혜영의 귀엔 닿지 않았다.

"차유라 씨……?"

사람들의 비난 수위가 왜 이리 높나 했더니, 그의 전 약혼녀가 이 자리에 참석을 했기 때문이었다. 이 사실을 그도 알고 있었을 텐데, 민환은 왜 한마디도 해주지 않은 것일까. 그가 상대의 심정 따윈 생각해 주지 않는 사람이란 것은 잘 알고 있었음에도 못내 서운하고, 못내 슬퍼 그녀의 안색이 더욱 어두워졌다.

"잠시 바람 좀……."

"바람 쐬긴. 뒤에서 씹어대는 것들 피해왔으면서. 솔직하지 못한 여자는 귀엽지 않아요."

유라가 무표정한 얼굴로 읊조린 후 걸음을 옮긴다. 유라는 자신의 곁에 서 방금 전까지 자신이 보던 곳을 바라보며 말했다.

"여기 뭘 봤어요? 아주 뚫어지게 보던데. 별것도 없구만."

마치 예전부터 아는 사이처럼 친숙하게 말을 거는 모습에 혜영이 파르르 떨리는 입술을 깨물었다. 하얗게 질린 입술은 곧 피라도 터져 나올 것 같았다. 그녀의 심장처럼. 연신 중얼중얼거리는 유라를 보던 혜영이 시선을 내리깔았다. 화려하게 칠해진 유라의 손톱을 보던 혜영이 멍하니 읊조렸다.

"미안…… 해요."

네일이 되어 있는 손톱엔 큐빅이 박혀 있었다. 반짝반짝 빛나는 손의 주인처럼.

그래, 이런 사람이 자신보단 민환과 더 어울렸다. 저 속에서 자신의 이야기를 하는 사람에게 당당하게 말할 수 있는 그녀가. 자신은 늘 비겁하게 숨고, 고요한 마음을 유지하려 늘 애쓰며, 자신은 평범한 인간이라 어쩔 수 없다 변명을 늘어놓고, 그에게 속에 있는 말 한마디 제대로 하지 못하는 자신과는 달리.

갑작스런 혜영의 말에 유라가 눈을 크게 떴다.

"뭐가요? 아아, 약혼 때문에 그런 말 하는 거예요?"

"……."

침묵으로 긍정을 표현하는 혜영의 모습에 유라가 작게 웃음을 흘렸다. 그러다 이내 몸을 돌려 혜영과 마주 서며 말했다.

"미안하지만 그 문제는 혜영 씨가 제게 미안해할 문젠 아니에요. 민환이가 미안해야 할 일이지."

그를 이름으로 부르는 여자.

오래된 사진 속에 활짝 웃으며 친근하게 팔짱을 끼고 있던 여자.

"그런 표정 하지 말아요. 내게 질투해 봤자 쓸모가 없으니까."

마치 혜영의 속을 꿰뚫어 본 사람처럼 유라가 망설임 없이 말했다. 아래를 향해 있던 고개가 위로 퍼뜩 올라갔다. 풍랑을 만나 거친 바다처럼 흔들리는 시선과 곧고 흔들림 없는 시선이 만난다.

"혜영 씨, 그거 알아요? 지금 사람들이 주위에서 뭐라고 쑥덕거리는지. 아, 표정 보니 알고 있나 보네요.”

“……네.”

망설이던 혜영이 짧게 답했다. 그러자 유라는 말하기 쉽겠다는 듯 피식 웃음을 내뱉더니 손을 뻗어 혜영의 어깨를 감싸 쥐었다. 손엔 힘이 들어가 있지 않았으나 어깨가 아래로 뚝 떨어지는 기분이 들었다.

“윤민환의 손에 놀아나지 말아요. 그 사람이 가져다주는 돈만으로 살아가는 건 제가 보기엔 좀 그래요. 그건 연인이라기보단 정부 같아요. 이 세계엔 그런 관계, 참 흔하거든요.”

“…….”

“내가 보기에 혜영 씬 안 그럴 사람처럼 보였는데…… 조금 실망이랄까?”

역시 그녀는 날 미워하는 것일까.

끔찍한 말로 자신을 상처 주는 것을 보면.

정부.

그녀의 말은 하등 틀린 것이 없었다.

지금 이 상황에선 모두 옳은 말이었다.

“당신에게 상처 주기 위해서 이런 말을 하는 게 아니에요. 난 요즘 민환이의 변화가 꽤 좋거든요. 치열한 표정을 하기도 하고. 그런데 당신이 그렇게 안주해 버리면 싫단 말이에요. 민환인 당신 때문에 윤 회장님과 매일 신경전에 전투를 치르고 있는데, 당신은 아무것도 모른 척 고고한 공주님처럼 굴고. 그건 정말 별로란 말이에요."

그러면서 어깨에 올려져 있던 손을 움직여 작게 토닥여 주는 유라는 곤란하다는 듯 눈살을 찌푸렸다. 혜영의 얼굴은 온통 상처였다.

"기본적으로 난 당신을 응원해요."

위로를 건네던 손이 아래로 향했다. 그리고 방금 전까지 다정함을 품고 있던 눈동자는 이내 사나워진다. 유라는 온몸으로 그녀에게 말하고 있었다.

"하지만 계속 이런 모습이라면 너무 실망할 것 같아요."

"……제 모습이 어떤가요?"

이제껏 굳게 닫혀 있던 혜영의 입술이 달싹였다. 하지만 말을 끝내는 순간부터 유라의 답을 알고 있다는 듯 겁에 질려 파르르 떨린다. 손을 들어 입을 감싼 혜영이 힘겨운 숨을 토해낸다. 안쓰러운 모습이었지만 유라는 제 생각을 솔직히 말했다.

"봐요. 지금 주위 사람들의 눈빛. 당신을 싸구려 창녀로 보는 것 같지 않아요?"

독한 말을 듣자 오히려 혜영은 방금 전까지의 표정을 지우고 유라를 보았다. 그녀가 자신의 상사나 잘 보여야 하는 대상은 아니었으나 속으로 감정을 억누르며 표정을 갈무리했다. 다른 이들이 보기엔 아무렇지도 않은 표정. 혜영이 만들어낸 표정으로 자신을 보자 유라는 피식 웃음을 터뜨렸다.

"그 표정 귀여워요."

"차유라 씨……."

"당신은 이곳과 어울리지 않아요. 왜 민환이가 당신을 시험하려 했는지 알 것 같네요."

자신의 감정 하나 숨기지 못하는 사람.

상처받은 것을 솔직히 온몸으로 표현하는 사람.

그러고도 상처 준 이들에게 한마디도 못하는 병신.

이혜영은 그런 사람이었다. 평범한 세계에서 남들의 눈치를 보며 살아온 사람. 그런 사람이 하루아침에 여왕이 되었다 하더라도 남들을 마구 부려먹을 수는 없는 노릇이었다.

그런 사람이었다, 이혜영은.

신데렐라가 능력 좋고 돈 많은 남자를 만나 성으로 들어와 여왕이 된 것처럼. 하지만 신데렐라는 과연 예전의 근성을 모두 버리고 사람들 위에 당당히 설 수 있었을까. 그러지 못했을 것이다. 지금의 이혜영처럼.

그녀는 윤민환의 사랑을 받고 있었으나, 그와 같은 선상에 서진 못했다. 그건 그 누구라도 그럴 것이다. 그냥 평범한 중산층의 사람들도 그러지 못할진대, 그녀가 가능할 리 없었다.

"당신은 똑똑한 여자예요. 자신의 주제를 잘 알고 있어요. 그런데도 그대로 행동하지 못하는 건 민환이 때문이죠? 민환이에게 미움을 받을까 봐."

움찔, 혜영의 턱 근육이 움직였다. 정곡이었다.

"표정 보니까 맞네? 역시."

"차유라 씨, 말이 심해요. 물론 제가 당신에게 잘못은 저질렀지만……."

혜영이 말을 끝맺기도 전이었다. 그녀의 모습을 가만히 보던 유라가 얼음장처럼 차가운 표정으로 혜영에게 일갈한 것은.

"그런 여자, 매력 없어."

그 표정은 민환과 꼭 닮아 있어 혜영은 아무런 답도 하지 못했다.

"요즘 도원이 건설 쪽까지 탐을 내고 있다는 이야기가 있습니다."

성우건설 김정우 이사의 말에 민환은 들고 있던 샴페인 잔에 입술을 댔다. 이 남자가 지금 자신에게 원하는 말이 무엇인지는 잘 알고 있었다. 하지만 민환은 부러 아무것도 모르는 척 진중한 목소리로 말했다.

"건설까진 손을 댈 생각은 없습니다. 만약 사업을 확장한다면 신재생에너지 쪽을 생각하고 있습니다."

"아직 그쪽은 수익을 내기엔 무리가 있지 않나요? 요즘 안팎으로 도원의 위기설이 돌고 있는데……."

"성우건설도 요즘 많이 힘들다는 이야기가 소문에 파다합니다."

"……."

정우의 안색이 파리하게 변했다. 이미 시장에 파다한 사실을 입으로 다시 한 번 언급해 줬을 뿐인데, 그는 꽤나 충격을 받은 얼굴이었다. 그래, 동아줄을 내려주리라 생각했던 사람이 이러한 말을 꺼내는데 어찌 좌절하지 않을 수가 있겠는가. 그가 어떠한 말도 하지 못한 채 우물쭈물거리고 있을 때였다.

"건설 시장이 죽으면서 성우도 같이 힘들어지는 것은 당연하죠. 도원도 직접 건설 쪽에 나설 생각은 없으나, 앞으로 있을 진행될 사업에서 함께 일할 곳을 구하고 있기는 합니다."

역시나.

그의 말에 곧바로 표정이 환하게 변하는 정우의 모습에 그가 속으로 웃음을 삼켰다.

사업가는 자신의 마음을 잘 숨길 줄 알아야 한다. 자신이 원하는 것을 상대에게 들키는 순간 자신의 패를 모두 내보인 채 포커를 치는 것과 같았다. 아직 성우의 어린 아들은 사업을 하기엔 부족한 점이 많았다. 그리고 보면 건설 쪽의 경기가 좋지 않는 것과 무관하게 능력 없는 아들이 재벌 2세랍시고 회사에서 업무를 보기 시작하면서 회사가 급격히 기울기 시작했다. 민환과는 상관없는 일이었다. 아니, 오히려 도움이 될 것이다. 그를 잘 주무르기만 한다면 앞으론 현 시세보다 값싸게 사업을 이어나갈 수 있을 테니까.

정우가 계속 말을 이어 사업에 대한 이야기를 구체화하려고 할 때였다. 이젠 빠져야 할 때란 것을 알았기에 민환은 지나가던 웨이트리스의 쟁반 위에 샴페인 잔을 내려놓으며 말했다.

"전 파트너를 찾으러 가봐야겠습니다."

"아름다운 분이더군요. 걱정이 많으시겠습니다."

아쉬운 기색이 가득한 얼굴로 말하는 정우의 모습에 그가 입술을 비틀었다.

"걱정이 많지요. 날파리가 꼬이면 어쩌나, 하고요."

고개를 까딱인 민환이 서둘러 걸음을 옮겼다. 그녀가 자리를 비운 지 한 시간이란 시간이 흘렀다. 잠시 실례를 한다고 한 것치곤 아주 긴 시간이었다. 걸음을 옮겨 뒤에서 대기하고 있던 기영에게 다가간 그가 물었다.

"어디 있지?"

"테라스에 계십니다."

"언제부터?"

"족히 한 시간은 됐습니다. 차유라 씨와 이야기를 나눈 후로 계속 안 나오고 계십니다."

얼마 전까지 부하직원이었던 그녀를 깍듯하게 존칭으로 말한 기영이 입을 닫았다. 더 할 말이 남아 있었으나 예사롭지 않은 민환의 눈빛 때문이었다. 눈동자 속에서 울렁이는 분노는 곧 밖으로 쏟아 나올 것 같았다.

"내가 분명 경고했는데."

그가 이를 악물며 읊조렸다. 화가 가득한 목소리였다. 누굴 향한 것인지는 몰랐으나.

"네?"

기영이 깜짝 놀라 되묻자 그는 가볍게 고개를 내저었다. 그리고 곧장 테라스로 걸음을 옮긴다. 유라와 무슨 이야기를 나누었는지 뻔히 예상이 되었기에, 그의 걸음은 방금 전보다 더 성급하고 바빴다.

테라스로 향한 민환의 걸음이 멈췄다. 마치 하나의 덩어리처럼 엉덩이가 더러워지는 것도 모른 채 바닥에 주저앉아 잔뜩 몸을 웅크리고 있는 인영이 보였다. 이혜영, 그녀였다. 얼굴을 온통 가리고 있어 어떤 표정을 짓고 있는지는 몰랐으나 상황만 보고서라면 울음을 터뜨리고 있는 것은 아닐까, 생각이 되었다.

"뭐 하고 있는 거야."

"……."

하지만 그의 목소리는 다정하지 않다. 그래서일까, 평소의 혜영이라면 고개를 들고 그에게 거짓 웃음이라도 지어주었겠지만 지금은 아니었다. 그의 말을 들은 것이 분명한데도 그녀는 꼼짝하지 않았다.

"이혜영."

고저 없는 목소리로 자신의 이름이 불리고 나서야 혜영이 고개를 들었다. 그녀는 그의 예상과 달리 울고 있지 않았다. 새하얗게 질린 얼굴일 뿐. 평소 그의 집에서 있을 때와 같은 얼굴이었다. 하지만 그는 알고 있었다. 그녀가 속으로 감정을 억누르고 참고 있다는 것을.

뚜벅뚜벅.

유난히 그의 걸음 소리가 크게 들리는 것은 이 넓은 공간에 단두 사람만이 있기 때문일 것이다. 그녀의 앞에 걸음을 멈춘 민환이 손을 뻗었다.

"잡아."

"……."

"일어나."

명령처럼 말하는 그를 멀뚱히 올려다보던 혜영이 입술을 크게 늘어뜨려 웃었다. 이번 웃음은 진심이었다. 하지만 기쁨에 짓는 웃음이 아니었다. 모든 것을 갉아 먹혀 텅 비어버린 웃음. 진심이었으나 진심이 아니다. 그 오묘한 경계에 있었다.

"민환 씨."

"일어나라고."

"난 말이에요……."

그가 허공에서 손을 흔들며 독촉했지만 혜영의 눈엔 그것이 보이지 않는지 천천히 운을 뗐다. 흐린 목소리 속에 담긴 것은 방황이 아니었다. 예전이라면 확신 없이 굴었을 그녀였지만 지금은 웬일일까. 그녀의 눈빛이 빛을 되찾기 시작한다.

"많은 생각을 했어요."

"뭘."

"당신에게 나란 존재는 어느 정도일까. 당신의 마음에 내 크기는 어느 정도일까."

목소리는 작았지만 발음은 또박또박했다. 말을 할수록 그 말에 대한 확신이 드는 것인지 눈빛은 예전처럼 생기를 되찾고, 목소리는 점차 커져 간다.

혜영은 고개를 한껏 들어 민환을 보았다. 뒷목이 뻐근할 지경이었다. 아팠다. 이 각도에서 보니, 이 거리의 차이가 그와 자신의 차이인 것만 같아서.

"그렇게 생각했을 때 난 당신의 곁에 있기로 했어요. 알거든요. 당신의 곁에서 7년을 함께했잖아요. 당신이 유흥을 즐기기 위해 날 안는 것도, 단순히 욕망 속에 사로잡혀 날 곁에 둘 사람이 아니란 것쯤은 알아요. 그런데 말이에요……."

"이혜영, 그만해."

"반대로 나의 경우엔 어떨까 생각해 보았어요. 사랑이 전부인

곳에서 행복하게 살 수 있을까."

"그만하라고!"

그가 거칠게 소리쳤다. 힘껏 목소리를 높이는 모습은 처음 보는
것이었다.

그가 자신을 사랑한다는 것쯤은 알았다. 하지만 사랑의 형태
가 사람마다 다르듯, 그의 사랑이 예쁜 핑크색이 아닌 잿빛이라
는 것을 깨달았을 땐 행복했던 마음이 그 색을 따라 조금씩 죽어
갔다. 남들이 보기에 그의 '사랑'은 '집착'이라 표현할지 모른
다.

"처음엔 그럴 수 있을 줄 알았는데 지금은 아니에요."

그녀의 말이 이어질수록 민환의 호흡이 거칠어지기 시작한다.
휘몰아친 감정만큼이나 복잡한 그의 표정에 그녀는 눈물이 비어
져 나올 것만 같았다.

"당신과 난 살아온 과정이 너무 달라서……. 지금은 당신 곁에
있기가 힘들어요. 당신만이 존재하는 세상 속에서 살기에 난, 너
무 평범한 사람……."

혜영의 말이 끝나기도 전이었다. 혜영에게 팔을 뻗어 힘껏 그녀
를 일으켜 세운 그가 잠시의 틈도 주지 않고 거칠게 입을 맞췄다.
허리를 힘껏 붙잡고, 아플 정도로 턱을 눌러 입을 벌리게 한 그는
잔혹한 포식자처럼 혜영의 입속을 휘젓고 그녀의 정신을 앗아가
버렸다.

입안이 얼얼하게 아파왔다. 폭력에 가까운 스킨십. 그의 화가 얼마나 큰지 알 수 있었다.

"윽."

치열을 고르게 훑고, 혀를 옭아매던 달콤한 입맞춤이 순간 고통으로 변하자 혜영이 그의 가슴을 힘껏 밀어냈다. 턱을 타고 피가 흐르는 것이 느껴졌다. 놀란 눈으로 민환을 보던 혜영이 희미하게 웃었다. 그는 표정 변화 하나 없이 야차처럼 서 있었다. 마치 잘 빚어놓은 인형처럼 서 있는 그의 모습을 보자 계속 웃음이 났다.

손을 들어 피를 닦아낸 혜영이 애원했다.

"놓아주세요."

제발, 날, 놓아줘요.

혜영은 텅 빈 집 안을 눈으로 훑었다.

그날 이후 바뀐 것은 없었다. 아니, 바뀐 자신의 마음을 제외한 나머지는 그대로였다. 자신은 여전히 그의 집에 있었고, 스스로 문을 열고 밖으로 뛰쳐나갈 수 있었으나 그러지 않았다. 그의 마음이 가라앉길 기다렸다. 그가 자신만의 사랑을 하는 것이 아닌, 자신의 사랑 또한 봐주길 바랐다.

이혜영이 바라는 사랑. 그것은 아주 평범한 것이었다. 사랑하는 사람과 결혼해 그를 닮은 아이를 낳고 같이 늙어가는 것. 하지만 그는 이해해 주지 않았다.

"망가뜨릴 거야, 당신이 내 곁을 떠나는 순간."

"……."

"다신 일어설 수 없도록 철저히 부셔주지."

분노가 가득한 음성이 아직도 귓가를 맴돈다. 협박처럼 말한 그것이 무서워 그의 곁에 남은 것은 아니었다. 그가 안쓰러워서. 그냥 이대로 그를 놓아두고 가면 이 휑한 공간에 그 혼자 남을 것 같아서.

천천히 걸음을 옮긴 혜영은 소파 위에 무릎을 꿇어 앉았다. 고개를 들어 눈을 감은 그녀의 입에서 깊은 한숨이 흘러나왔다.

시간이 흐를수록 제 마음은 확고해져만 가는데, 그는 변하지 않는다.

이를 어쩌면 좋을까…….

"이대로 도망가야 하는 걸까."

그녀가 자신도 모르게 제 생각을 내뱉을 때였다.

"도망가게 내버려 둘 것 같아?"

고저 없는 목소리가 들려온 것은.

퍼뜩 눈을 뜨고 자리에서 일어난 혜영이 당황한 기색이 역력한 얼굴로 입술을 달싹였다.

"언제 왔……."

"난 분명히 말했어. 이 집을 나서는 순간 당신이 어떻게 될지."

"……."

"걸음을 옮길 수 없을 정도로 거칠게 안아주지. 몸도 마음도 내 곁에 있지 않고는 견딜 수 없게 만들어줄 거야. 당신을 위해 억누르고 있던 것들 따위 무시하고 안아주지. ……그래도 괜찮겠어?"

"……민환 씨."

그를 부르는 목소리가 떨린다. 생각하고 싶지도 않은 것을 입 밖에 내뱉어야 하는 이 순간, 그리고 그의 답이 예상되는 이 순간, 그녀는 동요하고 있었다. 아니, 아파하고 있었다.

"당신은…… 날 사랑하나요?"

사랑하면서 어떻게 그런 말을 할 수가 있나요?

하지만 묻지 않을 수가 없었다. 그래서 혜영은 물었다. 그리고 순간 그의 입술에 비릿한 웃음이 지어지자 그녀의 얼굴이 절망으로 물들었다.

"가지고 싶어. 이걸 사랑이라고 한다면 사랑이겠지."

나에게…… 사랑한다고 했었잖아요. 그 말도 거짓이었나요?

혜영의 눈가에 눈물이 차오른다.

"당신이 말하는 사랑은 신기루 같은 것이야. 형체가 없어서 손에 잡을 수가 없겠지. 서로를 속박할 수 있는 혼인신고서? 그것이 사랑의 끝이라 생각해? 웃기지 마. 이혼하면 남남이야. 그걸 사랑의 끝이라 할 수 있어?"

시니컬하게 말하는 그의 모습에 혜영이 일그러졌다. 슬픔 때문이었다. 그가 말하는 것 때문에 상처받은 것이 아닌, 아무것도 모른 채 당당하게 말하는 그의 모습이 안쓰러워 슬펐다.

당신은 날 사랑하는 거예요.

그렇게 말하고 싶었다.

당신이 하고 있는 것은 신기루 같은 그 사랑이라고요.

그렇게 소리치고 싶었다.

하지만 혜영은 아무런 말도 할 수가 없었다.

"그런 것치고 난 아주 솔직하잖아. 가지고 싶어. 당신을 늘 품에 안고 싶어."

"……."

넥타이를 끄른 그가 혜영에게 다가왔다. 그리고 어정쩡하게 서 있는 혜영의 뺨을 붙잡은 그가 비스듬히 턱을 기울이며 입을 맞춰온다.

키스는 짠맛이 났다.

그의 사랑도 그렇게 참 짰다.

온몸이 얼얼하게 아팠다.

새벽녘, 그녀가 졸도하듯 잠이 든 지 30분 만에 스르르 눈을 떴다.

"아……."

아파서 잠이 들 수가 없었다.

몸도, 마음도 아파서.

혜영은 눈을 뜨자마자 보이는 민환의 모습을 시야에 담았다. 그는 곤히 잠들어 있었다. 몇 번이고 그녀를 거칠게 안았으니 그럴 법도 했다.

"난…… 평범한 사람이에요."

속삭이듯 작은 목소리로 말한 혜영이 손을 뻗어 민환의 뺨을 쓰다듬었다. 그의 체온은 보통의 사람들보다 낮다. 그 차가움마저 혜영은 사랑했다. 그래서 용기내서 그의 품에 뛰어들었다. 그런 결과가 이것이라니.

혜영이 어설프게 웃었다.

"그럼 당신이 말하는 그 신기루 같은 사랑을 내가 하고 있는 거겠죠."

이 이야기를 들려주고 싶은 사람은 깊은 잠에 들었다. 하지만 그녀 혼자 잠 못 들 밤을 보내며 한참이고 그의 얼굴을 쓰다듬었다. 그리고 그가 일어날 무렵, 스스로 문을 열고 성을 빠져나갔다.

❖

"이혜영."

민환은 잠에서 깨어나자마자 텅 비어 있는 자신의 옆자리를 보았다. 손을 뻗어 시트를 만지자 차갑게 식어 있다. 그녀가 도망간 지 오랜 시간이 흘렀다는 뜻이었다.

자리에서 벌떡 일어난 그는 뻥 뚫려 있는 집 안 여기저기를 돌아다니며 혜영의 그림자를 찾았다. 화장실 문을 열어보기도 했고, 옷 방문을 열어보기도 했다. 하지만 그 어느 곳에서도 혜영을 찾지 못했다. 그의 얼굴이 일그러졌다.

"젠장!"

그는 옷장에 그대로 걸려 있는 혜영의 옷을 보았다. 한쪽엔 그녀를 위해 구입한 백들이 나란히 놓여 있고, 바닥엔 힐들이 정렬을 맞춰 늘어서 있었다.

저것들은 그가 그녀를 위해 사준 것들이었다. 그녀는 원치 않았지만 그녀에게 억지로 안긴 것들.

"……."

그녀는 이곳에서 아무것도 가지고 나가질 않았다.

"뭘 어쩌라는 거야."

그가 작게 읊조렸다.

그는 그녀가 가지고 싶었다. 처음 본 순간부터. 그래서 공을 들여 그녀가 자신의 곁으로 올 수 있도록 노력을 기울였다. 7년이란 시간은 결코 짧지 않았다. 하지만 그는 묵묵히 기다렸고, 결국 그녀를 손에 넣을 수가 있었다.

그런 그녀가 이젠 자신을 떠나려 한다.

"이혜영, 도대체 뭘 어쩌라는 거냐고!"

어떻게 해야 할까……

정말 그녀를 망가뜨리긴 싫은데.

몇 달 만에 돌아온 집엔 먼지가 수북하게 쌓여 있었다. 아직 그가 처분하지 않아 다행이라 생각하며 혜영은 걸레부터 집어 들었다. 집 안 곳곳을 깨끗이 닦아냈다. 쌓였던 먼지가 걷어지고 그 대신 하얀 걸레가 더럽혀졌다.

걸레를 멀뚱히 보던 혜영이 미소 지었다.

"이렇게 깨끗이 닦을 수 있다면 얼마나 좋을까."

잿빛 마음에 시야가 흐려졌다. 그제야 그녀의 눈에서 뜨거운 눈물이 흘러내린다.

"흐으……"

참으로 오래 참았다. 그에게 사랑받고 싶어서. 그의 심기를 건드리고 싶지 않아서.

참고 또 참고 참았던 시간이었다. 그 커다란 집을 그녀의 물건으로 채우고 싶었었다. 하지만 그녀가 그곳에 남기고 온 것은 그가 자신을 바꾸려 사들인 것들뿐이었다.

민환은 자신이 그의 세계에만 있길 바랐다. 하지만 그녀는 그렇게 할 수가 없었다. 노력해 보았지만 안 됐다. 자신의 모든 것을 걸고라도 그의 곁에 있고 싶었는데 그렇게 하질 못했다.

한참이고 더러워진 걸레를 보던 혜영은 다시 청소를 시작했다. 구석구석 깨끗이 닦아내고 더러워진 걸레는 깨끗이 빨았다.

집은 점차 예전의 모습을 되찾아갔지만 그 집의 주인인 그녀만큼은 그렇지 못했다. 아무것도 하지 않은 채 손 놓고 싶지 않아 청소를 시작했지만 그 사실만 통감했을 뿐이었다.

"후."

한숨을 내뱉은 혜영은 열어둔 창문으로 향했다. 창을 닫으려 손을 뻗던 그녀는 집 앞에 세워져 있는 익숙한 차에 행동을 멈췄다. 차에 비스듬히 기댄 채 민환이 그녀를 올려다보고 있었다.

"……."

그는 자신이 말한 대로 자신을 망가뜨리려 이곳까지 온 것일까. 아니, 아니다. 그런 것이라면 진즉에 집으로 찾아왔겠지. 정말 모를 일이다. 그는 왜 이곳까지 찾아오고서도 자신을 끌어 내리지 않는 것일까.

한참 두 사람은 시선을 맞추고 있었다. 아니, 먼 거리에 있었기에 서로 시선이 맞았는지는 모르나 그런 느낌이 들었다.

혜영이 말없이 그의 얼굴을 빤히 쳐다볼 때였다. 주머니에 손을 넣은 그가 휴대전화를 꺼내 전화를 걸었다. 그러자 창가에 올려두었던 휴대전화가 울렸다.

웅웅—

진동 소리를 한참 듣고 있던 혜영이 손을 뻗어 조심스럽게 전화를 받았다. 하지만 그 흔한 인사를 하지도 않은 채 입을 꾹 다물고 있었다.

조금의 침묵이 흘렀고, 곧 민환의 목소리가 들려왔다.

[올라가도 될까.]

그가 물었다. 평소라면 아무렇게나 자신이 원하는 대로 했을 그가. 그래서 그녀는 조금은 들뜬 마음으로 물었다. 그가 드디어 자신도 봐주는 것일까, 라는 생각에.

"왜요?"

[할 이야기가 있어.]

그의 답은 짧고 간결했다. 그래, 두 사람은 이야기를 해야 했다. 일방적인 그녀의 도망이었을 뿐. 관계의 정리는 필요하다. 스스로 그 성을 뛰쳐나온 순간부터 어느 정도 예상하고 있는 수순이었지만, 이렇게 빠를 줄 몰라 조금 당황했을 뿐.

혜영은 여전히 민환에서 시선을 거두지 않은 채 짧게 답했다.

"좋아요."

문을 열자 깔끔한 슈트 차림의 민환이 서 있었다. 그는 잠시 혜영의 얼굴을 살핀 후 고저 없는 목소리로 물었다.

"들어가지도 못하게 할 거야?"

"들어오세요."

혜영이 약간의 틈을 만들어주자 그는 걸음을 옮겨 집 안으로 발을 들였다. 신발을 벗고 좁은 공간 안으로 들어간 그는 작은 소파에 엉덩이를 붙이고 앉았다. 그러자 혜영은 부엌에서 잔 하나를 들고 와 그의 앞에 내밀었다.

"미안해요. 아무것도 없네요."

그녀가 내온 것은 냉수였다. 하지만 지금 이 순간 그에게 가장 필요하기도 한 것. 그는 짧게 고개를 끄덕인 후 물을 마셨다.

달그락.

컵을 테이블 위에 올려놓은 그는 숨을 고른 후 천천히 입술을 뗐다.

"생각할 시간이 필요한 거야?"

"뭐가요?"

혜영이 물었다. 그러자 그는 짧은 틈도 없이 곧바로 말을 내뱉었다.

"당신이 내 곁을 떠나겠다고 한 말, 난 받아들일 수 없어."

"그리고 지금 제가 당신의 집을 떠난 것도 받아들일 수 없겠죠."

"……."

그의 눈빛이 누그러졌다. 그의 얼굴을 빤히 보던 혜영이 한숨처럼 말했다.

"전 더 이상 당신의 뜻대로 있지 않을 거예요. 인형처럼 당신의 곁에 있지 않기로 다짐했으니까."

"……."

"우린 함께 있을 수 없어요. 전 앞으로도 당신에게서 계속 벗어나려 할 거고, 그럴 때마다 당신은 나에게 화를 내겠죠."

그가 원하는 것을 이젠 들어주지 않을 참이었다. 예전처럼 평범하게 다시 직장을 구할 것이고, 바쁘게 생활하고 싶었다. 만약 그녀가 조금 더 어린 나이였다면 일을 한다는 것에 큰 의의를 두진 않았겠지만 지금은 달랐다. 그저 시간을 죽이며 지낼 수 없었다. 일에서도 자신의 자리를 찾고 싶었다.

그녀의 말에 민환의 미간이 꿈틀거렸다. 하지만 곧 반듯하게 펴진다. 그는 지금 많은 것을 참고 인내하고 있었다. 그것은 그녀를 얻기 위해서라면 아주 익숙해진 것들이었다. 다른 일과는 달리 그녀에 관한 것만은 참을 수 있었다.

다시 너를 내 손에 넣기 위해서 참는 것쯤이야.

그는 그렇게 생각하며 이곳으로 오면서 생각했던 것을 천천히 떠올렸다.

그녀를 다시 내 손 위에 올라오게 하려면 어떻게 해야 할까.

이에 대한 답은 쉽게 떠올랐다.

달콤한 미끼를 던져야 할 것이다. 그녀가 원하는 것을 들어주면 그녀는 다시 내 곁으로 돌아오겠지.

생각이 결론에 다다르자 그는 망설임 없이 이야기를 꺼내놓았다.

"올해 말이 되면 회사가 안정이 될 거야. 그때가 되면 그 누구도 내 말에 토를 달지 못하겠지. 그때가 되면……."

"민환 씨."

혜영이 그의 말을 막았다. 더 이상 들어줄 수 없다는 듯이.

껍질을 깨고 밖으로 나온 여자는 아름답다. 더 이상 상대의 감정에만 매달려 안절부절못하는 모습은 보이지 않았다. 당당한 모습으로 그의 눈을 바라보는 얼굴엔 개운함마저 감돌았다. 그래서였을까, 그녀가 단순한 투정에 그러한 것이 아니란 것을 깨닫는 순간, 그의 마음에 폭풍이 몰아닥쳤다.

"허상에 가까운 그것을 하자고요? 이혼하면 끝인 그런 관계?"

"이혜영……."

"고마워요. 내가 원하던 말을 해줘서. 하지만 말이에요."

"……."

"결혼이란 건 그 허상 때문에 사람들이 하는 게 아니에요. 서로에 대한 약속이지. 평생 참고 당신의 곁에 있겠다는 약속. 당신에겐 그러한 의미가 아니란 것을 안 순간, 당신과 결혼할 마음은 없어요."

그녀의 말에 민환의 얼굴이 차갑게 식어갔다. 그리고 난생처음
으로 심장이 식는다는 것이 어떠한 느낌인지 알게 된다.

싸르르, 싸르르.

뭔지 모를 고통에 그의 얼굴이 일그러졌다.

"뭐?"

"난 당신의 장난감이 아니에요. 지금은 당신의 지시에 따라야
하는 부하직원도 아니고요."

"무슨 말을 하고 싶은 거야?"

그의 생각이 바뀌지 않는 이상, 종잇조각에 불과한 혼인신고
서 따위 그들의 관계에 아무런 도움이 되지 않을 것이다. 그는
계속 그녀를 속박하려 들 것이고, 집 밖으로 한 발자국도 나가는
것을 허락하지 않을 것이다. 이대로 그의 손을 잡을 수가 없었
다.

"더 이상 당신과 함께 있고 싶지 않다는 말을 하는 거예요."

"이혜영!"

그가 소리 높여 외쳤다. 자리에서 벌떡 일어난 그가 혜영의 손
목을 낚아채며 낮게 크르릉 분노를 쏟아냈다.

"참아주는 것도 여기까지야."

"……그렇겠죠. 당신, 많이 참았잖아요."

"……내 신경을 긁어대는 소리는 잘만 하는군."

"당신이 원하는 답은 하지 않을 거예……."

그녀가 말을 마치기도 전이었다.

혜영의 몸을 거칠게 휘어잡은 그가 고개를 내려 혜영의 입술을 거칠게 탐했다. 혀를 길게 빼내 열리지 않은 입술을 핥았다. 하지만 혜영의 입술은 꼭 다물린 조개처럼 열리지 않았다. 결국 손을 들어 혜영의 턱을 꽉 움켜쥔 그가 벌어진 입술 사이로 혀를 밀어 넣었다.

타액이 서로 섞여들었다. 민환은 지금 자신의 심장이 평생 처음으로 거칠게 뛰는 것을 느꼈다. 고동은 고통스러울 정도였다.

"흐읍……."

뿌리가 뽑힐 정도로 힘껏 혀를 빨아들인 그는 제 입속으로 들어온 혜영의 혀를 살살 달래듯 핥았다. 그러다 문득 깨달았다. 평소라면 느른하게 풀리며 제 몸에 나긋하게 안겨올 여체가 나무토막처럼 딱딱하다는 것을.

여전히 입을 맞춘 채 눈을 뜬 민환은 순간 혜영과 시선이 마주치자 힘없이 그녀를 놓아주었다. 그녀의 눈빛이 말하고 있었다.

어디 한번 해보세요.

당신이 원하는 것이 이런 것이라면.

그 눈빛에 그는 모든 기력을 잃은 사람처럼 몸이 휘청거렸다.

"됐나요?"

그녀의 물음에 민환의 몸이 와르르 무너졌다.

"혜영아······."

"······돌아가 주세요."

그 순간 그는 깨달았다.

망가진 것은 자신이란 것을.

7화 도망, 추격자

짠내가 섞인 습한 바람이 머리카락을 훑고 흩어진다. 철썩이는 파도 소리가 심장까지 때린다고 착각이 들었다. 민환은 저 멀리 해변을 걷고 있는 흐릿한 인영에게서 시선을 떼지 못하고 있었다.

그녀였다.

나에게서 도망친 여자.

바닷바람이 기분 좋은 것인지 맨발로 천천히 걸음을 옮기고 있는 여잔 이혜영이었다. 자신의 인생에서 사라져 달라며 자신을 버리고 달아난 그 여자 말이다.

"……."

민환은 말없이 혜영의 모습을 눈에 담았다. 그녀의 뒤만 쫓은

지도 반년이란 시간이 흘렀다. 예전엔 일을 하다 보면 너무나 짧다 느꼈던 그 시간이 이번엔 너무나 길게 다가와 그를 당혹시키고, 평생 해본 적이 없는 감정을 알아차린 순간 지옥을 맛보았던 그 시간.

후회.

그 긴 시간 동안 느낀 그 감정은 그의 가슴을 사무치게 만들었다. 그리고 그 아픔은 고스란히 가슴에 남아 그를 무너뜨렸다.

그 누구보다 단단하고 흔들림이 없던 그였다. 쭉 뻗은 대나무처럼. 오히려 인생이 시시하다 느꼈던 그였다. 그런 그를 뿌리째 흔들어 버린 그녀는 그 후로 그에게 단 한 번의 연락도 하지 않았다.

그가 가진 권력으로 사람 하나 찾는 일은 쉬웠다. 혜영은 한국의 이곳저곳을 돌아다녔지만, 그녀에 대한 보고는 하루에 한 시간씩 그에게 전해지고 있었다. 그리고 그는 그 뒤로 그녀의 그림자를 쫓고 있었다.

민환은 혜영을 향해 손을 뻗었다. 하지만 허공에서 잡히는 것은 아무것도 없었다.

철썩철썩!

또다시 파도가 그의 마음만 세차게 때려댄다.

힘없이 손을 내린 그가 들고 있던 고개를 아래로 떨어뜨렸다.

그녀에게 다가갈 수가 없었다. 예전처럼 오만방자하게 그녀에게 다가가 이야기할 수가 없었다. 이젠 알아버렸기 때문에. 상대에게 거절당하는 것이 어떤 아픔인지, 밀쳐지는 아픔이 무엇인지를 알아버렸다. 그리고 생각해 본다. 그녀는 내 곁에 있을 때 어떤 감정이었을까.

찌르— 찌르르—

그 생각만으로도 가슴이 울어댔다.

지금 와 생각해 보면 그녀는 자신의 집에서 단 한 번도 행복하게 웃질 않았다. 늘 만들어진 웃음으로 그를 맞이했고, 몸을 섞고 나서는 허무한 표정을 짓기도 했었다. 그땐 그것이 조금의 시간만 흐르면 괜찮아질 줄 알았다. 그녀의 세계엔 자신뿐이었기에. 결국 의지하고 마음을 돌릴 곳은 자신밖에 없다 생각했기에. 하지만 그것은 모두 그의 착각이었다.

"사장님……."

어느새 다가온 기영이 허탈한 표정으로 혜영을 보고 있는 민환을 불렀다. 주먹을 동그랗게 말아 쥔 채 곁으로 보기에도 온 힘을 다해 그녀에게 달려가려는 발걸음을 막고 있는 모습은 안쓰러울 지경이었다. 윤민환을 보며 안쓰럽다 느끼다니. 참 어울리지 않는 조합이었으나 현재 그의 모습은 그러했다.

그는 관리가 철저한 사람이었다. 늘 바쁜 와중에도 운동을 해 몸을 탄탄하게 만들었고, 식사도 되도록 꼬박꼬박 하려 노력하는 사람이었다. 하지만 요즘의 그는 180도 바뀌었다. 마치 다른 사람처럼.

뺨이 움푹 꺼질 정도로 말라갔다. 그 덕분에 인상은 더 날카로워 보여 직원들은 되도록 그의 심기를 거스르지 않기 위해 노력했고 숨을 죽였다. 도통 잠들지도 못하는 것인지 눈 밑엔 짙은 그늘이 자리했다. 그는 피곤해 보였고, 아파 보였다. 옆에서 보면 위태로울 정도로.

"왜 가지 않으십니까. 지금쯤이면 이혜영 씨도 화가 풀리셨을⋯⋯."

기영이 말했다. 그러자 혜영에게서 시선을 떼지 않던 민환이 고개를 돌려 그를 바라본다. 짙은 어둠이 가득한 눈동자는 속을 들여다볼 수 없을 정도였다. 그 어둠은 들끓는 그의 속 따윈 모두 감추고 있었다.

"이 실장."

"네, 사장님, 말씀하십시오."

기영이 허리를 숙이며 말했다. 그러자 그는 멍한 시선을 다시 혜영에게로 옮겼다. 그녀는 어느새 저 멀리 가 있었다. 겨우 인영만 확인할 수 있을 정도로 머나먼 곳으로.

"이 실장은 혜영일 몰라서 그래."

"⋯⋯네?"

"생각보다 강단 있는 여자거든. 그런 여자가 한 번 안 된다고 하면 안 되는 거거든."

그런 그녀니 주위 사람들의 반응을 알면서도 자신의 곁에 있을 용기를 낼 수 있었을 것이다.

"그런데 두 번 안 된다고 하면…… 그땐 어떻게 해야 할지 몰라서 말이야. 그때 내가 어떻게 할지 확신이 서면 그땐 가야지."

천하의 윤민환이 나약한 소릴 하고 있었다. 확실히 그는 예전과는 달라졌다. 그 변화는 혜영이 만든 것이었고, 그녀에게만 국한된 것이었다. 그랬기에 기영은 아무런 말도 하지 못한 채 입을 다물었다. 두 사람 사이에 어떠한 일이 일어났는지는 몰랐으나, 그토록 강인했던 사람이 그렇게 말한다면 그런 것이겠지, 라고 생각하며.

"그런데 아직도 어떻게 해야 할지 모르겠어."

그녀를 다시 내 곁에 두려면…….

민환이 말끝을 흐리며 입을 다물었다.

어려웠다. 그녀가 내준 숙제는.

끝까지 몸을 꼿꼿이 세운 채 걸음을 옮기던 혜영은 저 멀리 펜션이 보이자 걸음을 빨리했다. 창백한 얼굴로 방 안에 들어온 혜영은 문을 닫자마자 온몸에 힘이 빠진 듯 자리에 털썩 주저앉았다. 들고 있던 검은 봉지가 바다에 떨어지고 안에 들어 있던 내용물이 나뒹굴었지만 그녀는 무릎을 끌어안아 얼굴을 묻었다.

"나쁜 사람……."

그가 자신을 지켜보고 있다는 것쯤은 알았다. 하지만 금방 자신에게 다가올 줄 알았던 그는 멀리서 지켜보기만 할 뿐 자신에게 다가오진 않았다. 그저 멀리서 지켜보기만 할 뿐.

"윤민환……."

혜영이 거친 목소리로 말을 내뱉었다.

"당신 정말 나랑 뭐 하자는 거야."

쥘 수도, 놓을 수도 없는 관계.

그건 그가 비꼬듯 말했던 신기루 같았다.

눈앞에 보였지만 결코 잡을 수 없는…….

비틀─

민환은 순간 세상이 비틀거리는 느낌에 서둘러 팔을 뻗어 흔들리는 몸을 지지했다. 창백한 얼굴로 눈을 끔뻑이고 있는 그를 보던 기영이 깜짝 놀라 달려왔다.

"사장님! 괜찮으십니까?"

"소란 떨 것 없어."

짧게 일갈한 그가 고개를 저었다. 응웅, 귀에서 이명이 들리고 흐려진 시야가 돌아오지 않았다.

"요즘 사장님, 무리하셨습니다. 오늘은 이만……."

윤 회장이 뒤로 물러나면서 민환은 생각해도 너무하다 싶을 정도로 많은 업무를 하고 있었다. 매일 새벽이 되어야 퇴근했고, 집에 들어간 지 세 시간도 지나지 않아 다시 출근했다. 매일이 강행군이었고, 매일 네 시간 왕복인 거리를 오고 가며 혜영을 만나러 가고 있었다. 결국 그녀의 앞에 나서지도 못하면서.

"아니야."

몸을 일으킨 민환이 옆에서 한숨을 내뱉는 기영을 보며 말했다.

"집에 있으면 계속 안 좋은 생각만 들거든."

그의 말에 기영이 고개를 숙였다. 무슨 말이든 하고 싶었지만 할 수가 없었다.

기영의 어깨를 두드린 민환이 사무실로 향한다. 그를 기다리고 있는 일이 산더미처럼 쌓여 있는 곳으로.

일을 하면…… 매일 자신의 곁에 있던 그 체온을 잊을 수 있을 것이라 생각하며.

띠띠띠, 띠리릭—

현관문을 열고 집 안으로 들어선 민환은 신발을 벗기 전 집 안을 둘러보았다.

집은 차가운 기운이 가득했다. 사람의 온기, 사용의 흔적도 느껴지지 않은 곳은 그의 마음에 서늘한 바람이 불게 만든다.

"원래 이랬던가?"

그가 웃음을 담은 목소리로 말했다.

예전 그에게 집이란 단순한 주거공간 그 이상도 아니었다. 집에 애착을 가지고 꾸미는 성미도 아니었고, 오래 머무르지도 않았다. 그런데 그 생각이 달라졌다.

혜영이 집에 온 순간부터 그는 이 공간이 조금은 특별해졌다. 예전엔 언제 들어가도 상관없었던 집이었는데, 혜영이 이곳에 있는 순간부터는 조금 더 빨리 들어가기 위해 노력했고, 되도록 업무는 회사에서 모두 처리하려 노력했다. 집에서 식사를 하는 경우도 극히 드물었지만, 혜영이 오고 나선 그녀가 손수 차려주는 밥상을 받으며 즐거워하기도 했다.

그래, 즐거워했다. 그때의 자신은 몰랐으나. 지금 생각해 보니 참 즐거웠던 것 같다.

그런데 그런 그녀가 떠나고 난 후로는…….

"젠장."

민환의 입에서 작은 욕설이 흘러나왔다.

집이 싫어졌다. 이 공간이 너무나 싫어졌다. 그녀가 제 곁을 떠났다는 사실만 각인시켜 주는 곳에서 그는 더 이상 머무를 수가 없었다.

몸을 돌려 집을 나선 그는 지하에 세워둔 차에 올랐다. 그리고 시동을 걸고 목적지를 굳이 생각도 하지 않은 채 빠르게 차를 몰았다. 하지만 어느새 차가 향하는 곳은 이번에 그녀가 묵고 있는 곳이었다.

강원도 동해.

그녀는 경포대 근처에서 작은 펜션에 묵고 있었다. 자신의 곁을 떠난 후 그녀는 발길이 닿는 곳으로 다니며 자유를 만끽하고 있었다. 자신이 없는 곳에서.

그것이 그는 못내 슬펐다. 모두 자신의 잘못이란 것을 알면서도.

빠르게 내달린 차가 그녀가 묵고 있는 펜션에 도착한 것은 그 후로 두 시간이 흐른 뒤였다. 시동을 끄고 차에서 내린 그는 그녀의 방 창문을 보며 차에 비스듬히 몸을 기댔다.

"후."

당장이라도 저 안으로 들어가 그녀를 품에 안고 싶었다. 그리고 말하고 싶었다. 미안하다고. 하지만 그가 그러지 못하는 이유는 그 말들이 모두 변명에 지나지 않기 때문이다. 그리고 다시 확인할 것 같아서였다. 신기루라 말했던 그녀의 사랑이 모두 끝났음을.

민환이 한참이고 불 켜진 창에서 시선을 떼지 못하고 있을 때였다.

"민한 씨?"

뒤에서 그리운 이의 목소리가 들렸다. 천천히 몸을 돌린 민환은 손에 검은 봉지를 든 채 서 있는 혜영의 모습에 표정을 굳혔다.

방에 있는 줄 알았건만. 이런 식으로 그녀의 앞에 나타나고 싶은 마음은 없었는데.

"오랜만이야."

그가 난감하다는 얼굴로 말했다. 가벼운 인사에 혜영의 미간이 찌푸려졌다.

"찾지 말아줬음 했었어요. 당신이 계속 날 지켜보고 있다는 것을 알았지만."

"이런. 너무 허술했군."

민환이 장난스럽게 눈살을 찌푸렸다. 여유로워 보이는 모습으로 제 속마음을 숨기며.

오랜만에 본 혜영은 마지막 본 모습 그대로였다.

두근두근 뛰어대는 심장이 자신의 생각에 확신을 주고 있었다.

"나 찾지 말아요. 찾으면 또다시 당신의 세계 속에서 사라지도록 노력할 거니까."

"그래도 쫓을 거야. 당신의 그림자를."

망설임 없는 답에 혜영의 얼굴이 종잇장처럼 일그러졌다. 하지만 곧 그의 말에 눈시울을 붉히고 말았다.

"그것까진 막지 마."

"……."

두 사람 사이에 무거운 침묵이 흘렀다. 몸을 짓누를 정도로의 무게를 가진 침묵. 혜영도 민환도 서로의 얼굴만 바라볼 뿐 입술을 달싹이지 않았다. 민환은 오랜만에 본 혜영의 모습을 눈에 담

고 있었고, 혜영은 그의 저의를 찾기 위해 그를 보았다. 그러다 곧
그녀의 생각이 끝으로 치달았는지 천천히 입술을 달싹였다.

"할 수 있으면 해봐요. 그 그림자도 찾을 수 없는 곳으로 갈 테
니까."

"미안……."

"그런 말 하지 말아요."

혜영이 서둘러 그의 말을 막았다. 그리고 들고 있던 봉지를 힘
주어 잡았다.

"내가 못 견딜 것 같았던 이유, 말해줄까요?"

그녀는 물음을 던졌지만, 그의 답을 기다리기도 전에 답부터 꺼
내놓았다.

"당신이 나의 모든 것을 바꿀 것 같아서였어요. 의식주, 그리고
생각까지도. 그게 정말 두려웠어요."

그녀의 눈동자에 격랑이 일었다. 지난날의 기억을 떠올리는 그
녀는 아파 보였다. 그 표정을 보자 그의 심장이 또다시 시큰시큰
아파온다.

아아, 이제야 알 것 같다. 그녀가 자신과 있을 때 어떠한 마음으
로 지냈는지. 예전에 파악할 수 있었던 것은 겉모습 정도였으나
이젠 마음까지 알 수 있었다.

아파했다, 그녀는. 자신이 낸 상처에 심장이 나달나달해져 버렸
다.

그걸 알 수 있는 이유는 지금 자신이 그러했기에.

그녀가 받은 상처를 고스란히 느끼자 견딜 수 없는 고통이 심장을 통해 전해졌다.

"그래서 난 당신을 바꾸고 싶지 않아요. 예전의 당신을 좋아했고 사랑했기 때문이에요. 당신의 입에서 그런 말 나오는 거 싫어요."

딱 잘라 말하는 그녀의 모습에 민환이 입을 꾹 다물었다. 그가 걱정했던 일이 일어났다. 완벽한 거부. 이에 그의 몸이 달달 떨려오고 손끝이 차갑게 식어간다.

"그러니까 그만해요, 민환 씨."

투둑, 투둑……

혜영의 눈에서 눈물이 쏟아졌다.

"제발요…… 부탁이에요."

모두 그만둬 줘요.

그녀가 애원했다, 그에게. 떠나달라고.

민환은 혜영의 얼굴을 가만히 보고 있었다. 마치 못 박힌 사람처럼 한 발자국도 그녀에게 다가가지 못한 채 그렇게, 그렇게. 멀찍이서 그녀를 바라보고만 있을 뿐이었다.

"민환 씨…… 제발요, 제발요."

그녀의 입에서 몇 번이고 터져 나오는 애원도 틀어막지 못한 채.

상처받은 얼굴로 자신을 바라보는 그녀의 눈을 가리지도 못한 채.

혜영이 들고 있던 검은 봉지를 바닥에 툭 떨어뜨렸다. 양손을 들어 얼굴을 가리며 아이처럼 엉엉 울어버렸다. 감정을 자제해야 하는 서른둘의 여자가 모든 것을 풀어버리고 제 가슴속에 진 응어리들을 모두 털어내며 소리 높여 울음을 터뜨린다. 슬픔을 가득 담은 채.

구슬픈 그녀의 울음소리를 묵묵히 듣고 있던 민환이 천천히 입술을 뗐다.

"이미 변했어."

멍하니 그렇게 말하는 그 또한 자신이 무슨 말을 하는지 모르는 것 같았다. 자신이 자각하기도 전에 흘러나온 말은 멈추지 않을 것 같은 그녀의 울음을 멈추게 만들었다. 혜영의 놀란 시선이 그에게로 향했다.

"뭐, 뭐라…… 고요?"

더듬더듬 말을 꺼낸 혜영이 눈을 깜빡였다. 그러자 그는 멀어졌던 정신이 서서히 돌아오는 것을 느꼈다. 혜영을 바라본 그가 입술에 부드럽게 호를 그리며 말했다.

"그 신기루가 믿고 싶어졌어."

"……."

"왜? 그러면 안 되나?"

그는 끝까지 '사랑'이란 말을 입에 담지 않는다.

그런 그가 잔인하다 생각하면서도 그녀가 뜨거운 눈물을 흘린 것은, 일그러진 그의 표정 속에서 그것을 보았기 때문이었다.

그녀의 눈가에 맺힌 눈물이 무게를 이기지 못해 아래로 흘렀다. 그녀는 그 눈물을 닦을 생각도 하지 못한 채 멍하니 그의 얼굴만 올려다보았다.

"어떻게 하면 좋아요……."

그의 눈을 보며 그녀가 말했다.

그의 눈이 속삭인다.

당신을 사랑해.

감정의 깨달음에 마음이 너무 아팠다.

혜영이 그의 눈을 빤히 보며 속삭였다.

"기대하고 싶어져요."

그 말뜻이 무엇인지 모를 만큼 그는 멍청하지 않았다. 그리고 자신에게 온 기회를 놓치는 바보 같은 짓을 한 생각도 없었고.

성큼성큼 걸음을 옮긴 민환이 고개를 내려 혜영의 입술을 머금었다. 따스하게 핥고, 다정한 숨결을 불어넣으며 그녀의 입술이 열리도록 기다리던 그는 조심스럽게 열리는 입술 사이로 혀를 밀어 넣었다. 강압적으로 그녀를 붙잡는 대신 다정하게 안아주었고, 그녀의 모든 것을 가지려는 대신 체온을 나누는 것으로 만족했다.

혜영은 자신을 따스하게 품어주는 너른 품에 눈을 감았다.

아아, 어쩌면 좋지?

이 사람이 너무 좋아.

혜영이 팔을 뻗어 그의 등을 꼭 끌어안았다.

"윽."

그녀가 자신을 힘주어 끌어안자 민환의 얼굴이 순식간에 굳어졌다. 입술을 뗀 그는 촉촉하게 젖은 얼굴로 자신을 올려다보는 혜영을 내려다보며 미간을 찌푸렸다.

"위험해."

그의 목소리엔 욕망이 가득했다. 하지만 애써 그것을 억누르는 중이었다. 혜영의 어깨를 잡은 손에 힘을 주고, 온몸을 뻣뻣하게 굳히며.

그의 얼굴을 빤히 올려다보던 혜영이 입가에 미소를 머금었다.

"당신보단 제가 더 위험해요."

파르르 떨리는 입술을 빤히 바라보는 민환의 콧잔등이 찌푸려졌다. 그녀를 붙잡고 있는 손엔 더욱 힘이 들어갔다.

"처음부터 이럴 생각은 아니었어."

그렇게 말한 민환은 그녀의 오금 밑으로 손을 찔러 넣어 단숨에 번쩍 들어 올렸다. 자신의 목을 꼭 끌어안은 채 가슴에 얼굴을 묻는 혜영을 내려다본 민환이 이를 악물었다. 벌써부터 아랫도리에 힘이 들어가고, 속에선 위험한 것들이 꿈틀거리기 시작했다. 하지만 그는 자신이 가진 자제력을 모두 끌어모아 성급하게 굴지 않으려 노력했다.

천천히 가져야 했다.

욕망만이 뒤섞인 관계가 아닌, 그녀를 소중히 대해주어야 할 터
다.

그녀가 지내고 있는 문을 힘겹게 열고 안으로 들어간 민환은 곧
장 침대로 향했다. 새하얀 이불이 깔린 침대 위에 혜영을 조심스
럽게 내려놓은 민환은 곧장 팔 사이에 그녀를 가뒀다.

아래에서 자신을 올려다보는 그녀가 얼굴을 붉혔다. 그런 그녀
는 예뻤다. 이 각도에서 보면 가끔은 정신이 나가 버릴 것 같은 기
분에 휩싸이기도 했다. 자신을 이 정도로 자제력을 잃게 만드는
사람은 그녀, 이혜영뿐이었다.

"괜찮겠어?"

이미 수없이 많은 관계를 나눴던 두 사람이었다. 이런 질문은
새삼스러울 뿐이었다. 하지만 그는 진중한 눈으로 물었고, 혜영은
부끄러움에 고개를 옆으로 돌리며 말했다.

"네."

"내 눈을 보고 해주겠어?"

그가 짓궂게 굴었다. 그토록 가지고 싶었던 그녀였다. 그런 그
녀에게 다가가지 못했던 것은 확신 때문. 그 확신을 지금 그는 얻
길 바랐다.

천천히 고개를 돌린 혜영이 그와 눈을 마주했다. 얼굴은 여전히

붉었으나 반짝이는 눈은 올곧았다.

"괜찮아요."

그녀가 확신에 찬 어조로 말했다. 어디서 나오는 확신인지는 몰랐다. 하지만 그는 이 순간 그녀가 자신에게 온전히 돌아왔다 확신했다. 이혜영은 뭇사람들이 말하는 엉덩이가 가벼운 여자가 아니었다. 돈에 욕심이 있지도 않았고, 가벼운 관계를 가질 성미도 되지 못했다. 그렇다는 건…….

그의 입가가 부드럽게 하늘을 향한다. 그와 함께 고개를 숙인 그가 혜영의 입술 주위를 혀로 할짝였다.

"으음."

혜영의 입술에서 작은 신음이 흘러나왔다. 그 뒤 작은 목소리로 간지럽다고 항의도 했다. 하지만 그는 멈추지 않았다. 입 주위를 맴돌던 그의 입술이 어느새 그녀의 아랫입술을 쪽 빨아들였다. 이로 잘근잘근 씹기도 했고, 달래듯 입술로 지분거리기도 했다.

평소의 그와는 달랐다. 그래서였을까, 금방 달뜨기 시작한 몸이 배배 꼬이기 시작하고, 곧 허리가 활처럼 휘어지며 자신의 가슴을 그에게 밀어붙였다.

"민환 씨……."

혜영이 그를 불렀다. 하지만 그는 답 대신 입술을 내려 새하얀 목덜미를 지분지분 핥았다.

"으."

여린 여체가 다시 한 번 위로 튀어 올랐다. 지독한 소유욕을 완전히 숨기진 못한 것인지 새하얀 도화지 위에 붉은 도장을 찍듯하나둘 키스마크를 남기고 있었다.

쪽, 쪽.

그 소리에 혜영의 얼굴이 더욱 타오르기 시작한다. 그 불길은온몸으로 번져 가 사타구니 사이로까지 향한다. 팬티가 축축하게젖은 것이 느껴질 정도로 흥분했지만 그는 한참이고 정성스레 목을 핥은 후에야 그녀의 옷을 들쳐 올렸다.

새하얀 브래지어가 드러나자 그가 그녀의 등 뒤로 손을 찔러 넣어 후크를 풀었다. 소담한 가슴이 드러나자 그가 손을 뻗어 가슴을 움켜잡았다.

"윽!"

다시 한 번 혜영의 몸이 위로 튀어 올랐다. 그가 젖꼭지를 튕기자 유두가 반항을 하듯 꼿꼿하게 섰다. 하지만 이내 그가 입에 머금고 사탕을 핥듯 입안에서 혀로 굴리자 노곤노곤하게 풀린다.

"으응, 으으응……!"

츕, 츄릅.

그가 게걸스럽게 가슴을 핥으며 동시에 손을 내려 팬티 위를 손가락으로 문질렀다. 휘몰아치는 감정에 혜영이 눈을 게슴츠레 뜬채 연신 거친 숨을 토해냈다.

"미, 민환 씨…… 그만, 그만요."

오랜만에 나누는 관계이기 때문일까. 순식간에 쾌락으로 온몸이 젖었다. 아니, 아니다. 시간의 문제가 아니었다. 그의 손길이 예전과 달리 너무 달콤했기 때문이다. 조심스럽다가도 급소를 공격할 때는 거침이 없고, 정확히 그녀의 성감대를 공략한다. 그는 혜영의 몸에 대해 너무나 잘 알고 있었다. 어디를 만져야 흥분하는지, 어딜 만져야 좋아하는지도.

"제발, 제발요."

그리고 그곳을 만지는 손길이 혀가 집요해질수록 그녀의 신음은 높아지고 애원은 커져 갔다.

팬티가 축축하고 여성의 모습을 고스란히 드러내고 나서야 그의 손길이 멈췄다. 몸을 들어 거친 숨을 내뱉는 혜영을 가만히 내려다보는 그의 얼굴에 만족이 어렸다. 드러난 몸엔 어디라고 할것 없이 그가 남긴 키스마크로 가득했다. 누가 보아도 그녀에겐 아주 집요하고 무서운 남자가 있다는 것을 알 수 있을 정도였다.

민환이 손가락만으로 그녀의 팬티를 벗겨내며 읊조리듯 말했다.

"이혜영, 넌 내 거야."

"……"

혜영은 말없이 올려다보았다. 그러다 그가 더 이상 다가오지 않고 수풀 진 곳을 뚫어지게 보자 성급하게 목을 껴안고 그를 잡아당겼다. 그는 여전히 슈트 차림이었지만 바지를 뚫고 나올 듯 흥분한 남성을 느낄 수 있었다. 아랫배에 닿는 남성이 서둘러 자신의 안으로 들어오길 바라며 허리를 움직여 남성을 자극한다.

그가 입술을 내려 자신이 남겨놓은 키스마크에 입을 맞췄다. 그리고 방금 전 끝맺지 못한 이야길 이어나갔다.

"그런데……."

길게 말꼬리를 늘인 그가 눈을 질끈 감는다.

"나도 당신의 것이야."

그가 그녀를 망가뜨렸다 생각했다. 하지만 아니었다. 그녀는 강해졌고, 무너져 내린 것은 그였다. 그가 알지도 못하는 사이 강하게 치고 들어온 그녀란 존재는 자신의 세계를 부쉈다. 그리고 그는 완벽하게 그녀를 자신의 세계에 가둬놓았다 생각했다. 하지만 아니었다. 오히려 그 반대. 세계에 갇힌 것은 그였다.

바지와 팬티를 한꺼번에 벗은 그가 새하얀 허벅지를 들어 올린 후 여성 안으로 제 분신을 힘껏 묻었다.

"윽!"

"아아……!"

두 사람의 신음이 동시에 터져 나왔다.

완벽한 결합.

그건 이런 관계를 뜻하는 것이겠지.

그는 흥분으로 머리가 새하얗게 변하는 사이 그리 생각했다. 하지만 곧 자신을 꽉 조이는 여성에 이성을 허공으로 날려 버렸다.

그는 그녀가 떠난 이후 처음으로 편히 잠이 들었다. 그리고 다디단 잠에 빠져들었다. 안식처를 찾은 나약한 초식동물처럼. 늘 꿈에서 울고 있던 그녀는 그날 처음으로 웃어주었다. 행복하게 웃고 있는 그녀를 보며 그도 따라 웃었다. 이제 그녀는 영원히 제 곁에 있을 것이란 생각에 계속 웃음이 나왔다.

곤한 잠에서 깨어난 것은 해가 떠오른 시각이었다. 짧은 시간 잔 것이지만 푹 자서인지 몸이 무겁다는 느낌은 없었다. 그는 잠에서 깨어난 뒤 자신도 모르게 옆으로 손을 뻗었다. 하지만 자신의 손바닥에 닿아야 할 그녀는 닿지 않고 시트만이 느껴졌다. 깜짝 놀란 그가 눈을 번뜩 떴다.

"이 여자가 정말⋯⋯."

그의 입에서 신음이 터져 나왔다. 혜영은 그 자리에 없었다. 어젯밤 아무렇게나 집어 던진 옷들도 자취를 감춘 뒤였다. 그가 다시 손을 뻗어 침대 시트를 더듬었다. 다행히 그녀가 떠난 지 얼마 되지 않은 듯 여전히 따뜻했다.

서둘러 옷을 걸쳐 입은 그가 밖으로 뛰어나왔다. 그리고 저 멀리 걸어가고 있는 인영에게 달려갔다.

뒷모습만 보아도 알 수 있었다. 그녀가 이혜영이란 것쯤은.

숨이 턱까지 차오를 정도로 빠르게 달려간 그는 혜영의 팔을 잡아 돌렸다. 그럼에도 혜영은 놀란 기색 하나 없이 그의 얼굴을 올려다보고 있었다.

"어디 가는 길이야?"

"서울이요."

"뭐?"

그의 얼굴에 당혹감이 물들었다. 잠시 앞에 나가는 것도 아니었다. 그런데 그녀는 너무나 당당하게 자신을 보고 있었다.

그의 얼굴이 일그러졌다.

"넌 어떻게 아무렇지도 않을 수가 있지?"

지난밤, 그들은 관계를 가졌다. 그냥 단순한 관계가 아니었다. 완벽하게 합이 맞았고, 애초에 하나의 몸처럼 느껴질 정도로 뜨거운 섹스였다. 그런데 그녀는 그 섹스의 여운이 가시기도 전에 그에게서 도망칠 궁리부터 하고, 그 생각을 몸소 실천했다.

찌르, 찌르르…….

그의 가슴이 울었다.

"어떻게 그렇게 홀가분한 얼굴로 떠날 수가 있냔 말이야."

그가 파들파들 떨리는 목소리로 말했다. 일그러진 얼굴에 보인 것은 슬픔이었다. 하지만 그를 바라보는 혜영은 여전히 아무렇지도 않은 얼굴이었다. 입술을 달싹이던 그녀가 입가에 희미한 웃음을 지으며 말했다.

"참는 거예요, 저도."

그녀는 나약하지 않았다. 자신의 세계에서 살아갈 수 없다 생각해, 그녀를 시험하고 또 시험했던 자신의 행동이 멍청하다고 느껴질 정도로. 아니, 오히려 그보다 강했다. 그는 지금 정신을 차릴 수가 없는데 그녀는 늘 짓는 웃음을 입가에 머금고 있었다. 자신은 일상을 이어나갈 수 없을 정도로 엉망진창이 되었는데, 그녀는 지금도 여전히 웃고 있었다.

"이혜영……."

그의 음성이 끊어질 듯 끊어지지 않고 흘러나왔다. 그의 눈동자가 붉어졌다. 슬픔으로 휩싸인 눈은 금방이라도 슬픔을 떨궈낼 것만 같았다. 그러자 그녀의 표정이 조금 변했다. 입꼬리가 아래로 축 처지고 목소리도 조금 가라앉았다.

"죽을힘을 다해서 참고 있는 중이에요."

"……그러지 마."

그가 처음으로 애원했다. 하지만 그녀는 그가 원하는 답을 해주지 않았다.

"그럼 내가 원하는 답을 가지고 와요."

그도 그녀가 원하는 말을 해주지 않았으니까.

그녀의 말에 민환이 눈살을 찌푸렸다. 그녀를 단단히 쥐고 있던 손에 힘이 빠지고 아래로 뚝 떨어졌다. 그가 멍하니 그녀를 바라보며 물었다.

"원하는 답?"

"네."

짧은 답엔 망설임 따위 없었다. 그래서 그는 자신도 모르게 뒤로 더듬더듬 물러나 버렸다.

"난 모르겠어, 아직도."

길을 잃은 아이처럼 당황한 그가 말했다.

"내가 느끼고 있는 것이 그것이 맞나, 생각하기도 해."

그리고 자신의 감정을 솔직히 말했다. 그는 사랑이 무엇인지 모른다. 이제껏 손에 잡히지도 않는 그 감정을 그는 무시하고 비웃으며 살았다. 그런 그가 어떻게 단숨에 그것을 받아들이고 그녀에게 사랑한다 속삭일 수 있을까.

흔들리는 눈망울을 올려다보던 혜영이 낮게 읊조렸다.

"당신, 어려요."

"나도 나에게 이런 면이 있는 줄 몰랐어."

그렇게 말하며 거칠게 머리를 쓸어 올린 그는 잠시 고개를 돌려 상황을 회피했다. 생각할 시간이 필요했다. 멀리 떠나가려는 그녀를 붙잡아야 했으니까. 답을 알지 못한다면 솔직하기라도 해야 했다. 고개를 돌린 그는 차분히 자신의 답을 기다리는 혜영과 시선을 마주했다.

"하지만 이건 알아."

"뭘요?"

"난 당신이 없으면 살 수 없어. 아무리 맛있는 음식을 먹고, 아무리 좋은 곳에서 지내고, 아무리 돈을 많이 벌어도. 그 무엇으로도 만족할 수 없어. 그냥 당신과 함께 있고 싶어."

그녀가 떠나간 시간 뼈저리게 느낀 것. 그의 목소리는 여전히 후회로 점철되어 있었다.

"전 이젠 당신이 원하는 대로 할 수가 없어요. 당신도 알잖아요."

"혜영아……."

"난 행복하고 싶어요. 그러기 위해선 지금 당신의 손을 놓아야 하는 것 정도는 알아요."

"……."

"전 평범하고 싶어요. 평범하게 사랑하고 싶어요. 그런데 지금 당신은 나에게 그걸 줄 수가 없어요."

그렇게 말한 혜영은 망설임 없이 뒤돌아선 후 걸음을 옮겼다.

그녀의 뒷모습을 바라보던 민환의 몸이 무너진다. 와르르르. 바닥에 주저앉은 그가 손을 들어 얼굴을 가렸다.

"나보고 어떻게 하라고."

짜증스럽게 말을 내뱉는 그의 손바닥이 곧 뜨거워진나.

지글지글 끓는 자신의 심장처럼.

"미안해요, 이혜영 씨는 우리 회사와는 맞지 않을 것 같습니다."

이번에는 면접까지 가서 꽤 운이 좋다 생각했는데 그것도 허튼 생각이었나 보다. 임원급으로 보이는 사람이 땀까지 삐질삐질 흘리며 하는 말을 듣고 있던 혜영이 자리에서 일어나 한숨을 내뱉었다. 아마 서류전형 땐 그녀의 정체를 모르다가 면접 전에야 알았겠지. 자신의 뒤에 있는 사람의 정체를.

허리를 숙인 혜영이 인사를 건넸다.

"아쉽습니다. 연이 닿았으면 했는데."

"연이야 다음에 또 닿으면 되지 않겠는가."

나이 지긋한 남자의 말에 혜영의 미간이 찌푸려졌다. 그가 하고자 하는 말의 뜻을 알아차렸기 때문이다. 아마 그는 자신과의 연보단 민환과의 연을 원할 것이다. 이곳은 요즘 도원과 한창 업무 협약 이야기가 나오는 성우건설이었으니까. 아마 이 사실을 면접 오기 전에 알았다면 이곳으로 걸음조차 하지 않았을 것이다.

"감사합니다."

짧게 인사를 건넨 혜영이 걸음을 옮겼다. 엘리베이터를 타러 가는 순간까지 자신을 향해 진득하게 따라붙는 시선에도 애써 표정 관리를 하던 그녀는 좁은 공간에 홀로 남자 그제야 숨을 훅 하고 토해냈다.

"미치겠네."

어디를 가든 결과는 마찬가지였다. 이대로 일자리를 구하지 못하면 어떻게 하나 걱정이 훅 하고 닥쳤다. 이 모든 게 그 때문이라는 것을 알고 있었다. 어딜 가든 조금 직급이 높은 사람이라면 자신을 깍듯하게 대하는 느낌이 든다. 아니, 느낌이 아니었다. 그들은 실제로 면접을 보러 온 취업희망자가 아닌 도원그룹 사장의 줄을 댈 수 있는 하나의 사람으로 자신을 보고 있었으니까. 그렇다고 해서 그와의 관계를 후회하는 것은 아니었지만 가슴이 답답해지는 것은 어쩔 수가 없다.

띵.

엘리베이터가 멈춰 서는 소리에 멀리 도망갔던 혜영의 정신이 원래대로 돌아왔다. 열린 문으로 또각또각 걸음을 옮기던 혜영은 로비에서도 자신을 보는 시선들이 느껴지자 더욱 꼿꼿이 턱을 치켜들었다. 고개를 숙일 일은 아니었다. 아니, 숙이고 싶지 않았다.

성우건설 건물을 빠져나온 그녀가 약속 장소 쪽으로 곧장 걸음을 옮겼다. 이곳과 멀지 않은 곳에서 가연과 약속이 있었다. 빨리 친구를 만나 답답한 제 속을 넋두리로라도 풀고 싶었지만 자신의 앞을 가로막는 그림자에 걸음을 우뚝 멈춰 섰다.

"면접은 잘 봤어?"

그였다. 평소처럼 무심한 듯 차가운 인상이었지만 그래도 부드럽게 올라간 입꼬리 때문에 그에게 진득하게 닿는 여인들의 시선이 느껴졌다. 그리고 그 시선이 곧 자신에게 닿는 것도. 혼자 있다면 결코 받을 수 없는 시선이었다. 부러움과 질투가 섞인 묘한 것.

"여긴 어쩐 일이에요?"

"마침 이 근처에서 바이어와 미팅이 있었지."

그 말의 진의를 알 길은 없었지만 혜영은 부러 그가 자신을 만나러 이곳까지 직접 행차했다는 느낌이 들었다. 그는 바쁜 사람이었지만 요즘엔 자신에게 많은 시간을 할애하고 있었다. 같은 회사에 다니는 것도 아니면서 일주일에 서너 번은 보고 있었으니까. 물론 모두 그가 우연을 가장한 만남이었다.

혜영이 자신을 의심스러운 눈으로 바라보자 그는 주머니에 꽂고 있던 손을 빼내 그녀에게 뻗었다. 그리고 바람에 흩날려 엉망이 된 머리카락을 쓸어주며 웃었다.

"요즘 즐거워. 당신 덕분에 여러 감정을 느끼면서 살고 있거든."

"뭐예요?"

"예전에는 인생이 따분해서 견딜 수가 없었는데, 요즘은 아니야. 하루에도 몇 번씩 천당과 지옥을 오고 가는 감정 덕분에 일상생활을 제대로 할 수 없을 정도야."

그의 말에 혜영이 입술을 꾹 다물었다. 하지만 그는 말을 멈추지 않았다.

"기뻤다가 나락으로 떨어졌다가 다시 희망을 보았다가 절망하지."

"그만해요."

혜영이 딱 잘라 말했다. 쿵쾅쿵쾅 뛰는 심장 때문에 숨을 쉬기 어려울 지경이었다. 그리고 혹여 그가 이 소리를 들을까 두렵기도 했다.

그녀는 자신의 머리카락을 쓰다듬는 그의 손을 붙잡아 떼며 걸음을 돌렸다. 하지만 그는 냉정한 그녀의 모습에도 상처받지 않은 듯 꿋꿋하게 뒤를 따른다.

어느새 그가 그녀의 그림자가 되어 있었다.

"너 정말 엄청난 걸 달고 왔구나?"

가연이 턱을 괴며 말했다. 하지만 시선은 창밖 민환에게로 향해 있었다. 그는 차 문에 비스듬히 기대서 누군가와 심각한 표정으로 통화를 하고 있는 모습이었다. 사람들의 걸음이 그의 앞에 잠시 멈춰 서는 것이 보인다. 대부분은 여자들이었다. 마치 얼이 빠진 표정으로 그를 홀린 듯 바라보는 그녀들은 서둘러 정신을 차리며 걸음을 옮기고 있었다. 하지만 그 뒤로도 꺅꺅 소리를 지르며 옆의 친구와 바쁘게 대화를 하는 것이 보였다.

가연이 혀를 끌끌 찼다. 저런 잘난 놈을 끼고 있으니 자신의 친구가 하루가 멀다 하고 말라가는 것도 이해가 되었다. 만약 자신이 저 사람의 여자친구였다면 매일매일 안절부절못하며 그가 혹여 바람이라도 날까 싶어 안달할 것 같았다.

"여행한다기에 멋진 놈을 물고 올 줄 알았더니, 전 남친이나 달고 오고. 머저리."

"나도 내가 멍청하단 거 알아. 하지만 어떻게 해. 또 기대해 보고 싶어지는데."

혜영이 입술을 뾰족하게 내밀며 투덜거렸다.

"……정말 사랑한단 말이야."

그리고 이내 힘이 쪽 빠진 목소리로 말을 마쳤다. 그 모습을 한심하게 쳐다보던 가연이 한숨을 푹 내뱉는다. 그리고 자신의 앞에 놓인 차가운 커피를 마시며 말했다.

"그래, 그래. 네 맘대로 해. 누가 뭐라 했니?"

"지금 네 말투가 뭐라 하고 있어."

"이런, 눈치챘어?"

가연이 장난스럽게 웃은 후 혜영이 불만을 토로하기 전에 말길을 돌렸다.

"직장은 어때?"

"새로 구하고 있어. 마땅한 자리는 없지만."

그녀의 신경을 다른 곳으로 돌리는 것에 성공한 가연은 피식 웃음을 내뱉었다. 친구의 얼굴엔 걱정 근심이 가득했지만 예전처럼 파리하진 않았다. 그의 집에서 나왔던 그날을 가연은 아직도 기억하고 있었다. 마치 세상이 끝난 것처럼 자신의 앞에서 울음을 터뜨린 친구는 온몸을 떨어대며 절망을 내뿜었다.

"죽을 것 같아, 가연아. 나 정말 어떻게 해야 할지 모르겠어. 네가 가르쳐 줄래? 나 어떻게 하면 좋지?"

그와 가볍게라도 관계를 가져보라고 충고한 것은 자신이었다. 그랬기에 엉망이 된 친구의 모습에 속이 쓰리고 마음이 아팠던 그녀다. 그리고 그 후로 가연은 아무리 일이 바쁘더라도 혜영이 보자고 할 때면 만사를 물리고 약속을 잡았다. 자신이 곁에 있는 것만으로도 위태로운 친구가 마음을 다잡는 데 도움이 된다면 기꺼이 어떠한 것들이라도 감수해 냈다.

그런 친구가 바뀌었다. 여행을 다녀온 직후, 혜영이 전화를 걸어왔다.

"그 남자, 바뀌었어. 이번엔 정말 희망이 생겨. 내가 어떻게 해야 할지도 보이고."

그렇게 말한 혜영의 목소리엔 생기가 돌았다. 어떻게 해야 할진 말해주지 않았지만 지금까지 하는 행동을 보면 대충 눈치를 챌 수 있었다. 아마 저 어마무시한 인간이 정신을 차릴 때까지 기다리고 있는 것이겠지. 그리고 가연은 그날이 머지않았다는 것을 눈치채고 있었다.

한참이고 한숨을 쉬며 취업 때문에 걱정이라며 넋두리를 늘어놓고 있는 혜영의 말을 듣고 있던 가연이 딱 잘라 말했다.

"취업대란에 쉽게 구할 수 있을 리가 없잖아."

"후."

한숨을 내쉰 혜영이 고개를 저었다. 근본적인 문제는 그게 아니라는 듯. 그리고 가연은 굳이 그것을 언급하진 않았다.

"내일도 면접이지?"

"어."

"이번엔 어디야?"

"고혁산업."

그 말에 가연이 고개를 끄덕였다. 얼마 전까지만 해도 대기업 위주로 원서를 내더니 이젠 중소기업까지 내고 있나 보다. 꽤 탄탄한 회사이긴 했으나 그녀가 이전에 다녔던 도원그룹에 비하면 구멍가게나 다름없는 회사였다.

혜영의 안색이 어두워지는 것을 보던 가연이 어느새 통화를 끝내고 이쪽을 바라보고 있는 민환을 보았다. 그와 눈이 마주치자 가연은 작게 고개를 끄덕이며 인사를 건넸다. 그리고 자신과는 다르게 부러 그를 보지 않으려 노력하는 혜영에게 심드렁한 목소리로 말했다.

"내가 한 가지 충고하겠는데, 정말 직장을 구하고 싶으면 전 남친 정도는 떼어놔라. 너 같으면 어떤 미친 회사가 도원 사장이 따라다니는 여자를 비서로 뽑으려고 하겠냐?"

"······."

그 말에 혜영은 한동안 말이 없었다.

❖

"면접 잘 봤어?"

혜영은 오늘도 건물을 빠져나오자마자 자신의 앞을 가로막는 그의 모습에 도끼눈을 떴다. 잘 봤을 턱이 있겠는가. 대기업엔 그의 손이 많이 닿아 일부러 중소기업에 넣은 것이었는데 이게 웬걸. 고혁산업은 오래전부터 도원자동차의 부품을 납품하고 있는 곳이었다.

다 당신 때문이에요!

그렇게 소리소리 치며 주저앉고 싶은 마음이 굴뚝같았지만 혜영은 애써 화를 꾹꾹 눌러 참았다. 은은한 미소를 짓고 있는 그에게 먼저 감정을 드러내고 싶진 않았다.

"아무 말도 없는 걸 보면 이번에도 잘 안 됐나 보군."

"알고 있으면서 묻지 마세요. 입 아파요."

혜영이 톡 쏘아붙였다. 그러자 그가 어깨를 으쓱인다.

"그게 내 탓인가?"

"그럼 누구 탓이란 말이에요?"

결국 혜영이 참지 못하고 말을 되받아쳤다. 순간 몸을 움찔 떨었지만 이내 가슴을 당당하게 펴며 그를 바라보았다. 어디 할 말이 있으면 해보라는 표정이었다.

"아, 그런 거야?"

그가 짐짓 아무것도 모른 척 물은 후 한숨을 쉬며 고개를 저었다.

"그럼 어쩔 수 없군."

"뭐가요?"

"나 때문이라면 취업 자리 정도는 내가 봐줘야 하잖아."

"……."

그의 말에 말문이 막힌 혜영이 입을 꾹 다물었다. 그라면 절대하지 않을 말을 했으니까.

그는 자신이 집 밖으로 나가는 것도 허락지 않았었다. 회사를 그만두라고 먼저 제의한 것도 그였고. 그런데…….

"이젠 인정하나요?"

"그래, 당신은 틀리지 않았어. 나와 다를 뿐이지."

"또 가둬둘 건가요? 당신 손안에 든 장난감처럼."

"내가 얌전히 집에 있으라고 해서 그럴 사람이던가, 당신이?"

그가 되물었다. 그러자 혜영은 단호하게 고개를 저었다.

"더 이상 예전처럼은 살지 않아요."

"것 봐. 내가 강요하면 당신은 또 가출을 하겠지. 그럼 난 또 미친놈처럼 당신을 찾아 헤맬 거고. 당신이 생각하는 것보다 난 똑똑하고 눈치가 빨라."

그가 피식 웃음을 내뱉으며 그리 말했다. 그러자 그녀의 눈빛이 흐려진다.

그가 변했다. 절대 변하지 않으리라 생각했는데.

혜영이 붉어진 눈으로 자신을 바라보자 민환이 손을 뻗어 그녀의 눈가를 어루만져 주려 했다. 하지만 그녀는 그의 손이 자신에게 닿기 전에 손을 잡으며 물었다.

"내 세계도 인정해 줘요. 예전처럼 일을 할 수는 없지만 답답한 집에만 있는 건 싫어요. 새로 할 수 있는 일을 찾아볼래요."

예전에 그토록 하고 싶었던 말. 시들어가던 그 시절 그에게 몇 번이고 부탁하고 싶었던 말. 그 말을 그녀는 이제야 할 수 있었다.

그가 바뀌었기 때문에.

그녀가 바뀌었기 때문에.

혜영의 말에 민환의 입술은 부드럽게 호를, 눈은 반달을 그린다.

"그 말은 들어주도록 노력하지. 돈은 썩어나지만 당신이 굳이 일하고 싶다면야 말리지 않겠어."

"삐딱해요, 당신 지금."

혜영의 눈에서 눈물이 쏟아졌다. 그가 다시 한 번 손을 뻗어 혜영의 눈물을 닦았다. 이번엔 손을 막지 않았다. 오히려 그의 손길을 느끼듯 눈을 지그시 감는다.

늘 차갑다 생각했던 그의 손이 따뜻하게 느껴지는 것은…… 단순히 감정의 변화 때문일까.

"알아. 하지만 당신도 이해해 줘. 내 심기가 무척 안 좋은데, 당신 때문에 죽을힘을 다해서 참는 거야."

그렇게 말한 민환은 한껏 입술을 늘어뜨려 웃었다. 차가운 인상이 부드럽게 변하자 혜영의 눈에서 비처럼 눈물이 쏟아졌다.

투둑, 투두둑…….

그의 앞에선 참 많이도 울었다. 가슴이 저며서, 원망에, 슬픔에.

하지만 이번은 아니었다.

눈물을 흘리면서도 그녀는 웃었다.

행복한 마음에 쏟아지는 눈물은 심장을 쥐어짜지 않았고 오히려 들뜨게 만들었다.

혜영이 걸음을 옮겨 그에게 다가갔다. 그리고 그의 품에 안기며 읊조렸다.

"좋아요."

토닥, 토닥. 커다란 그의 손이 혜영의 어깨를 두드렸다. 그에 따라 눈물은 멈췄지만 그녀는 여전히 민환의 품에 안겨 행복을 만끽하고 있었다.

조금의 시간이 흐른 후, 민환은 혜영이 꽤나 안정되었다 생각한 것인지 천천히 운을 뗐다.

"당신이 굳이 힘든 경제생활을 하고 싶어한다면 도원으로 다시 돌아와."

"그곳은……."

이미 도원엔 자신이 돌아갈 자리 따윈 없었다. 자신에게 향할 눈초리가 다른 회사보다 더했으면 더했지 덜하진 않을 것이다. 많은 사람들은 사장의 여자인 자신에게 일을 맡기지 않을 것이다. 그리고 자신의 능력을 인정해 주지 않을 것이며 언젠간 더 높은 자리에 앉을 것이라 눈총을 보낼지도 모른다. 그런 곳이라면 가고 싶지 않았다. 차라리 편의점 아르바이트를 하는 한이 있더라도.

"걱정하지 마. 당신이 내 여자라는 걸 신경 쓰지도 않을 놈이 이번에 오니까."

"……?"

그가 미간을 찌푸리며 말했다. 도원그룹 윤민환 사장의 여자라도 신경을 쓰지 않는 사람이라니. 더더욱 놈이라고 말하는 것을 보면 남자였다. 독점욕이 강한 그가 그런 자리를 제안하다니. 자신이 모시게 될지도 모르는 사람의 정체가 궁금해졌다.

"동생이 이번에 입국해. 호텔 쪽으로 가게 될 것 같아. 당신도 소문을 들어 알겠지만 돌아온 탕아지."

민환에겐 두 명의 남동생이 있었다. 그중 둘째인 윤경환은 여자 관계가 복잡하기로 아주 유명했다. 유학을 떠난 뒤로는 소문이 조금 잠잠해졌나 했더니 한국에 잠시 들어올 때면 계속 염문을 뿌려

대니, 소문은 더 지독하고 부풀려졌다.

하지만 현재의 혜영에겐 그것이 중요한 것이 아니었다. 그녀가 모실 상사가 그런 개차반이란 사실보단 그가 자신을 이해하고, 자신의 뜻에 따라주는 것이 더욱 중요했다.

"민환 씨……."

멈췄던 눈물이 다시 흘러내릴 것 같아 혜영은 눈에 힘을 주었다. 그 모습에 피식 웃음을 내뱉은 민환이 혜영의 머리를 쓰다듬었다.

"하지만 이건 알아둬. 그 녀석은 제 형수라 해도 손을 대는 썩어빠진 정신을 가진 놈이야. 정신 똑바로 차리고 일해."

"설마 동생도 질투하나요?"

"아니야. 당신을 걱정하는 거지."

그의 말에 와르르 웃음이 터졌다. 깔깔 크게 소리 내 웃는 그녀의 모습에 민환도 따라 웃는다.

혜영이 여전히 웃음이 가득한 목소리로 물었다.

"행복할 수 있을까요?"

이미 답은 내려져 있었지만 혜영은 다시 한 번 확인하고 싶었다. 그리고 그는 그녀의 답보다 훨씬 행복한 말을 들려주었다.

"그건 지금부터 함께 이야기해 보자고. 어떻게 해야 둘이 함께 행복해질 수 있는지."

"좋아요. 사람은 계획이 있는 동물이니까."

고개를 끄덕인 혜영이 손을 내밀었다. 그러자 민환은 손을 잡아 제 품으로 그녀를 끌어당겼다. 그녀의 어깨를 감싸 쥔 민환은 그녀를 이끌며 물었다.

"그럼 지금 내 계획부터 들어줄 텐가?"

혜영의 고개가 옆으로 기울었다. 궁금증이 가득한 눈망울을 보던 그가 고개를 숙여 그녀의 귓가에 속살거렸다.

"지금 당신을 안고 싶어 미치겠어. 내 계획부터 하고 그다음에 플랜을 짜는 게 어떨까?"

그렇게 말한 그는 그녀가 답을 내리기도 전에 뜨겁게 입을 맞췄다. 길을 걷던 사람들이 움찔 놀랄 정도로 깊은 키스였다.

마지막으로 혜영의 입술을 부드럽게 핥은 그가 입술을 뗐다. 붉어진 얼굴로 그의 얼굴을 올려다보던 혜영이 고개를 푹 숙였다.

안 그래도 멋진 남자가 해사하게 웃자 심장이 터져 버릴 것만 같았다. 하지만 혜영은 부러 자신의 마음을 숨기며 말한다.

"치열하게 싸워야겠네요. 윤민환 씨는 생각보다 지독하게 이기적인 남자니까."

"알아. 하지만 당신에겐 늘 지는 것 같아. 난 원래 패배를 모르는 남잔데."

"자기 여자한테 져 주는 남자만큼 멋진 남자도 없어요."

그가 손가락으로 그녀의 턱을 잡아 올렸다.

"그럼 앞으로 세상에서 가장 멋진 남자가 되도록 노력해야겠군."

모든 것을 삼켜 버릴 듯 깊은 눈동자를 마주한 혜영이 읊조렸다.

"그것 참 올바른 자세예요."

8화 End

모던하게 꾸며진 사무실 안, 한쪽 벽면을 가득 채우는 책장 안에는 작은 미니어처들이 가지런히 놓여 있어 대기업 계열사 사장의 사무실과는 어딘가 언밸런스한 느낌이 들었다. 하지만 가만히 들여다보면 가죽 소파 또한 작은 문양이 들어간 것이었고, 바닥에 깔린 카펫 또한 조금 밝은 분위기인지라 이 사무실을 사용하는 인물의 취향이 묻어나 있었다.

그때 두터운 문이 열리더니 한 남녀가 얽혀 사무실 안으로 들어왔다. 남자는 부드럽게 입술을 휘며 여인의 입술을 통째로 집어삼켰다. 여자의 허리가 꺾이고 입에서 옅은 신음이 흘러나오자 그제야 남자가 입술을 뗐다. 가볍게 여인을 번쩍 들어 올린 남자가 지나치게 넓은 책상으로 향했다. 가지런히 정리되어 있던 서류를 옆으로 쓸어버리고, 그 위에 여자를 눕혔다. 종이가 허공에 휘날리며 사방으로 흩어졌지만, 남자는 여자에게 더욱 가까이 얼굴을 들이밀며 유혹했다.

"오늘따라 예쁜데?"

"언제는 안 예뻤나요?"

남자의 말에 여자가 볼에 빵빵하게 바람을 불어넣으며 말했다. 그러자 남자는 눈살을 찌푸리며, '이런, 실수했다'라고 읊조린 후 손가락으로 여성의 가슴 위를 부드럽게 훑으며 말했다.

"언제나 예뻤지."

짧은 답에 여자가 만족스러운지 먼저 남자의 입술을 집어삼킨 후 앞섶으로 손을 옮겼다. 불끈 솟아 있을 줄 알았던 남성이 흐물흐물 녹아 있다. 순간 자존심에 금이 간 것인지 여자가 바지 후크를 내리고 남성을 입에 머금으려고 할 때였다. 어느새 들어온 것일까. 딱딱한 정장 차림의 여자가 눈앞에서 펼쳐지는 정사 씬에도 눈 하나 깜짝하지 않은 채 고저 없는 목소리로 말했다.

"사장님."

"이크!"

화들짝 놀란 남자의 몸이 위로 튀어 올랐다. 그건 여자도 마찬가지였다. 양손으로 얼굴을 가린 채 사장실을 빠져나가는 여자의 뒷모습을 무심한 눈으로 보던 혜영은 고개를 돌려 서둘러 흐트러진 옷매무새를 정리하는 남자의 뒷모습을 보았다. 혜영의 입에서 깊은 한숨이 흘러나오기 전이었다.

"윤경환."

그녀의 뒤에 서 있던 민환이 낮은 목소리로 분노를 쏟아냈다. 그러자 그의 동생이자 도원호텔 사장인 경환의 몸이 다시 한 번 튀어 오른다. 옷 정리도, 그리고 상황 정리도 얼추 끝난 상태였지만 그는 차마 몸을 돌리지 못하는 상태였고, 코너에 몰린 쥐처럼 오들오들 떨고 있었다. 혜영은 저도 모르게 혀를 끌 하고 찼다.

"멍청한 녀석."

"……혀, 형님?"

결국 고개를 돌린 경환이 하하 웃음을 터뜨렸다. 하지만 인중에 맺히는 땀만은 어떻게 할 수가 없었다. 서릿발 어린 민환의 얼굴에 울상을 지은 경환이 성큼성큼 다가와 그의 손을 붙잡았다. 그리고 일부러 오버를 하며 그의 손을 아래위로 흔들며 수다를 떨어 댄다.

"바쁜 형님이 여기까진 어쩐 행차유? 아, 내가 형님을 찾아 뵙……."

그의 너스레를 눈빛으로 단박에 제압한 민환은 냉기가 풀풀 뿜어지는 얼굴로 말했다.

"호텔 사장이 사무실에서 회사 여직원과 관계를 가지려다가 딱 걸린 이 상황을 뭐라고 해야 하지? 아래층만 내려가도 넘쳐 나는 게 룸인데."

"그, 그게……."

경환이 사무실에서 무엇을 하든 상관이 없었다. 회사 여직원을 이미 다섯이나 건드려 본사에서 말이 나오든 말든 그게 민환과 무슨 상관이 있냔 말이다. 경환은 어린아이가 아니었고, 아랫도리 간수를 못해도 책임을 질 수 있는 나이였다. 하지만 그 모습을 혜영에게 보이는 문제는 달랐다.

"하는 건 네 자유야. 하지만 두 번 다시 네 형수 될 사람에게 그런 모습 보이지 마. 집 안 망신이니까."

"……."

"불결한 네 아랫도리 따위 절대 혜영이한테 보이지 말라고. 한 번만 더 이런 상황을 연출했다간 다시는 잘난 그 아랫도리 따위 사용하지 못하게 해줄 테니까."

일갈한 민환이 고개를 돌려 방금 전까지만 해도 사방을 얼려 버릴 듯 차가웠던 표정을 지우며 혜영을 보았다. 순간 겨울바람이 쌩쌩 불었던 얼굴에 봄볕이 비치자 경환은 못 볼 것이라도 본 사람마냥 고개를 옆으로 홱 돌려 버렸다.

"오늘 저녁에 시간 괜찮아?"

"아, 아, 네."

그녀 역시 당황한 것인지 말을 더듬었지만 민환은 여전히 입꼬리를 부드럽게 흰 채 말을 이었다.

"레스토랑 예약을 해뒀어. 오늘은 저녁 같이 하자."

"아……."

"이탈리아 레스토랑인데, 거기 음식이 꽤 괜찮아."

"아, 네."

혜영이 얼떨결에 고개를 끄덕였다. 그러자 그의 웃음이 더욱 진해졌다.

"저 멍청한 녀석을 선 자리에 데려준 다음에 데리러 올게. 벌써 네 번째 상대를 바람 맞히는 극악무도한 짓을 했거든. 하지 않겠다고 말하면 나도 더 이상 말을 안 하겠는데, 그것도 아니야. 바람을 맞힌 여자랑 후에 만났다가 찌라시에 나돌기도 했거든. 레스토랑 예약은 7시인데 괜찮지?"

빠르게 이어지는 민환의 말에 경환의 얼굴이 점차 창백하게 변했다.

"혀, 형……?"

경환이 그를 불렀지만 민환은 그의 목소리가 들리지 않는다는 듯 없는 사람 취급을 했다. 그의 시선은 여전히 혜영에게 닿아 있었고, 그녀는 이 상황을 어찌할 바를 모르겠다는 듯 그의 얼굴만 멀뚱히 올려다보았다.

뒤에서 경환이 후다닥 달려와 민환에게 사정했다.

"그건 그 여자가 누군지 몰랐기 때문이야. 결혼은 아직 하고 싶지 않다고! 그건 지옥이야!"

버럭 소리치는 말에 민환이 계속 해보라는 듯 팔짱을 꼈다. 그러자 경환이 방금 전보다 더 다급한 목소리로 말했다.

"내가 내 무덤을 파다 못해 관까지 짜는 일이라고! 아직 자유를 박탈당하고 싶진 않아!"

"……배부른 소리 하네."

그가 빈정대자 경환의 눈이 커졌다. 이런 형의 모습은 처음이라는 듯 입만 뻐끔거리는 모습이 흡사 붕어를 연상시켰다. 그러자 그는 동생을 향해 있던 시선을 돌려 혜영을 보았다. 방금 전까지 멍했던 표정이 이번엔 곤란하다는 듯 얼어 있었다. 민환이 혜영의 눈을 똑바로 바라보며 읊조렸다.

"누군 사정을 해도 안 되는데 말이야."

"민환 씨……."

"알았어, 여기까지 하라는 거지?"

두 사람이 이야기를 나누는 것을 멍하니 바라보던 경환의 입이 떡 벌어졌다. 두 사람의 관계는 이미 알고 있었다. 하지만 두 사람의 관계에서 우위를 점치고 있는 사람은 민환이라 생각했었다. 지금 이 모습을 보고 있자면 판단 미스란 생각이란 생각이 확실히 들었지만!

경환은 민환이 혜영의 손을 끌어다 잡는 것을 보았다. 그러다 곧 민환의 얼굴 가득 웃음이 피워지는 것을 보았다. 늘 로봇처럼 무표정하게 굳어 있던 형이 환하게 웃는 모습을 보자 경환의 입이 딱 벌어졌다. 턱이라도 빠진 것처럼.

"혜영아, 모자란 녀석이지만 잘 부탁해."

"아니에요. 좋은 분이신걸요."

"당신은 그게 문제야. 사실을 말하지 않는 점."

혜영이 경환의 눈치를 보며 민환에게 슬쩍 웃음을 보내는 것이 보였다. 그 모습을 보던 경환이 손을 번쩍 들어 허공에서 내젓는다.

"형, 그만 내 환상을 깨줄래?"

이런 형의 모습을 예전엔 보고 싶다 생각한 적은 있었지만 실제로 보니 무서웠다. 경환이 양손을 붙잡고 몸을 오들오들 떨자 민환이 눈살을 찌푸렸다.

"헛소리 말고 넌 따라와."

"……네."

❖

음식 솜씨가 좋기로 소문이 난 덕에 레스토랑 안은 발 디딜 틈 없이 손님으로 가득 차 있었다. 번잡스러운 분위기이긴 했으나 일반 손님을 받는 바깥 홀과는 달리 안쪽 깊숙한 곳에 위치한 룸은 잡음 하나 없이 조용했다.

혜영은 맛 좋게 구운 소고기를 얇게 썰어 위에 샐러드와 토마

토, 발사믹 식초와 올리브유로 마무리한 음식을 보며 눈을 빛냈
다.

"맛있겠다."

"깔리아따를 하는 곳은 한국에서도 몇 없어. 입에 맞을 거야."

그의 말에 혜영의 입술이 느른하게 펴졌다. 고개를 끄덕인 혜영
이 나이프로 고기를 적당한 크기로 썰어 야채와 함께 맛을 보았
다. 입안에 퍼지는 상큼한 맛에 혜영의 눈이 크게 떠졌다.

"정말 맛있네요!"

"당신이 좋아할 줄 알았어."

그녀를 위해 직접 식당을 선정하고 음식까지 추천한 그였지만
정작 그의 앞엔 커피가 한 잔 놓여 있었다. 왜 안 먹냐는 그녀의
물음에 그는 별생각이 없다는 말을 했지만 사실은 경환을 선 자리
에 던져 둔 후 곧바로 저녁식사 약속에 갔기에 이미 밥을 먹은 상
태였다. 하지만 그녀와 느긋하게 얼굴을 보기 위해 이를 숨긴 그
는 밝은 얼굴로 음식을 먹고 있는 혜영을 보며 웃었다.

그녀는 요즘 자신의 앞에서 자주 웃어주었다. 만들어진 웃음이
나 가루처럼 사라져 버릴 희미한 웃음이 아니라 진심을 다해서.
그럴 때면 자신도 모르게 그와 비슷한 웃음을 짓곤 했다. 요즘은
그렇게 웃는 그녀를 보는 것이 그의 즐거움 중 하나였다.

접시를 말끔하게 비우고 나서야 포크를 내려놓는 혜영을 보던
그가 턱을 괴었다.

"일은 어때?"

"즐거워요."

"이런. 나랑 있는 것보다?"

차가운 얼굴로 저렇게 말하자 혜영의 표정이 녹아내렸다. 아직도 이런 그가 낯설다. 혜영이 생경한 눈으로 민환을 보았다. 그러자 그가 입꼬리를 비틀며 웃었다.

"사람이 갑자기 변하면 죽는다는 얼굴이네. 왜, 내가 죽을까 봐 겁나?"

정곡이 찔리자 혜영이 피식 웃었다. 정말 그렇게 생각했다. 그렇게.

"너무 많이 달라져서요."

여전히 그는 차갑고 냉혹한 사업가의 모습을 하고 있었으나 행동이나 표정엔 드라마틱한 변화가 있었다. 그는 더 이상 자신을 속박하려 들지 않는다. 간혹 일 때문에 야근이 있으면 아무 말 없이 회사 앞에서 기다려 주었고, 잔소리를 하긴 했으나 거기까지였다. 얼마 전에도 새벽 2시에 업무가 끝났을 땐 말없이 자신을 꼭 끌어안아 주던 그가 한숨처럼 말했었다.

"걱정하게 하지 마."

목소리는 슬프게 느껴질 정도였다. 자신의 감정을 억누르며 억눌린 목소리로 말하는 그의 등을 끌어안은 혜영은 그에게 사과를 했다. 그가 많은 것을 양보한 것처럼 그녀 또한 그를 배려해 주어야 했지만, 적정선을 찾는 일은 어려웠다. 사회생활이란 것이, 회사 일이란 것이 생각한 대로만 흘러간다면 얼마나 좋을까. 혜영은 아무렇지도 않은 얼굴로 그제야 다 식은 커피를 마시는 민환을 보았다.

"민환 씨가 아닌 것 같아요."

"사람은 배우는 동물이잖아. 많이 배웠어. 다시는 그러고 싶지 않아."

찌르르, 감동에 가슴이 울었다.

"어어, 이번에는 감동받은 얼굴?"

"……물론이죠."

상대가 자신을 배려해 주는 일은 언제나 기쁘다. 그리고 바라게 된다. 그의 배려 속에서 그녀는 마음의 크기를 알아가고 있었다.

그녀의 모습을 가만히 보고 있던 민환이 피식 웃음을 내뱉으며 들고 있던 잔을 소리 없이 내려놓았다. 그리고 턱을 괸 후 한쪽 눈살만 찌푸린 채 웅얼거렸다.

"예전에도 말이야. 당신의 그런 얼굴이 보고 싶었어. 그때 난 아무것도 모르는 어린아이 같은 상태여서 값비싼 선물을 안기면 당신의 웃는 얼굴을 볼 수 있을 거라고 생각했어."

"……알아요. 웃어줄 순 없었지만."

혜영의 입술에 어설픈 미소가 걸렸다. 그때의 일만 생각하면 여전히 가슴이 아프다. 그가 상처 내기 위해 그리 행동한 것이 아니란 것을 알면서도, 상흔은 사라지지 않았다. 하지만 그럼에도 그의 앞에서 웃을 수 있는 것은……

"그래도 지금은 무척 행복해요."

"어떤 점이?"

"오늘도 식사하고 오셨죠?"

"……"

"그런데 저와 함께 있고 싶어서 저녁약속 하신 거죠?"

"……아, 이번에는 정말 놀랐네. 당신의 촉이 그렇게 좋을 줄은 몰랐어."

그가 자신을 위해 노력하고 있다는 점 때문이었다. 요즘 본사가 얼마나 바쁜지, 그의 스케줄이 얼마나 살인적인지 기영을 통해 간간이 전해 듣고 있었기에 더 기뻤다.

"여자의 촉이 얼마나 대단한지 모르시는군요."

"그럼 지금 내가 가장 듣고 싶은 말이 뭔지 맞혀봐."

그는 말이 끝남과 동시에 네 번째 손가락을 어루만졌다. 그가 하고자 하는 말은 그 간단한 행동만으로 설명이 되었다. 하지만 그녀는 짐짓 아무것도 모른 척 고개를 돌렸다. 그리고 곧 후식으로 나온 달콤한 아이스크림으로 손을 뻗었다.

"아이스크림 드실래요?"

"말 돌리지 말고."

"달콤한 걸 드셔야 제 이야기를 듣고도 괜찮으실 것 같아서요."

"너……."

민환의 얼굴이 일그러졌다. 그것만으로도 답은 충분했다.

그가 한참이나 혜영을 보았다. 그녀는 아이스크림이 정말 맛있어서 견딜 수 없다는 얼굴이었다. 한숨을 내뱉은 그가 말했다.

"나도 한입 줘."

"정말요?"

"그럼 가짜겠어? 당신 말대로야. 지금 내 기분이 엉망이어서 달콤한 거라도 먹어야겠어."

심통난 얼굴에 후후 웃음을 뱉은 혜영이 작은 스푼 가득 아이스크림을 떠 그의 앞에 내밀었다.

"새콤달콤한 레몬 맛이랍니다."

그녀의 말대로 입안 가득 번지는 레몬 맛에 그가 누그러진 얼굴로 말했다.

"오늘 이걸로 끝이라고 생각하지 마. 당신이 알겠지만 난 신기루를 믿기로 했고, 신기루의 끝은 결혼이야. 당신은 내가 얼마나 집요하고 끈질긴 남자인지 잘 알고 있잖아? 쉽게 포기하지 않아."

"그래요? 그럼 쓴소리 한마디 더 해도 될까요?"

혜영이 턱을 괴며 싱글벙글 웃었다. 거절할 수 없는 모습에 민환의 입에서 끙, 앓는 소리가 흘러나왔다. 그러다 이내 등을 편히 의자에 기대며 어디 해보라는 듯 팔짱을 꼈다. 그가 들을 준비를 마치자 혜영은 여전히 웃는 얼굴로 말했다.

"회사에선 자제해 주세요."

"뭘?"

"윤경환 사장님이…… 저만 보면 움찔움찔 떠신다고요."

"아, 그 녀석이? 그럴 줄은 몰랐는데 생각보다 눈치가 있는 사람이었군."

그가 가볍게 받아치자 혜영의 미간이 와자작 찌푸려졌다. 하지만 그는 거기서 멈추지 않았다.

"하지만 그래도 조심해. 그 녀석 행실을 봤겠지? 난 세상 남자가 모두 걱정이 되지만 그중에 가장 걱정이 되는 게……."

"민환 씨, 제발 그만해 줘요."

"왜?"

민환이 아무것도 모르겠다는 듯 미간을 찌푸리자 혜영은 곤란한 얼굴로 뺨을 긁적였다.

"당신이 지금 팔불출로 보이기 시작했어요."

"그걸 이제야 알았나? 방금 눈치 있다고 했던 말 취소해야겠어."

기분 나빠할 줄 알았던 그가 오히려 당당하게 되받아치자 그녀의 표정이 허물어졌다.

"그리고 이런 곳에서 그런 귀여운 표정 짓지 마. 몸이 들썩들썩하니까."

"……아이, 정말."

그녀가 끙끙거린다. 마치 똥 마려운 강아지처럼. 그 모습을 놀란 눈으로 보던 민환이 자리에서 벌떡 일어났다. 성큼성큼 혜영에게 다가온 그가 얇은 손목을 잡아 그녀를 벌떡 일으켜 세웠다.

"난 분명히 경고했어. 무시한 건 너고."

"……민환 씨."

완벽하게 카리스마를 무너뜨린 그의 모습에 당황한 혜영이 질질 끌려 식당을 나섰다. 그리고 차에 오르자마자 입술에 닥치는 깊은 키스에 눈을 감았다.

아아, 이 남자 어쩌면 좋아.

❖

쿵, 쿵쿵.

누군가가 자신의 심장을 힘껏 내려치는 것 같았다. 아니, 내려치고 있었다.

혜영은 자신의 위에서 여유만만한 모습으로 자신을 바라보고 있는 그의 모습에 심통 맞은 얼굴을 했다. 그는 늘 여유롭다. 실오라기 하나도 걸치지 않은 채 자신이 올려다보고 있는 이 순간에도.

가슴을 손으로 지분거리며 흥분을 돋우는 손은 차갑고 시리다. 그 차가움이 심장까지 전달이 되어 눈물이 날 것 같지만 이 손길이 좋다. 이 손은 그녀가 선택한 것이었다. 가슴을 꽉 움켜쥐는 손에 혜영의 입에서 억눌린 신음이 흘러나왔다.

"윽……."

"좋아?"

"……그런 말 묻지 말아요. 부끄러우니까."

입술을 뾰족하게 내민 혜영이 손을 뻗어 민환의 목을 끌어안았다. 무게에 고개가 앞으로 쏠린 그는 자신의 입술에 닿는 따스한 기운에 눈을 크게 떴다. 그녀가 먼저 입을 맞춰온 것은 처음이었다. 그가 놀란 눈으로 자신을 바라보자 혜영이 작게 소리 내어 웃었다.

"열 받아요."

"뭐가?"

"매일 나만 안달하는 것 같아서요."

그러면서 손을 뻗은 그녀가 민환의 뺨을 쓰다듬으며 부드럽게 웃었다. 손을 들어 혜영의 손을 감싼 민환이 한쪽 입술을 비틀어 웃었다.

"정말 그런 것 같아?"

"물론이에요. 물론 그럴 정도로 아주 대단한 남자긴 해서, 당연하다는 느낌이 들긴 하지만요."

"이런. 처음엔 욕인 줄 알고 슬펐는데, 결국 칭찬이네."

그가 후후 웃으며 꼿꼿하게 일어선 혜영의 젖꼭지를 꼬집었다. 그러자 혜영의 허리가 비틀렸다. 혜영은 밉다는 듯 그의 얼굴을 흘기며 말했다.

"당연하죠. 누가 선택한 남잔데."

"뭐?"

"뭐예요, 그 표정? 무지 황당하다는 얼굴이네요?"

혜영이 키득키득 웃음을 내뱉었다. 그는 요즘 다양한 표정을 보여준다. 예전의 차갑고 무심했던 모습은 떠올릴 수 없을 정도로.

손을 움직여 조심스레 뺨을 쓰다듬던 그녀는 그의 얼굴을 끌어내려 다시 한 번 입을 맞췄다. 짧은 입맞춤은 깊지 않았다. 하지만 그 어떤 뜨겁고 강렬한 키스보다 그의 마음을 더 설레게 하고 아프게 뛰게 만든다. 그 심장의 고동이 아프다고 느껴질 정도로. 민환은 자신에게 이러한 느낌을 주는 혜영을 보았다. 입을 맞출 때부터 부드럽게 휘어져 있던 입술이 더욱 진하게 웃음 짓는 것을 보던 그는 그녀의 말에 슬며시 눈을 감았다. 혜영의 목소리가 자장가처럼 들려왔다.

"평범한 여자는 세상에서 가장 멋진 남자를 꿈꿔요. 환상 속의 왕자님이요. 보통은 어릴 적 보았던 동화 속의 남자들이 대부분이죠. 그런 점을 들어 보았을 때, 민환 씨는 왕자님이잖아요."

몸을 내려 그녀의 몸 위에 제 몸을 겹친 그가 낮은 어조로 말했다.

"계속 해봐."

오늘은 그녀를 뜨겁게 안을 생각이었다. 그녀의 몸에 제 흔적을 남기고, 떨어져 있을 때도 늘 그를 느낄 수 있도록 가지고 또 가질 작정이었다. 하지만 그는 그 계획을 바꿨다.

"무거워요."

윽, 억눌린 소리를 낸 혜영이 투덜거렸다. 그의 입에서 커다란 웃음소리가 흘러나왔다. 자세를 바꾼 그가 그녀에게 팔베개를 해 준 후 제 품으로 끌어당겼다.

자신의 어깨를 꽉 쥐는 손길에 혜영의 얼굴이 일그러졌다.

"극악무도하긴 하지만."

불만 가득한 목소리에 민환의 이마가 꿈틀거렸다.

"이기적이기도 하지만."

꿈틀꿈틀, 한마디만 더 하면 당장이라도 그녀를 잡아먹을 것처럼 위협적인 표정으로 민환이 혜영을 노려본다. 고개를 한껏 들어 민환의 얼굴을 올려다보던 혜영이 기가 막히다는 듯 얼굴을 일그러뜨렸다.

"그래도 당신이 좋아요."

왜 이 사람이 이렇게두 좋은 걸까. 자신의 세계를 철저하세 부수고 외톨이로 만들었던 남잔데. 사람의 성품이란 것도, 생각도 쉽게 바뀌는 것이 아니다. 그래서 요즘도 가끔 그는 예전처럼 이렇게 지독한 눈으로 바라볼 때도 있었다. 그의 소유욕이란 일반적인 것이 아니었고, 평범한 그녀가 감당하기에도 힘든 것이란 것을 알고 있는데도 혜영은 계속 그의 곁에 있고 싶었다. 극악무도하고, 이기적이며, 나쁜 남자였지만 그가 좋았다. 나쁜 남자 신드롬이 왜 유행처럼 번져 갔는지 알 수 있을 만큼.

혜영은 자신의 얼굴 여기저기를 훑는 시선을 느끼며 싱긋 웃었다. 마치 포악한 짐승처럼 어디서부터 잡아먹어야 할지 고민이 그득한 얼굴이었다. 하지만 그는 그녀의 몸에 손을 대는 대신 진중한 눈으로 천천히 무거운 입술을 뗐다.

"그럼 결혼은 이제 승낙해 주지?"

이젠 그가 원하는 것은 예전처럼 집에 남아 있는 것이 아닌 결혼을 하는 것이었다. 그가 말했던 허상으로 가득한 그 관계. 그녀가 그토록 원했던 것.

하지만 그녀의 입에서 흘러나온 말은 그와는 정반대의 것이었다.

"그건 싫어요."

혜영이 망설임 없이 답하자 민환의 얼굴이 종잇장처럼 일그러졌다. 그런 그의 모습을 바라보는 일은 혜영에겐 하나의 즐거움이 되었지만 진심을 다해서 웃을 순 없었다.

그녀가 거절을 하는 이유는 간단했다. 그는 여전히 자신에게 사랑한다 말해주지 않았다. 그가 하고 있는 것은 사랑이 맞았으나, 그는 여전히 모르고 있었다. 그래서 말해주지 않는다. 그저…….

"난 네가 필요해."

이렇게만 말해줄 뿐이었다.

그녀에게도 그가 필요했다. 하지만 필요에 의한 관계는 불안하고 언제 무너질지 모르는 것이었다. 그에게 자신이 필요 없어지면 망설임 없이 떠나갈 테니까. 그때 홀로 남겨질 자신을 상상만 해보아도 가슴이 미어져 온다.

그렇기에 그녀는 거절한다. 달콤한 그의 제안을 거절해야 했다. 훗날을 위해선.

"좀 더 이 시간을 즐기고 싶어요."

혜영이 그의 품에서 빠져나오며 말했다.

"자자, 그럼 민환 씨 시간이 많이 흘렀어요. 이만 집으로 돌아가야죠?"

"……."

제 품에 있던 사랑스러운 체온이 사라지자 그의 눈빛이 날카롭게 벼려진다. 하지만 혜영은 그가 풀어놓은 단추를 목까지 채우며 심드렁한 얼굴로 말했다.

"그런 표정으로 봐도 소용없어요."

"당신, 요즘 무척 쌀쌀맞아."

민환이 불만이 가득한 목소리로 말했다. 하지만 혜영은 눈 하나 깜짝하지 않은 채 어깨를 으쓱인다.

"이게 원래 내 모습에 가까울걸요?"

"……."

멍하니 자신을 올려다보는 그의 모습을 눈으로 훑었다. 그가 입고 있는 와이셔츠가 그의 표정마냥 엉망으로 구겨져 있는 것이 보인다.

하지만 어쩔 수 없는걸?

그를 한 번 집에서 재우면 나중엔 그게 당연한 것처럼 여겨질 것이다. 홀로 잠드는 것이 힘들어 견딜 수 없어질지도 모르고. 그렇다면 미연에 방지를 하는 것이 좋았다. 그녀는 더 이상 그와의 관계로 힘들어지고 싶지 않았으니까.

"그럼 민환 씨는 이제 집에 돌아갈 시간이에요."

민환에게도, 혜영에게도, 인내의 시간이 계속되고 있었다.

❖

"혀, 형. 내가 뭐 잘못했어?"

경환은 몸을 오들오들 떨며 자신의 앞에서 한껏 어두운 기운을 뿜어대고 있는 민환을 보았다. 그는 겉으로 보기엔 평소와 별반 다를 것이 없어 보였으나 둘은 피를 나눈 형제였다. 묘하게 굳어져 있는 표정이나 내리깔고 있는 시선에서 경환은 지금 민환의 기분이 얼마나 좋지 않은지 알 수 있었다.

아까부터 잔뜩 분위기 잡고 저게 뭐 하는 짓이야? 날 말려 죽일

셈인가?

의좋은 형제는 아니었으나 그의 연인인 혜영이 경환의 비서로 지내게 되면서부터 민환이 도원호텔 사장실을 찾는 일이 많아졌다. 그리고 그 횟수가 많아질수록 경환은 비쩍비쩍 말라가기 시작했고. 오늘도 벌써 20분째 아래로 시선을 내리깔고 있는 형의 모습을 보자 경환은 이 자리를 당장이고 뛰쳐나가고 싶은 충동에 휩싸였다.

엉덩이를 들썩이던 경환은 어둠의 기운을 폴폴 내뿜던 민환이 고개를 들어 자신을 보자 몸을 움찔 떨었다.

"그, 그게 도망가려던 것은 아니⋯⋯."

"어디 갔어?"

"어, 어?"

경환은 빠르게 변명을 내뱉다 말고 자신의 말을 가로막는 그 때문에 당황해 말을 더듬었다. 갑자기 어딜 갔냐니? 그의 말 본뜻을 알 수 없어 고개를 갸웃거리던 경환이 이내 고개를 끄덕였다.

"아아, 이 비서? 오늘 비서진들 회식 있어서 한 시간 일찍 퇴근하고 나갔어. 왜? 연락 안 하셨어?"

부하직원에게 경어를 사용해 말을 높인 경환이 또다시 고개를 기울였다. 점점 굳어가는 민환의 얼굴을 보니, 형의 여자가 그에게 일언반구 없이 회식에 참여했나 보다.

아아, 이 비서는 목숨이 열 개는 되나? 형한테 말도 없이.

평소 형이 자신의 것에 대한 독점욕이 얼마나 심한지 잘 알고 있던 경환인지라 순간 혜영이 대단하게까지 보일 지경이었다. 만년필 하나까지 남의 손에 닿는 것을 싫어하는 형이 아니던가. 어릴 적 형의 펜을 몰래 사용했다가 잉크를 옴팡 뒤집어쓴 적도 있었다.

오늘 이 비서는 살아남을 수 있을까?

경환이 꽤나 쓸데없는 생각을 하고 있을 때였다.

"후."

민환의 입에서 깊은 한숨이 흘러나왔다. 순간 피곤이 몰아닥친 것인지 이마를 짚는 그의 모습에 경환이 물었다.

"뭐 때문에 그래? 평소 형답지 않아."

"어려워."

경환의 얼굴이 놀라움으로 물들었다. 생전 민환에겐 어울리지 않는 말이 들려왔기 때문이다. 내가 잘못 들은 건가? 경환이 순간 자신의 귀까지 의심할 때였다.

"그 여자가 바라는 것을 해줄 수가 없어. 해본 적이 없으니까. 본 적도 없고."

"……형, 세상엔 말이야. 혼자 풀 수 없는 문제가 생각보다 엄청 많거든? 그래서 인간은 무리 생활을 하는 거라고."

"……너한테 그런 이야기를 들으니까 무척 짜증이 몰려와."

"히끅!"

감히 내 고민을 들어준다니.

그의 눈빛이 그렇게 말하고 있어 경환은 잔뜩 겁을 집어 먹어버려 사색이 된 얼굴을 좌우로 저어댔다.

"아니, 아니야! 설마 내가 그런……!"

경환이 재빨리 변명처럼 말을 늘어놓으려 할 때였다. 민환은 앵앵거리는 목소리에 귀가 울린다는 듯 미간을 찌푸린 채로 손을 들었다. 순간 경환이 입을 꾹 다문다.

"어디야?"

"응? 뭐가?"

"회식 장소, 어디냐고."

두 번 말하게 하지 말라는 듯 민환이 경환을 쏘아보았다. 그러자 경환이 서둘러 말했다.

"아, 그, 글쎄? 비서들끼리 가는 거라 난 카드만……."

답이 채 끝나기도 전에 민환이 휴대전화를 꺼내 들었다. 그리고 익숙한 번호를 빠르게 누른 그는 통화음만 계속 갈 뿐 전화를 받지 않는 그녀 때문에 인상을 굳혔다. 오늘 도대체 그녀가 몇 통화째 자신의 전화를 무시하고 있는 것일까. 통화목록을 살핀 민환의 얼굴이 딱딱하게 굳어졌다.

"혀, 형……?"

"당장 회식장소 알아내. 못 알아내면 너도 가만히 안 둬."

민환이 낮은 분노를 쏟아냈다. 그러자 경환의 표정이 와르르 무너진다.

한국에 괜히 돌아왔어, 아니, 형의 여자를 비서로 두는 게 아니었어!

"왜 나한테 뭐라고 그래?"

"네 부하직원이 그런 거니까."

"형 여자잖아!"

빽, 소리를 내지른 경환이 씨근덕거렸다. 저 둘 사이에 껴서 자신이 무슨 꼴인가 싶었다. 예전이라면 자신의 사생활은 물론이고, 자신의 존재 자체에 신경을 쓰지 않던 민환이었건만!

경환이 다시 한 번 사랑싸움은 집에서 둘이 하라고 되바라지게 소리치려 할 때였다. 커피잔을 보며 눈을 내리깔고 있던 민환의 입에서 씁쓸한 음성이 흘러나온 것은.

"그래, 내 여잔데……. 가끔은 내 여자가 아닌 것 같아."

움찔!

자신감을 잃은 민환의 얼굴에 경환이 깜짝 놀라 멍한 표정을 지었다. 그러자 민환은 그의 시선 따윈 신경도 쓰지 않은 채 말을 이었다.

"다리라도 부러뜨려서 옆에 묶어놓고 싶어."

그의 말에 경환의 얼굴이 창백하게 질렸다.

형, 그건 범죄야.

그렇게 말하고 싶었지만 진지한 표정에 그는 어떠한 말도 하지 못한 채 서둘러 휴대전화를 꺼냈다. 당장에라도 회식장소를 알아내지 못하면 자신의 유능한 비서이자 형의 여자가 큰일을 겪을 것만 같았다.

혜영은 시끄러운 주위 덕에 눈살을 찌푸리다 말고 한숨을 내뱉었다. 도원호텔 근처에 위치한 삼겹살 집은 평일인데도 발 디딜틈 없이 많은 사람들로 가득 차 있었다. 그리고 그녀 또한 회사 동료들과 함께 불판 위에서 지글지글 익어가는 삼겹살을 사이에 두고 앉아 있었다.

사장을 보좌하는 비서가 세 명이었고 영업과 마케팅, 인사 쪽 이사를 보좌하는 사람까지 총 여덟 명이었다. 혜영은 일주일의 스트레스를 모두 술로 날리려는 것인지 연신 소주잔을 나누는 사람들 사이에 껴 적당히 대화를 하며 장단을 맞춰주다 말고 가방에서 윙윙 울리는 휴대전화를 느끼며 손을 뻗었다. 휴대전화를 꺼내기도 전 그녀의 맞은편에 앉은 여직원이 그녀를 보며 호기심 가득한 눈을 빛냈다.

"이혜영 실장님은 본사에 계셨죠?"

그녀의 과거를 아는 듯한 말에 혜영의 손이 멈칫했다. 하지만 곧 아무렇지도 않은 척 액정을 확인하며 답했다.

"네, 그랬었죠."

부재중 전화 21통.

이런. 그녀의 얼굴이 찌푸려졌다. 주위의 시끄러운 소음에 전화가 온지도 몰랐던 것이다. 전화를 걸어온 사람은 민환이었다. 한숨을 내뱉은 혜영이 잠시 자리를 비우려던 찰나, 여직원이 다시 말을 걸어왔다.

"이런 질문 해도 되나 모르겠는데…… 그 소문 진짜예요?"

모르겠으면 하지 마시지.

혜영은 삐죽 튀어나오려는 말을 애써 억누르며 입가에 미소를 머금었다.

"무슨 소문이요?"

"그…… 본사 윤민환 사장님의 여자라는 소문이요."

"그거 진짜예요?"

"그런 소문이 돈단 말이야?"

사람들이 웅성거리기 시작했다. 시선이 자신에게 쏠리자 혜영은 들고 있던 휴대전화를 다시 가방에 집어넣었다. 이럴 때 괜히 자리를 비웠다간 자리에서 어떠한 이야기가 오갈지 몰랐다.

"어머, 몰랐어요? 이 실장님 본사에 계실 때 윤민환 사장님 비서였잖아요. 그전부터 계속 모셨다는데요, 뭐. 그렇죠?"

이런.

여직원의 말에 혜영이 눈을 깜빡였다.

저 사람의 이름이 뭐였더라? 기억을 떠올려 보려던 혜영이 이내 포기를 한 뒤 말했다.

"오래 모셨었죠."

"그럼 그 소문이 진짜란 말이에요? 우와! 난 설마설마했어요."

"뭐? 정말? 그럼 이 실장님한테 잘 보여야겠네? 우리 사장님도 본사 사장님 동생이잖아요."

사람들의 말에 머리가 아픈 듯 혜영이 손을 들어 이마를 짚었다. 손가락으로 꾹꾹 누르며 두통이 가라앉길 기다리던 그녀는 곧 뒤에서 들려오는 남자의 목소리에 한숨을 토해냈다. 두통이 더욱 몰려오기 시작했다.

"어떤 소문인지 여쭤봐도 되겠습니까?"

"헉!"

민환의 얼굴을 알고 있는 몇몇 사람이 숨을 들이켰다. 어찌 그렇지 않을 수가 있겠는가. 도원그룹의 윤민환 사장이 삼겹살 집에 나타날 것이라고 그 누가 상상이나 할 수 있겠냔 말이다!

"여긴 어쩐 일이세요?"

"소문의 그 누군가가 전화를 하도 안 받아서 말이야."

그렇게 말한 민환이 입술을 휘어 매혹적으로 웃었다. 그러자 주위에서 또 몇몇 사람이 숨을 들이켜는 소리가 들린다. 이번엔 놀라움 때문이 아니었다. 그의 웃음에 명치가 찌르르 했다. 아쉽게도 회식자리에선 이만 퇴장해야 할 것 같았다.

혜영이 자리에서 일어나려 하자 민환은 그녀의 손목을 잡으며 방금 전까지 조잘조잘 이야기를 늘어놓던 여직원을 향해 물었다.

"무슨 소문인지 물어도 되겠습니까?"

"아, 저 그게…… 사장님이랑 이 실장님이랑 사귄다는 소문을 들었거든요."

사귄다는 소문이 아닐 것이다. 소문은 그녀도 그리고 그도 들었으니까.

이혜영은 윤민환의 정부다.

그런 소문이겠지.

민환은 짙은 웃음을 지은 채 창백한 얼굴로 눈을 깜빡이고 있는 혜영을 보았다. 그녀는 꿀 먹은 벙어리처럼 아무런 말도 하지 못하고 있었다. 파르르 떨리는 입술을 보던 민환이 천천히 운을 뗐다.

"아, 소문이 잘못됐군요."

"네……?"

사람들의 시선이 두 사람에게로 모여들었다. 그러자 민환은 그녀의 얼굴을 집요하게 훑던 시선을 옮겨 여직원을 보았다. 어두운 그의 눈빛에 그녀가 겁을 집어 먹었다고 생각하는 것은 지나친 비약인 것일까. 아니, 아니다. 그는 혜영을 상처 준 그녀에게 눈빛으로 경고하고 있었다.

"만약 소문을 전한 사람과 아직도 연락이 된다면 확실히 말해주십시오. 우리 두 사람은 결혼할 사이라고."

"……."

사람들 사이에서 무거운 침묵이 흘렀다. 그리고 그들 중에 가장 먼저 정신을 차린 것은 다름 아닌 혜영이었다. 그녀는 민환의 팔을 잡아끌며 초조한 기색이 가득한 얼굴로 말했다.

"얼른 가요."

"왜? 나에게 말도 없이 온 회식이잖아. 더 즐겨야 하지 않겠어?"

"조금 있다가 이야기해요."

그를 흘겨본 혜영은 고개를 돌려 사람들을 보았다.

"그럼 저 먼저 들어가 봐도 될까요? 죄송합니다."

"아니, 아니에요, 이 실장님. 먼저 들어가 보세요."

"죄송합니다."

다시 한 번 사과한 혜영이 그의 팔을 거칠게 이끌었다. 순순히 그녀의 손에 이끌려 가던 민환이 뒤돌아 아직도 자신들을 멍하니 보는 사람들을 향해 말했다.

"오늘 회식은 마음껏 하십시오. 동생에게 일러둘 테니까."

허리띠 풀고 제대로 먹으란 말을 남긴 민환이 고개를 돌려 혜영의 어깨를 감싸 안았다. 혜영의 얼굴이 불타오르자 그가 즐거운 듯 빙긋 웃는다.

"우와, 대박!"

뒤에서 들려오는 말들에 혜영이 눈을 질끈 감았다. 이렇게 시끄러운 가게 안에서 왜 저들의 목소리만 들리는 것일까. 혜영은 딱 죽고 싶은 심정이었다.

"제가 당황하는 게 그렇게 재미있어요?"

차에 오른 혜영이 안전벨트를 매며 투덜거렸다. 그가 설마 회식 자리에 나타날 줄은 꿈에도 몰랐다. 의자에 편히 등을 기댄 혜영이 깊은 한숨을 내뱉었다.

"그러게 누가 아무 말 없이 회식 참석하래."

"그건 제 마음이에요."

눈을 감은 혜영이 가볍게 되받아치자 그가 상체를 내려 그녀의 얼굴 가까이 다가왔다. 쿵쿵, 냄새를 맡은 그가 낮은 목소리로 읊조렸다.

"술까지 마셨군."

"그거 역시 제 마음이에요!"

번뜩 눈을 뜬 혜영은 순간 제 앞에 있는 그의 얼굴에 깜짝 놀라 몸을 떨었다. 깊은 눈동자로 자신을 바라보는 그의 모습에 혜영이 꿀 먹은 벙어리가 되었다.

"회식하면 집에 늦게 들어가잖아. 걱정하는 내 마음 정도는 알아주라고."

"……."

한숨을 내뱉으며 시동을 켜는 그의 모습을 보던 혜영이 입술을 짓이겼다.

"미안해요."

"아니야."

"정말 미안해요."

혜영이 계속 사과의 말을 건넸다. 그는 그녀를 생각해 많은 것을 참고 있었는데 자신은 그렇지 못했다. 연락 한 통 미리 해줄 수 있는 일이었는데. 그녀의 얼굴이 죄책감으로 물들자 고개를 돌린 민환이 차갑게 말했다.

"미안하단 말 그만해."

"……."

"미안."

짧게 사과의 말을 건넨 그가 피곤한 눈을 깜빡이더니 이내 손가락으로 눈두덩을 꾹꾹 눌렀다.

"화내서 미안해."

"……아니에요."

"걱정이란 말로 또다시 널 구속하려 해서 미안하고."

"아니에요."

"내가 이런 놈이라……."

민환이 말을 채 끝맺기도 전에 안전벨트를 푼 혜영이 그에게 다가갔다.

쪽.

짧은 입맞춤을 한 그녀는 놀란 눈으로 자신을 바라보는 민환을 향해 싱긋 웃음지어 보였다.

"그만해요."

피식, 그가 짧게 소리 내어 웃었다. 그리고 손을 들어 그녀의 머리카락 사이에 찔러 넣은 그는 깊은 키스를 했다. 여전히 그의 안에는 끔찍한 짐승이 살고 있었다. 그 짐승이 그녀를 집어삼키라 명했지만, 그는 애써 억누르며 입술을 뗐다.

눈을 뜨자 두 뺨을 붉히고 있는 혜영이 보인다. 이런 그녀는 너무나 사랑스러웠다. 그래서 불안했다. 그녀를 세상 밖에 두기가. 누군가 혜영을 단숨에 낚아채 가버릴 것 같아서. 그만의 것을 빼앗을 것 같아서.

하지만 억눌러야 한다. 누르고 또 눌러야 한다. 그녀를 잃을 수 없으니까.

"집으로 데려다 주면 되지?"

민환이 부드럽게 핸들을 돌리며 물었다. 그러자 부르르 떨리는 손으로 안전벨트를 한 혜영이 고개를 저으며 말했다.

"아니요, 민환 씨 집으로 가면 돼요."

"뭐……?"

깜짝 놀란 그가 신호를 받자마자 차를 멈추며 그녀를 돌아보았다. 그녀는 여전히 얼굴을 붉힌 채였다. 하지만 부끄러워하는 걸

모습과는 달리 그녀의 입에서 나온 말은 너무나 대담한 것.

"오늘 밤은 당신과 함께 있고 싶어요."

그녀가 그를 유혹했다.

"윽!"

민환의 허리가 위로 튀어 올랐다. 흥분에 가득 찬 억눌린 신음소리를 즐기며 듣고 있던 혜영은 입에 물고 있던 남성을 손으로 움켜쥔 후 입에서 빼냈다.

"그만 움직여요."

"……당신."

그가 불만스럽게 말했지만 혜영은 사뿐히 무시하며 혀를 길게 빼내어 남성을 정성스럽게 핥았다. 귀두 끝에서 연신 정액이 흘러 나왔지만 그것조차 맛본 그녀가 남성을 쥔 손에 힘을 주며 말했다.

"진작에 해볼걸."

"뭐, 뭐……?"

그가 당황한 듯 묻다 말고 입술을 깨물었다. 그러자 혜영이 그의 남성에 키득키득 웃음을 불어 넣으며 말했다.

"늘 나만 당하는 것 같아서 불만이었거든요. 하지만 지금 당신 얼굴 보니까, 너무 즐거워서요."

"윽……!"

"당신이 왜 끝없이 날 몰아붙이는 건지 알 수 있을 것 같아요."

그렇게 말한 혜영은 그가 손을 뻗기 전에 고개를 내려 다시 남성을 입에 물었다. 턱이 빠근할 만큼 무시무시한 크기로 부풀어 오른 남성을 혀로 문지르며 고개를 움직이기 시작하던 혜영은 자신의 뒷머리를 붙잡는 거친 손길에 고개를 멈췄다.

"그, 그만."

그가 억눌린 목소리로 말했다. 남성을 훑으며 끝없이 자극하는 그녀 덕에 곧 사정이라도 할 것 같았다. 그의 얼굴이 붉게 달아오른 것을 보던 그녀가 그의 손을 탁 쳐낸 후 또다시 고개를 움직이기 시작했다. 그의 하체에 힘이 들어가고 곧 그녀의 입 안에 비릿한 향이 번졌다.

"너……!"

"으엑."

얼굴을 붉힌 민환이 소리를 지르려다 말고, 입에 있는 정액을 손바닥 위로 쏟아내는 혜영을 보며 미간을 찌푸렸다.

"젠장."

"왜 그래요?"

기분 좋았으면서.

혜영은 그가 티슈를 앞으로 내밀어 주자 위에 입 안에 있던 정액을 모두 쏟아냈다.

"아, 텁텁해."

"넌 지금 남자의 자존심을 무너뜨렸어."

"에……?"

그녀가 깜짝 놀라기도 전이었다. 그녀의 어깨를 잡아 침대 위로 쓰러뜨렸다. 그녀가 도망가지 못하도록 허벅지를 꾹 누른 민환이 크르릉 낮은 분노를 내뿜으며 말했다.

"이런 짓을 했을 땐 그만한 각오를 했겠지?"

"자, 잠깐만…… 아악!"

그녀의 엉덩이를 위로 들어 올린 민환이 위에서 남성을 내리찍으며 꽂았다. 그러자 혜영의 허리가 활을 그리더니 이내 입에서 진득한 신음이 연신 터져 나온다.

"오늘 잠은 다 잔 줄 알라고."

벌써부터 눈빛을 흐린 채 까무룩 정신을 잃을 듯 신음을 내뱉는 그녀의 모습에 그가 눈살을 찌푸렸다.

"그렇게 예쁜 표정 지어도 안 봐줘."

"미, 민환 씨……."

혜영이 허공에서 팔을 허우적거렸다. 그러자 그녀의 손을 붙잡은 그가 손가락에 깊은 입맞춤을 하며 어쩔 수 없다는 듯 한숨을 내뱉었다.

"하, 정말."

난 당신한테 너무 약해서 탈이야.

그가 앓는 소리를 내뱉은 후 곧 부드럽게 허리를 놀려 갑작스런 삽입에 몸을 파르르 떠는 혜영을 달랬다.

곧 방 안엔 두 사람의 달콤한 신음으로 가득 찼다.

"형수님, 살아남으셨네요."

"회사에선 이 비서라고 불러주세요."

혜영이 눈을 내리깔며 말했다. 표정은 두꺼운 가면을 쓴 듯 변화 하나 없었다. 그녀의 모습을 보던 경환이 싱글벙글 웃으며 딱 잘라 말한다.

"싫어요."

경환이 의자에 느긋하게 등을 기대며 말했다.

"계속 형수님이라 불러야지 못된 짐승이 넘보지 않을 것 같아서요."

"……그 이야기를 민환 씨가 들으면 뼈도 못 추리실 거예요."

"알아요. 그러니까 이 대화는 우리만의 비밀로 하자고요."

그렇게 말한 경환이 킬킬 웃음을 터뜨렸다. 그러자 혜영 또한 별수 없다는 듯 피식 웃음을 내뱉는다.

경환은 상체를 앞으로 숙여 턱을 괴었다. 그리고 다이어리를 펼쳐 드는 혜영을 향해 물었다.

"근데 형수님이 형에게 바라는 게 뭐예요?"

"네?"

그게 무슨 말이냐는 듯 혜영이 물었다. 그러자 경환은 눈을 반짝 빛내며 답했다.

"형이 그걸로 무척 고민하더라고요. 자신은 평생 해본 적도 없고, 본 적도 없는 걸 형수님이 바라신다고요."

"그게 무슨……."

말끝을 흐리던 혜영의 얼굴이 순간 붉게 타올랐다. 그가 하는 말의 답을 찾아냈기 때문이다.

"그 일로 민환 씨가 고민을 했다고요?"

"어제도 완전 죽상이던데요? 그게 뭔데요? 궁금해요."

생글생글 웃는 얼굴로 경환이 말했다. 그 말에 혜영의 얼굴이 당혹감으로 물들었다. 아주 사적인 이야기였기 때문이다. 그와의 관계를 밖에서 이야기한 것은 아주 친한 친구인 가연뿐이었다. 그마저도 꾹꾹 눌러 참았다가 가슴이 펑 하고 터져 버릴 것 같을 때 이야기하는 것이 다였다. 그런데 그의 동생이자 자신의 상사에게 아주 은밀한 이야기를 털어놓으려 하자 입술이 쉬이 떨어지질 않았다. 하지만 빤히 자신을 들여다보는 그의 눈빛을 보자, 그는 혜영이 말해주기 전까진 이 대화를 끝맺지 않을 것처럼 보였다.

후, 한숨을 내뱉은 혜영이 힘겹게 입술을 뗐다.

"제가…… 바라는 것은 사랑이었어요. 그걸 그는 인정하려 들지 않아서요."

그녀의 말에 경환이 묘한 웃음을 지었다.

"아아, 알 만하네요."

그러면서 고개를 끄덕이는 그의 얼굴이 왠지 모르게 어두워 보인다 생각되는 것은 왜일까. 그는 분명 웃고 있었으나 방금 전까지 호기심으로 반짝이던 기운은 싹 가신 뒤였다.

턱을 괴고 있던 손을 들어 머리를 쓸어 올린 경환이 자리에서 일어난다. 그리고 피규어가 세워져 있는 장으로 걸음을 옮긴 그는 아주 예전에 구입한 슈퍼맨을 들며 물었다.

"형이랑 아버지 사이가 무척 안 좋아요. 왜일 것 같아요?"

"글쎄요…… 전 잘 모르겠어요."

경환이 한숨을 내뱉었다. 아마도 자신 때문이라고 생각하고 있을 것이다. 그녀 덕분에 사이가 더 틀어진 것도 있었으나 근본적인 문제는 그것이 아니었다. 피규어를 원래 있던 자리에 내려놓은 경환이 몸을 돌려 혜영을 보았다. 그녀의 얼굴빛이 창백하게 변해 있었다.

"우리 삼 형제는 어머니가 모두 다르거든요. 나나 동생은 머리가 가벼워서 그러려니 하고 넘어가는데, 형은 어릴 때부터 많이 힘들어했어요."

"……."

"생각이 많은 사람이니까요."

엄청난 비밀을 이야기하고 있으면서 경환은 태연한 얼굴이었다. 다른 사람들에겐 엄청난 일이 그에겐 일상이었으니까. 도원의 가족은 이상하다. 가족이라기엔 서로 적에 가까웠고, 깊은 유대감도 없었다. 그저 서로의 권력을 유지해 주는 것에 지나지 않는 관계. 그것이 당연하다 생각했던 경환은 머리가 조금 굵어지고 나서야 깨달았다.

아, 우린 좀 이상하구나.

그걸 알았을 때 그는 그냥 고개를 끄덕인 후 넘겼다. 별 깊은 생각을 하지 않았다. 하지만 형인 민환은 달랐다.

"특히 형 어머니는 아버지가 이혼하자고 한 뒤로 캘리포니아로 바로 떠나 버렸어요. 형만 두고. 그 뒤론 코빼기도 안 보이고요. 어때요? 형이 사랑이란 걸 믿을 것 같아요?"

"……."

혜영의 얼굴이 슬픔으로 물들자 경환은 큼큼 목을 가다듬은 후 걸음을 옮겼다. 정신 사납게 여기저기 옮겨지는 발걸음은 그의 마음과 같았다. 이런 이야기를 혜영에게 했다가 나중에 크게 혼이 날지는 몰랐으나, 그녀가 자신의 형을 조금이라도 이해해 준다면 조금의 타박쯤이야. 그가 웃음기 담긴 목소리로 말했다.

"어디 그뿐인가? 나랑 동생은 달랐지만 형은 어릴 적부터 후계자로 자랐거든요. 상류 세계가 형 세계의 전부란 말이에요. 돈이 많은 것들일수록 뒤에서 더럽게 노는 법이에요. 결혼하는 사람은 모두 회사를 위해 짝지어진 사람들이고. 어디 그뿐인가요? 아버진

늘 형을 회사 부하직원 부리듯이 일 이야기만 하니, 형이 덜 자랄 수밖에요."

"아……."

"뭐, 저도 덜 자랐지만요."

경환이 어깨를 으쓱였다. 그가 할 말은 끝난 것처럼 보였으나 혜영은 아무런 말도 하지 못한 채 고개를 숙였다.

아아, 그랬구나.

어쩌면 그가 자신에게 무리한 것을 요구한 것처럼 그녀 또한 그에게 무리한 것을 요구하고 있었는지도 모른다. 아니, 요구하고 있었다.

혜영의 입에서 한숨이 흘러나왔다.

"저도 형수님한테 묻고 싶네요. 사랑이 뭔가요?"

그의 물음에 혜영이 고개를 들었다. 경환은 곤란하다는 얼굴을 하고 있었다. 그는 무엇이 곤란할까? 아마 사랑을 신기루라고 말했던 민환처럼 그 사랑이란 단어 자체에 곤란해하고 있을 것이다.

혜영의 입술이 부드럽게 호를 그린다.

"윤경환 사장님."

"아아, 둘만 있을 땐 그냥 이름 부르세요. 소름 돋거든요."

가볍게 분위기를 흐리는 그의 말에 혜영이 소리 내어 웃었다. 그리고 말을 잇는다.

"사랑은요, 신기루가 아니에요. 평생 함께 있고 싶은 사람에게 말하는 거예요. 상류 사회가 뭔지도 모르겠고, 민환 씨의 어머니가 왜 더 이상 그를 만나러 오지 않는지는 저도 모르겠어요. 하지만 전 민환 씨를 사랑하고 있고, 그도 절 사랑한다고 확신하고 있어요."

"그거 대단하네요."

상대의 마음에 확신을 가지는 일은 대단하고 멋진 일이다. 그만큼 그에 대해 많은 생각을 하고 있다는 것이니까.

그 말에 혜영은 고개를 저었다.

"생각을 조금 바꿔야겠어요."

"네……?"

"그에게 사랑한다는 이야기를 꼭 듣고 싶었는데…… 이젠 조금 알겠거든요."

"……."

"그에게 사랑은 정말 무서운 것일지도 모르겠다고요."

그녀가 놀란 듯 눈을 크게 뜨는 경환을 바라봤다.

아, 이 형제를 어쩌면 좋단 말인가. 감정은 이제 막 걸음마를 하는 아이처럼 어린 이들을.

민환은 며칠째 혜영에게 제대로 된 연락이 닿질 않자 기분이 매우 좋지 않은 상태였다.

"또 뭐야?"

짜증스럽게 말을 내뱉은 그는 아무런 답도 없는 휴대전화를 노려보고 있었다.

요즘 그는 제 성격답지 않게 그녀에게 많은 배려를 해주고 있다고 자부해 왔다. 하지만 그게 아니었던 것일까? 혜영과의 관계는 점점 삐그덕거리는 것만 같았고, 그럴수록 만날 시간은 점점 줄어들었다. 한참 휴대전화를 노려보고 있던 그가 결국 참지 못하고 휴대전화를 집어 들었다. 당연히 혜영의 번호를 누를 줄 알았던 그는 다른 사람에게 전화를 건다.

[여보…….]

"망할 자식!

[형?]

당황한 기색이 역력한 목소리에도 민환은 도통 기분이 풀리지 않는 것인지 빠르게 말을 이었다.

"일 좀 작작 시켜! 도원호텔로 보낸 내가 가장 잘못했겠지만!"

[그, 그게…….]

더듬더듬 말을 내뱉은 경환은 계속해서 말을 쏟아내는 민환 때문에 말할 타이밍을 놓치고 계속 우물쭈물거렸다. 참다못한 그가 외쳤다.

[형!]

"왜 소리는 질러?"

민환의 말에 경환이 '지르게 만들었잖아!' 라며 또 한 번 소리쳤다. 민환이 미간을 찌푸렸다. 이게 보자 보자 하니 기어오르는 것이라 생각한 그가 따끔하게 한마디 하려고 할 때였다. 경환의 말에 그의 얼굴이 얼어버린다.

[형수님, 퇴근하셨는데? 세 시간 전쯤에.]

"뭐, 뭐?"

[오늘 형 생일이잖아……. 그래서 일찍 퇴근…….]

"……."

[연락 안 돼?]

경환의 말을 멍하니 듣던 민환은 가타부타 말없이 전화를 끊어버렸다. 그리고 손에 쥐고 있던 휴대전화를 던져 버린다.

휴대전화가 데구루루 굴러 구석에 처박혔지만 민환은 아무래도 좋다는 듯 소파에 털썩 주저앉았다. 손을 들어 얼굴을 가린 그가 억눌린 목소리로 읊조렸다.

"이런데 자유를 달라고?"

이혜영, 당신을 어떻게 하면 좋을까.

"당신을 정말……."

입에서 앓는 소리가 흘러나왔다. 그녀를 다시 되찾았던 그날에 했던 다짐이 와르르 무너져 내린 기분에 그의 심장도 함께 내려앉는다.

그의 뇌가 열로 지글지글 끓을 때였다. 아무렇게나 던져 둔 휴대전화가 소리 내어 울린 것은.

휴대전화를 노려보던 그가 한숨을 쉬며 자리에서 일어났다. 그리고 휴대전화를 집어 들기 전 액정에 적힌 글귀에 그의 얼굴이 종잇장처럼 일그러졌다. 방금 전까지 그의 애를 태우던 혜영의 이름이 떠 있었다.

[민환 씨, 지금 집이죠?]

"그런데?"

[저 지금 집 앞이에요.]

밝은 목소리에 그의 미간이 찌푸려졌다. 하고 싶은 이야기가 많았으나 그는 현관으로 걸음을 옮겨 문을 열어주었다. 그러자 정말 혜영이 그곳에 서 있었다. 전화를 끊은 혜영이 싱긋 웃었다.

"혹시 집에 없을까 봐 전화했어요. 연락했더라고요. 몰랐어요, 미안해요."

빠르게 말을 늘어놓은 혜영이 신발을 벗고 그의 곁을 지나 거실로 향한다. 멀뚱히 그녀의 뒷모습을 보던 민환은 여전히 그 자리에 머물러 있었다. 일그러진 얼굴로 한참이나 그녀의 뒷모습을 보던 민환은 몸을 돌려 자신과 눈을 마주친 혜영이 여전히 웃는 것을 보더니 한숨을 내뱉었다.

"어디 좀 들렀다가 오느라고 조금 늦었어요."

조금이라도 무서워해 줬음 하건만. 혀를 쏙 빼내며 애교를 부리는 그녀를 보자 어쩔 수 없다 생각하며 걸음을 옮겼다. 자신은 그녀에게 지나칠 정도로 약하다. 화를 내고 싶은데도 그럴 수가 없었다. 혜영의 앞에 멈춰 선 그가 손을 뻗어 그녀를 품에 안으려고 할 때였다. 팔을 뻗어 그의 몸을 막은 그녀가 작게 고개를 내저었다.

"이혜영……."

"생일 축하해요."

"……."

그러면서 주머니에서 내내 쥐고 있었던 케이스를 꺼내 민환의 앞으로 내밀었다. 누가 보아도 반지 케이스였다. 그녀에게 반지를 받은 것도 놀랐는데, 그 반지가 가진 뜻을 생각하자 더더욱 놀라버렸다.

민환이 고개를 들어 반지는 받을 생각도 하지 못한 채 혜영을 보았다. 그러자 혜영은 케이스를 열어 나란히 꽂혀 있는 반지를 보여주며 말했다.

"비싼 걸 사진 못했어요. 오랫동안 쉬면서 재산 대부분을 탕진했거든요."

그녀가 장난스레 말했다. 하지만 민환은 그녀를 따라 웃을 수가 없었다.

"난 아직 네가 원하는 걸……."

그의 말에 혜영이 재빨리 고개를 젓는다. 그가 말을 채 끝맺지 못한 채 입을 다물었다.

시큰시큰. 가슴이 또다시 아파온다. 가끔 그녀의 앞에선 심장이 찢어질 것처럼 아플 때가 있었다. 바로 지금처럼.

"기다리기로 했어요. 저도 당신만큼 끈질기거든요."

"……."

"그러니까 나랑 결혼해 주세요, 윤민환 씨."

그 말에 민환이 손을 뻗어 혜영을 제 손으로 끌어당겼다. 두 사람의 심장이 맞닿아 빠른 속도로 뛰었다. 두근두근, 마치 하나의 하모니처럼.

"선수 치지 마."

"누가 하든 무슨 상관이에요? 더 좋아하는 사람이 하면 되죠."

혜영이 작게 웃음을 흘린다. 그 웃음소리에 민환의 입술에도 웃음이 머금어졌다.

"내 마음을 너무 얕잡아보지도 말고."

고개를 내린 그가 혜영의 입술을 뜨겁게 머금었다.

에 필 로 그

도원호텔 다이아몬드 룸.

오늘 이곳에서 열리는 성대한 결혼식을 위해 많은 사람들이 참석해 호텔 안은 발을 디딜 틈도 없었다. 도원에게 잘 보이기 위해 온 사람들도 있었고, 상대인 마루그룹에게 잘 보이기 위해 온 사람들도 많았다.

"하하, 윤 회장님, 축하드립니다."

"저야말로 참석해 주셔서 정말 감사합니다."

사람들과 악수를 나누는 윤 회장을 멀리서 보던 혜영은 자신을 끌어당기는 손길에 고개를 옆으로 돌렸다. 민환은 혜영의 손을 가져와 제 팔에 끼워 넣으며 싱긋 웃었다.

"더 이상 당신을 시험할 생각은 없는데."

"하지만 윤 회장님과는 계속 마주쳐야 하니까요. 당당하게 선전포고 정도는 해야 하지 않을까요?"

"선전포고?"

민환이 고개를 기울이며 물었다. 그러자 혜영은 곧바로 답을 하는 대신 그의 모습을 머리부터 발끝까지 훑는다. 오늘의 그는 평소보다 멋있었다. 어찌 그렇지 않을 수가 있겠는가. 오늘은 그의 동생이자, 도원호텔 윤경환 사장의 결혼식이었는데. 아무리 그라도 더 신경을 썼을 것이다.

어떻게 경환과 민환의 약혼녀였던 유라가 짝이 되었는지는 모를 일이었으나 화기애애한 식장 안을 보며 혜영은 안도의 한숨을 내뱉었다.

"이렇게 멋진 남자가 내 남자라고. 절대 포기할 수 없다고 말이죠."

"그 마음가짐 좋네."

피식, 웃음을 내뱉는 그의 말에 혜영도 따라 웃었다.

혜영은 기합이 단단히 들어간 얼굴로 민환과 함께 걸음을 옮겼다. 그리고 신랑 측에 서 있는 윤 회장의 얼굴이 구겨지는 것을 보면서도 그 앞에 섰다. 지금 그녀의 옆엔 든든한 지원군이 있었다. 그리고 그녀 또한 예전처럼 입을 다물고 당하지 않을 만큼 단단한 사랑을 가지고 있었다. 날카롭게 베일 정도로 차가운 눈빛에도 혜영은 기세 좋게 허리를 숙이며 인사를 건넸다.

"회장님, 축하드립니다."

그녀의 인사에 윤 회장의 시선이 민환에게로 향했다. 그는 어깨만 으쓱일 뿐 아무런 말도 하지 않았다.

"아직도 윤 사장 옆에 있구나."

차가운 목소리에 혜영은 싱긋 웃음 지었다. 그러자 윤 회장은 민환에게 시선도 주지 않은 채 차갑게 일갈했다.

"난 널 허락한 적이 없다."

민환의 몸이 눈에 띄게 움찔거렸다. 하지만 혜영은 그가 말하기도 전에 시선을 돌려 민환을 올려다보며 말했다.

"가장 소중한 사람이 허락했으니 괜찮아요."

"뭐, 뭐야?"

윤 회장이 눈에 띄게 당황하자 민환의 입술이 부드럽게 호를 그린다. 윤 회장을 당황하게 하는 사람이라니. 적어도 그의 주위엔 이제껏 한 명도 없었다. 새삼스레 여전히 그가 그녀를 시험하고 있었다면 당장이라도 'OK'를 내릴 정도로 당당하게 웃는 혜영을 보았다. 혜영은 아직 하고 싶은 말이 끝나지 않았다는 듯 말을 이었다.

"회장님께 인정은 차차 받고 싶습니다."

"그럴 일 없다."

딱 잘라 일갈한 윤 회장이 고개를 돌려 다가올까 말까 눈치를 보고 있는 사람을 향해 팔을 뻗었다. 그럼에도 혜영은 굴하지 않은 채 말했다.

"아니, 분명히 절 허락해 주실 거예요. 인정하실 거고요."

"……."

윤 회장이 말문이 막혀 입술을 뻐끔거리자 옆에서 잠자코 보고 있던 민환이 한 걸음 다가왔다.

"저도 못 이긴 사람입니다."

그런 사람을 당신이 이길 수 없다는 뜻이었다.

윤 회장이 헛기침을 내뱉자 혜영은 싱긋 웃으며 허리를 숙여 인사를 건넸다.

"그럼 다음에 뵙겠습니다, 회장님."

그녀의 웃음은 당당했다.

얼어버린 윤 회장을 뒤로한 채 민환이 혜영의 팔을 이끌었다.

"제법인데?"

"너무 무례하진 않았나요?"

혜영이 미간을 찌푸리며 걱정하자 민환이 고개를 내저었다.

"아니, 그 정도는 말해야 말귀를 알아 들어먹는 양반이야."

"아버진데 말이 너무 심해요."

혜영의 말에 민환이 걸음을 멈췄다.

"당신이 듣기 싫어할지도 모르겠지만, 그래도 전 가족은 아주 중요하다고 생각하는 사람이거든요. 앞으로 당신과 그 가족이 될

예정이고, 전 당신과 제 아이가 그렇게 지내는 꼴은 죽어도 못 봐요. 제가 무슨 말을 하는지 알아듣겠죠?"

"……알았어."

민환이 고개를 끄덕이자 혜영은 의심스러운 눈길을 거둬들이곤 한숨을 내쉬었다.

"그럼 전 사장님부터 뵐게요."

"그래? 그럼 같이 가지?"

"아니요, 따로 이야기할 게 있어요."

"둘이 뭐야?"

화르륵 질투가 이는 그의 눈빛에 혜영이 손을 들어 진정하라는 듯 허공에서 흔들었다.

"도련님이에요, 민환 씨. 정신 차려요."

"하지만 그 녀석은……."

"저에겐 당신이 전부예요. 쓸데없는 의심하면 화낼 거예요."

혜영이 따끔하게 말하자 민환의 몸이 움찔 떨렸다.

"좋았어, 알았어."

"그럼 다녀올게요."

민환은 멀어져 가는 혜영의 뒷모습을 보며 한숨을 휙 내뱉었다.

"앞으로 잡혀 살겠군."

입에선 한숨처럼 이야기가 터져 나왔으나 얼굴은 기쁨으로 물들어 있었다.

앞으로…… 참 좋은 말이었다.

"형수님 오셨어요?"

문을 열고 대기실 안으로 들어가자 긴장한 기색이 역력한 경환이 홀로 서 있었다. 그의 앞에는 음료가 놓여 있었지만 뜯은 흔적조차 없었다.

긴장했구나.

혜영은 속으로 그렇게 생각하며 경환에게 다가갔다.

"결혼 축하드려요. 갑작스러운 소식이라 무척 놀랐어요."

"저도 갑작스러워요."

그렇게 말한 경환이 희미한 웃음을 지었다. 어딘가 묘한 웃음이라 혜영의 고개가 옆으로 기울었다.

"아, 그렇게 보실 것 없어요. 원해서 하는 결혼이니까요."

"음……."

짧게 소리 낸 혜영이 고개를 끄덕였다. 이 결혼 역시 그들의 세계에서 통용되는 그러한 것일까. 혜영은 걱정스러운 기색으로 경환을 보았다. 그러자 그는 하하 짧게 웃음을 흘리며 고개를 내저었다.

"집에서 맺어준 건 아니에요. 집에선 반대했어요. 형의 약혼녀와 동생이 결혼하다니. 아무래도 남들이 보기엔 이상하잖아요."

"······그럼요?"

"어쩔 수 없는 일도 있었고······."

그렇게 말끝을 흐린 경환이 혜영을 부드러운 시선으로 보며 말을 끝맺었다.

"형수님이 말한 사랑을 하게 되기도 했고요."

"에······?"

"바람을 잠재운 무서운 여자거든요."

"······."

혜영이 얼떨결에 고개를 끄덕였다. 그러고 보니 요즘 그에 대한 염문설이 쏙 들어가 있었다. 이에 민환은 드디어 철없는 인간이 정신을 차렸다며 말하기도 했으나, 그러기엔 어딘가 조금 이상하단 생각을 했었다.

천하의 윤경환이 여자를 만나지 않는다니.

참 이상하지 않은가.

"평생을 함께 있으면 재미있을 것 같아서요."

"재미요?"

눈을 크게 뜬 혜영이 물었다. 그의 입에서 전혀 의외의 말이 나왔기 때문이다. 의아한 기색이 역력한 혜영의 표정을 보며 경환이 말했다.

"네, 지루하지 않을 것 같았어요. 인생이 참 지루했는데, 누나와 있으면 즐거워요."

두 살 연상인 유라를 '누나'라 칭하는 경환을 보며 혜영이 고개를 끄덕였다. 그도 드디어 평생을 함께 할 사람이 생겼다고 축하 인사부터 건네야 했지만 혜영은 그 이전에 그에게 충고의 말부터 꺼냈다.

"사장님, 아니…… 도련님."

"결혼식 날짜 잡았죠?"

그녀의 호칭에 경환이 낄낄 웃음을 터뜨리며 말했다. 그러자 혜영은 얼굴 가득 행복을 피우며 고개를 끄덕였다.

"네, 도련님도 오세요."

"물론이죠. 하지만 앞으로도 제 비서로 일해주실 거죠?"

"네, 도련님께서 원하신다면요."

"저야 좋죠. 유능한 비서니까."

두 사람이 잠시 서로의 얼굴을 보며 짧게 웃음을 내뱉었다. 그 웃음이 어느 정도 가신 후, 혜영은 경환의 눈을 똑바로 마주하며 말했다.

"형수이자 유능한 비서가 충고 한마디 해도 될까요?"

"네, 해주세요."

경환의 말에 혜영은 한쪽 눈살을 찌푸리며 손을 들었다. 검지를 척 세운 혜영이 진지한 목소리로 말했다.

"연상의 여자에게 누나란 호칭은 무척 듣기 좋지 않으니 그것부터 바꾸세요. 평생을 더 재미있게 보내고 싶다면 말이에요."

"으음…… 그럼 두들겨 맞을지도 몰라요. 성격이 형이랑 똑같 거든요. 가차 없어요."

"그래도요."

눈살을 찌푸린 혜영이 말을 이었다.

"여자는 사랑하는 남자에게 이름으로 불리고 싶은 법이에요."

고개를 끄덕인 경환이 어색한 웃음을 지었다.

"복날에 개 패듯이 때려도 견뎌내야겠네요."

그 말이 결코 농담은 아닌 것인지 경환의 눈빛이 진지하게 빛났 다. 아마 한동안 그는 호칭 문제로 치열하게 다퉈야겠지.

"네."

사랑에 빠진 남자를 보며 혜영은 진심을 다해 웃어주었다. 그리 고 빌었다. 두 사람의 결혼 생활이 행복하기를.

"재미있네. 너랑 경환이라."

"아, 언제 왔어?"

민환은 새하얀 웨딩드레스를 입고서 그림처럼 앉아 있는 유라 를 보며 말했다. 그러자 유라는 멍하니 있던 시선을 옮겨 민환을 보았다. 어느새 표정관리를 하고서.

"어떻게 된 일이야? 나한테도 말해줄 수 없어?"

"음, 글쎄."

"갑자기 연애 감정이라도 생긴 거야?"

"윤경환이랑? 그거 웃자고 하는 소리지?"

그의 물음에 차갑게 답을 내뱉은 유라가 고개를 팩 놀렸다. 입에서 흘러나온 말은 독설에 가까운 것이었으나 얼굴을 붉히고 있는 것을 보니 답과는 정반대로 받아들여야 할 것 같았다. 민환이 휘이— 휘파람을 불자 유라가 자리에서 벌떡 일어나 당장이라도 부케를 집어 던질 것처럼 굴며 악을 써댔다.

"그만둬!"

"뭘?"

"그런 눈빛! 휘파람! 의심!"

유라가 말에 힘을 주며 외쳤다. 딱딱 끊어지게 외치는 그녀의 모습을 보자 화가 단단하게 난 듯했다. 하지만 민환은 눈 하나 깜짝하지 않은 모습으로 팔짱을 꼈다.

"아니, 뭐. 네가 솔직히 말 안 해주니 상상의 나래를 펼칠 수밖에."

"후, 됐어. 혜영 씨는 같이 안 왔어?"

귀찮다는 듯 유라가 허공에서 손을 내저은 후 털썩 앉았다. 웨딩드레스가 그녀의 표정마냥 구겨졌다.

"경환이한테 먼저 갔어. 왜?"

"전에 쓴소리를 했거든. 사과할 것이 있어."

"쓴소리?"

"뭐……."

테라스에서 그녀에게 내뱉었던 독설을 떠올리던 유라의 얼굴이 굳어졌다.

"봐요. 지금 주위 사람들의 눈빛. 당신을 싸구려 창녀로 보는 것 같지 않아요?"

지금에 와서 생각해도 참 심한 말이었다. 그 말에 상처 받았던 혜영의 얼굴을 떠올리자 유라의 얼굴도 그와 비슷하게 일그러진다. 그녀가 빨리 정신 차렸으면 하는 마음에서 내뱉은 것이었지만, 지금 생각해 보면 자신이 무슨 주제넘게 그런 말을 했나 싶었다.

"후."

한숨을 내뱉은 유라가 고개를 돌려 민환을 보았다.

"너 참 좋은 표정을 짓고 있네."

"내가?"

손을 들어 자신의 뺨을 쓰다듬는 민환을 보던 유라가 피식 웃음을 내뱉었다.

"어, 표정이 아주 좋아졌어. 예전엔 세상 다 잡아먹을 것처럼 굴었는데, 지금은 편해 보여."

"뭐…… 그 여자 덕이지."

그렇게 말한 민환이 웃음을 내뱉으며 고개를 끄덕였다.

"혜영이 덕이야."

그리고 다시 한 번 힘주어 말했다.

그 말을 속으로 곱씹던 유라가 고개를 돌려 창밖을 보았다. 그 날에 했던 말 하나가 더 떠오른다.

"당신은 이곳과 어울리지 않아요. 왜 민환이가 당신을 시험하려 했는지 알 것 같네요."

그래, 그러한 말을 했었다.

그땐 그녀가 이 세계와 어울리지 않는다 생각했으니까.

하지만 지금 민환의 표정을 보니 생각이 달라졌다.

"행복하니?"

그녀의 물음에 민환은 망설임 없이 고개를 끄덕인다.

"그래. 가끔은 모두 꿈이라 느낄 정도로."

"그게 뭐야. 얼빠진 놈."

"……꿈이면 현실로 돌아갔을 때 무척 괴로울 것 같아."

"후후후, 그래. 그렇겠지……."

그녀가 굳이 이 세상으로 들어올 필요는 없었다. 그저 두 사람만 행복하다면 그것으로 된 것이겠지. 그리고 윤민환이 반한 여자니, 언젠간 이 세계에서도 그의 옆에서 당당하게 서게 될 것이다.

웃음을 내뱉는 유라의 얼굴을 보던 민환은 방금 전 말을 떠올리며 물었다.

"상처를 준 거라면 널 가만히⋯⋯."

"아주버님, 말이 너무 심하시네요."

유라가 커다란 눈을 순진하게 깜빡였다.

"뭐, 그 문제는 나중에 이야기하자고. 제. 수."

서로를 바라보며 살기 띤 웃음을 짓던 둘은 곧 문이 열리고 식이 시작될 것이란 말에 예의 바른 얼굴로 돌아왔다.

민환은 가방에서 손바닥만 한 종이를 꺼내 유라의 앞으로 내밀었다. 작은 종이를 받아 든 유라의 얼굴이 일그러졌다.

"이 경우 없는 아주버님아. 결혼식장에서 청첩장을 주는 인간이 어디 있어?"

"뭐, 보는 김에 주는 거지."

어깨를 으쓱이며 하는 말에 유라가 이를 으드득 악물었다. 그리고 겹쳐져 있던 종이를 넘겨 안에 적혀 있는 글귀를 읽었다. 보통 청첩장 안에 부모의 이름이 본인들의 이름과 같이 들어가는 것이 일반적이었지만, 이 특별한 종이 안엔 단 두 사람의 이름만 적혀 있었다.

—영원한 친구로 살기로 했습니다. 이에 여러분들에게도 소개하

고자 합니다.

　윤민환.

　이혜영.

　"흐음……."

　친구라. 속으로 읊조린 유라가 장소를 볼 때였다. 일반적인 서울에 널리고 널린 호텔이 아닌 식장은 제주도의 작은 별장이었다. 고개를 퍼뜩 들어 올린 유라가 놀란 얼굴로 민환을 보았다.

　"어? 식장에서 안 해?"

　"우선은 가까운 사람만 할 생각이야. 혼인신고는 지난주에 했어."

　식장을 아주 멀리 잡았다는 이야긴 가까운 사람 몇만 불러서 하겠다는 말이었다. 그리고 제주도 별장은 50명 이상을 수용하기엔 지나치게 작았다.

　유라가 눈을 깜빡이며 놀란 표정을 짓다 말고 입술을 휘어 웃었다. 이것들 봐라? 라는 표정이었다.

　"헤에— 뭘 그렇게 성급하게 해? 혹시 속도위반이라도 했어?"

　"내가 너 같은 줄 알아?"

　"……."

　유라가 꿀 먹은 벙어리마냥 입을 다물자 민환이 눈을 게슴츠레 떴다.

"이런, 찍었는데. 돗자리 깔아야겠네, 나."

"윤민환!"

버럭 소리를 지른 유라가 참다못해 자리에서 벌떡 일어났다. 그러자 민환은 한 걸음 뒤로 물러나며 작게 웃음을 내뱉었다.

"제수씨, 무리하지 마세요. 그러다 제 조카에게 무슨 일이 생길까 봐……."

"그 입 다물지 못해!"

한동안 신부대기실엔 그녀가 악을 쓰는 소리만이 가득 찼다.

—Fin.

외전 기억

 따분한 얼굴로 펜을 굴리고 있던 민환은 옆에서 자신을 힐끗힐끗 바라보는 사람들의 눈초리에도 종이에서 시선을 떼지 않은 채였다.

 휘익— 휘익—

 손 위에서 화려하게 돌아가는 펜은 시간이 갈수록 속도가 빨라지고 있었다.

 "이 회사에서 일하게 된다면 최선을 다해서 할 수 있는 모든 일을 다 하겠습니다."

 저 이야기를 들은 것도 벌써 일주일째 삼백 번은 족히 되었다. 도원전자 면접현장. 더욱 그의 비서를 뽑는 일이라 직접 참여하긴 했지만 그 결정을 슬슬 후회하고 있는 중이었다.

"후."

그의 입에서 깊은 한숨이 흘러나오자 사람들의 몸이 움찔움찔 떨리는 것이 느껴졌다. 그건 비단 다섯 명이 쪼로로 앉아 면접을 보고 있던 사람들뿐만 아니라 그의 곁에 앉아 있던 중진들 또한 마찬가지였다.

하나같이 재미없네.

그가 그러한 생각을 할 때였다.

"그럼 다음 분, 자기소개 부탁드립니다."

민환의 바로 곁에 앉아 있던 인사부장이 말을 꺼낸 것은.

그의 말이 끝남과 동시에 미성의 목소리가 들려왔다.

"안녕하세요, 693번 이혜영입니다."

밋밋한 인사에 민환이 고개를 들었다. 중간에 앉아 있는 여자는 긴장한 기색이 역력한 모습이었지만 얼굴은 딱딱하게 굳히고 있었다. 다른 면접자들은 자기소개란 말에 자신이 나온 대학부터 시작해 취미생활까지 줄줄 읊어댔지만, 그녀는 이름과 면접번호만 말한 채 입을 꾹 다물고 있었다.

어라, 이것 봐라?

얼굴은 긴장한 기색을 제외하고선 그 어떠한 의지도 보이지 않았다. 다른 사람들과 달라서일까, 민환은 펜을 돌리던 손을 멈추고 그녀를 빤히 보았다. 그러자 혜영이 더욱 긴장한 얼굴로 침을 꼴딱 삼킨다.

"그게 끝입니까?"

인사부장이 말을 하자 혜영이 입술을 달싹였다.

"저, 저 그게…… 후우."

깊게 한숨을 내뱉은 혜영이 순간 긴장에 떨리던 눈을 깜빡였다. 그러자 얼굴에 가득하던 긴장을 순식간에 감춘 채 말을 이었다.

"도원전자에 대해선 잘 모릅니다. 하지만 이곳에 취직해 제가 모실 상사에 대해선 누구보다 잘 알게 될 것입니다. 상사를 애인이라 생각하고 24시간 그분만 생각하겠습니다."

"픕—"

혜영의 말에 민환의 입에서 웃음이 터져 나왔다. 그러자 혜영의 얼굴이 또다시 긴장으로 물들었다. 그녀의 눈빛만 봐도 무슨 생각을 하는지 다 알 수 있을 정도로.

어떻게 하지? 내가 뭐 실수했나? 다 이렇게 하는 거 아니야?

감정이 뒤죽박죽 얽힌 눈동자를 바라보던 민환이 펜을 내려놓은 채 의자에 등을 편히 기댔다.

"이혜영 씨가 모실 상사가 난데 제 애인이 되어주시겠다는 말입니까?"

"에……!"

깜짝 놀란 혜영이 눈을 동그랗게 떴다. 그러다가 자신이 지나치게 놀랐다는 사실을 깨달은 것인지 이내 표정을 수습한다.

참 재미있는 아가씨네.

민환은 속으로 그렇게 생각하며 혜영을 바라보았다. 그러자 그녀는 입가가 파르르 떨릴 정도로 어색한 웃음을 지으며 답했다.

"아주 멋진 분이니, 더 열심히 일할 수 있을 것 같습니다."

"아니, 제가 묻는 건 그게 아니잖아요."

"그럼……."

두 사람의 말에 면접실 안에 있던 사람들이 모두 그들을 바라보았다. 방금 전까지만 해도 따분하다는 표정을 짓고 있던 그의 얼굴에 생기가 돌았기 때문이다. 마치 재미있는 장난감을 발견한 아이처럼.

"애인이 되어줄 수 있냐고 물었어요."

그의 물음에 혜영의 고개가 옆으로 기울었다. 20대 초반의 여자가 이 말에 대해 어떻게 답을 해야 할지 몰라 하는 기색이 역력했다.

재미있다, 재미있어.

그가 그러한 생각으로 다시 한 번 힘주어 물었다.

"그럴 수 없나요?"

"아, 그게……."

말을 더듬은 혜영이 이내 천천히 고개를 숙이며 기어들어 가는 목소리로 말했다.

"아주 멋진 분이니 기쁜 마음일 것 같습니다."

것 같습니다?

확신이 아니라 기분이 나빴지만 민환은 그 정도로도 됐다는 듯 고개를 끄덕였다. 그리고 또다시 짓궂은 얼굴로 말했다.

"좋아요. 그럼 애인에게 예쁘게 웃어주세요."

"네?"

"예쁘게 웃어 보이라고요."

그 말에 혜영은 방금처럼 어색하게 웃었다.

파르르, 파르르.

떨리는 입술 끝을 보던 그가 자리에서 일어났다.

"좋습니다. 이혜영 씨. 다음 주 월요일부터 출근하세요."

그 말에 사람들의 놀란 시선이 그에게 닿았다. 이 뒤로 면접을 볼 사람이 족히 100명은 더 남아 있었지만, 그는 더 이상 면접을 볼 마음이 없는 듯 보였다.

"그럼 전 이만 가봐도 되겠습니까?"

하지만 그가 누구인가. 도원그룹의 후계자이자, 도원전자 사장이었다. 그의 말이 법이라면 법. 면접관들은 하는 수 없다는 듯이 고개를 끄덕였다.

뚜벅뚜벅 걸음을 옮긴 민환은 자신을 올려다보는 혜영의 앞에 멈춰 섰다. 그리고 그녀의 앞으로 손을 뻗는다.

"앞으로 잘해봅시다."

민환은 어색하게 자신의 손을 붙잡는 혜영을 내려다보며 손을 아래위로 흔들었다.

"잡았으니 무르기 없는 겁니다."

"네, 네! 사장님!"

취직이 확실시됐다는 생각에 혜영이 그제야 진심을 다해 웃었다. 그 모습을 바라보는 민환의 웃음이 진해졌다.

재미있는 여자가 그의 앞에 나타났다.

그의 전부가 될 여자가 그렇게…….

안녕하세요, 정이연입니다.

다섯 번째 책입니다. 제가 세상 밖으로 내보낸 이야기들의 제목을 읊으면 손 하나를 다 써야 꼽을 수 있게 되었습니다. 이건 제겐 아주 놀라운 일입니다. 활자로 독자님들을 찾아뵙고, 손쉽게 컴퓨터나 휴대폰으로 제 생각이 가득 담긴 이야기로 많은 분들을 찾아뵙는 일은 아주 기분 좋은 일이었습니다. 그리고 지금 이 글로 또다시 독자님들을 뵐 생각을 하니 가슴이 뛰고, 두려움이 몰려옵니다. 재미있는 이야기를 쓰고 싶어서 무작정 시작한 이야기였는데, 어떻게 받아들이실까, 손톱을 딱딱 뜯고 있어요. 잘 부탁드립니다.

여자 주인공에 대한 답답함은, 잊어주세요. 아마 내 남자가 윤민환처럼 지독한 남자라면 나 또한 이럴 거야, 라면서 썼으니까요. 엉엉.

이 글이 세상에 나오기까지 수고해 주신 예원북스 유경화 실장님께 감사의 인사를 건넵니다. 마지막까지 마감으로 속 썩여 드린 점 죄송합니다. 그리고 감사합니다. 이 글이 세상에 나올 수 있었던 것은 달콤한 당근 때문이었습니다.

그리고 그녀의 서재 독자님들, 작가님들께도 감사의 인사 전합니다. 함께 글을 쓰고 있다 느낄 정도로 충만하고 행복한 시간이었습니다. 다음에도 잘 부탁드립니다.

그리고 지금 이 순간, 후기를 읽고 계실 독자님들께도 고개 숙여 감사의 인사를 전합니다. 적어도 시간은 아깝지 않을 글은 되었으면 좋겠는데, 어떻게 느끼셨을지 두렵습니다. 우엉.

다음 글은 어떤 글로 독자님들을 찾아뵐까요.
벌써부터 이것저것 생각해 봅니다.
단순한 이 망상인 생각들이 또다시 키보드를 통해 세상에 나올 날, 찾아뵙겠습니다.

정이연 올림.

예원북스에서는
로맨스 작가님의 소중한 원고를 기다립니다.

투고해 주실 메일 주소는
yewonbooks@naver.com 입니다.
많은 관심 부탁드립니다.